**teadue**
1654

Dello stesso autore in edizione TEA:

*Amici miei, miei amori*
*Dove sei?*
*La prossima volta*
*Se potessi rivederti*
*Se solo fosse vero*
*Sette giorni per l'eternità*
*Lo sparo*

Marc Levy

# Amici miei, miei amori

Romanzo

Traduzione di
Francesco Bruno

TEA

TEA - Tascabili degli Editori Associati S.p.A., Milano
Gruppo editoriale Mauri Spagnol
www.tealibri.it



Titolo originale
*Mes amis, mes amours*

Prima edizione TEADUE ottobre 2008

*Per Louis,*
*per Emily*

*Parigi*

«Ti ricordi di Caroline Leblond?»

«Seconda A, sempre seduta in fondo all'aula. Il tuo primo bacio. Un bel po' di tempo fa...»

«Era incredibilmente bella, Caroline Leblond.»

«Com'è che ti viene in mente proprio adesso?»

«Là, accanto alla giostra, direi che quella donna le somiglia.»

Antoine guardava attentamente la giovane mamma che leggeva, seduta su una sedia. Voltando le pagine, dava rapide occhiate al suo piccino che rideva, aggrappato all'asta del cavalluccio di legno.

«Deve avere più di trentacinque anni, quella donna, là, vicino alla giostra.»

«Anche noi abbiamo più di trentacinque anni», disse Mathias. «Credi che sia lei? Hai ragione, ha qualcosa di Caroline Leblond.»

«Dio, com'ero innamorato di lei!»

«Anche tu le passavi i compiti di matematica per farti baciare?»

«Stai dicendo qualcosa di ributtante.»

«Perché ributtante? Baciava tutti i ragazzi che avevano più della media del sette.»

«Se ti ho appena detto che ero innamorato pazzo di lei!»

«Ebbe', adesso puoi pensare di voltar pagina.»

Seduti su una panchina a fianco della giostra, Antoine e Mathias seguivano adesso con gli occhi un uomo in abito blu che posava un fagotto rosa ai piedi di una sedia e accompagnava la figlioletta alla giostra.

«È un sei mesi», disse Antoine.

Mathias scrutò il fagotto. Dalla chiusura lampo socchiusa uscivano un pacco di biscotti, una bottiglia d'aranciata e il braccio di un orso di peluche.

«Non più di tre! Scommetti?»

Mathias tese la mano e Antoine gli colpì il palmo con la propria.

«Andata!»

La bambina sul cavallo dalla criniera dorata pareva sul punto di perdere l'equilibrio, suo padre fece un balzo, ma il giostraio l'aveva già rimessa bene in sella.

«Hai perso...» riprese Mathias.

Si avvicinò all'uomo dal vestito blu e gli si sedette accanto.

«All'inizio è difficile, eh?» domandò Mathias, condiscendente.

«Eh, sì!» rispose l'uomo sospirando.

«Vedrà che col tempo diventa ancora più complicato.»

Mathias guardò furtivamente il biberon senza cappuccio che usciva dalla borsa.

«È da tanto che siete separati?»

«Tre mesi...»

Mathias gli dette una pacca sulla spalla e tornò trionfante da Antoine. Fece cenno all'amico di seguirlo.

«Mi devi venti euro!»
I due uomini si allontanarono in un viale del giardino del Lussemburgo.
«Torni a Londra domani?» domandò Mathias.
«Stasera.»
«Allora non ceniamo insieme?»
«A meno che tu non prenda il treno con me.»
«Io lavoro, domani!»
«Vieni a lavorare là.»
«Non ricominciare. Cosa potrei mai fare a Londra?»
«Essere felice!»

# I

*Londra, alcuni giorni dopo*

Seduto alla scrivania, Antoine scriveva le ultime righe di una lettera. La rilesse e, soddisfatto, la piegò con cura prima d'infilarla nella busta.

Le persiane delle finestre che davano su Bute Street filtravano la luce di una bella giornata d'autunno che si spandeva sui parquet in legno biondo dello studio d'architettura.

Antoine infilò la giacca appesa al bordo della sedia, aggiustò le maniche del pullover e andò a passo veloce verso l'atrio. Si fermò strada facendo e si chinò sulla spalla del suo progettista per osservare il disegno che stava tracciando. Antoine spostò la squadra e corresse una linea dello spaccato. McKenzie lo ringraziò con un cenno del capo, Antoine lo salutò con un sorriso e ripartì verso l'ingresso guardando l'orologio. Alle pareti erano appesi disegni e fotografie dei progetti realizzati dallo studio dopo la sua creazione.

« Allora, da stasera lei è in maternità? » domandò alla centralinista.

« Eh, sì, è ora che metta al mondo 'sto bambino. »

«Maschio o femmina?»

La giovane fece una smorfia e si posò una mano sulla pancia tonda.

«Calciatore!»

Antoine aggirò la scrivania, la prese tra le braccia e la strinse a sé.

«Torni presto... non troppo presto, ma comunque presto! Insomma, torni quando le pare.»

Si allontanò facendole un piccolo cenno con la mano e spinse le porte a vetri che davano sul pianerottolo degli ascensori.

*Parigi, stesso giorno*

Le porte a vetri di una grande libreria parigina si aprirono sotto la spinta di un cliente visibilmente frettoloso. Cappello in testa, sciarpa al collo, si diresse verso il reparto dei libri scolastici. Appollaiata su una scala, una commessa leggeva a voce alta titoli e quantità delle opere sistemate sui ripiani, mentre Mathias riportava i dati su un quaderno. Senza preamboli, il cliente chiese loro in tono poco amabile dove si trovavano le opere complete di Victor Hugo nella collana della Pléiade.

«Che volume?» domandò Mathias alzando gli occhi dal quaderno.

«Il primo», rispose l'uomo in tono ancora più secco.

La giovane commessa si contorse e afferrò il libro con la punta delle dita. Si chinò per darlo a Mathias. L'uomo col cappello lo prese prima di lui e si diresse verso la cassa. La commessa scambiò un'occhiata con Mathias. A denti stretti, questi posò il quaderno sul banco e corse dietro al cliente.

«Buongiorno, per piacere, grazie, arrivederci!» urlò, sbarrandogli l'accesso alla cassa.

Stupefatto, il cliente cercò di aggirarlo; Mathias gli strappò il libro di mano prima di tornarsene al lavoro ripetendo a squarciagola: «Buongiorno, per piacere, grazie, arrivederci!» Alcuni clienti assistevano alla scena esterrefatti. L'uomo col cappello lasciò il negozio, furibondo, la cassiera si strinse nelle spalle, la giovane commessa, ancora sulla scala, faticò a rimanere seria e il proprietario della libreria pregò Mathias di passare dal suo ufficio prima della fine della giornata.

*Londra*

Antoine risaliva Bute Street a piedi; andò verso il passaggio pedonale, un *black cab* rallentò e si fermò. Antoine rivolse un segno di ringraziamento all'autista e continuò verso il rondò davanti all'Istituto francese. Al suono della campanella, il cortile della scuola elementare venne invaso da un nugolo di bambini. Emily e Louis, cartella sulla schiena, camminavano a fianco a fianco. Il maschietto saltò in braccio al padre. Emily sorrise e si allontanò andando verso il cancello.

«Valentine non è venuta a prenderti?» domandò Antoine a Emily.

«Mamma ha chiamato la maestra: è in ritardo, vuole che vada ad aspettarla al ristorante di Yvonne.»

«Allora vieni con noi, ti accompagno. Andiamo a mangiare là tutti e tre.»

*Parigi*

Una pioggia sottile si stampava sui marciapiedi lucenti. Mathias strinse il colletto dell'impermeabile e imboccò il passaggio pedonale. Un taxi strombazzò e lo sfiorò. L'autista sporse una mano dal finestrino, il medio puntato in una direzione che non dava adito a dubbi. Mathias attraversò la strada ed entrò nel minimarket. Le luci forti dei neon presero il posto del cielo grigiastro di Parigi. Mathias prese una confezione di caffè, esitò di fronte a una varietà di cibi pronti surgelati e alla fine afferrò una busta di prosciutto sottovuoto. Riempito il cestino, si diresse verso la cassa.

Il negoziante gli dette il resto ma non la buonasera.

Quando arrivò davanti alla tintoria, la saracinesca metallica era già abbassata. Mathias andò a casa.

*Londra*

Seduti nella sala deserta del ristorante, Louis ed Emily disegnavano sui quaderni mentre sbafavano una crème caramel di cui soltanto Yvonne, la padrona, deteneva il segreto. La donna stava tornando su dalla cantina, seguita da Antoine che portava una cassetta di vino, due ceste di verdure e tre vasetti di panna.

«Come fai ad alzare dei pesi simili?» domandò Antoine.

«Lo faccio!» rispose Yvonne, indicandogli di posare tutto sul bancone.

«Dovresti prendere qualcuno che ti aiuti.»

«E con cosa lo pagherei, il tuo qualcuno? Faccio già fatica a sbarcare il lunario io.»

«Domenica verrò a darti una mano con Louis: ti sistemeremo il magazzino, lì sotto c'è un vero cafarnao.»

«Lascia il mio magazzino com'è e piuttosto porta tuo figlio sui pony a Hyde Park, o fagli visitare la Torre di Londra. Sono mesi che lo sogna.»

«Lui sogna più che altro di visitare il museo degli Orrori, non è la stessa cosa. Ed è ancora troppo giovane.»

«O tu troppo vecchio», replicò Yvonne, sistemando le bottiglie di bordeaux.

Antoine fece capolino dalla porta della cucina e guardò golosamente i due grandi vassoi posati sul piano di lavoro. Yvonne gli batté la mano sulla spalla.

«Vi metto due coperti per stasera?» domandò.

«Magari tre...» rispose Antoine, guardando Emily china sul quaderno in fondo alla sala.

Non aveva ancora finito la frase che la mamma di Emily entrava trafelata nel locale. Si diresse verso la figlia, la baciò scusandosi del ritardo: era stata trattenuta da una riunione in consolato. Le domandò se aveva finito i compiti; la bambina annuì, fierissima. Antoine e Yvonne la guardavano dal bancone.

«Grazie», disse Valentine.

«Figurati», risposero in coro Yvonne e Antoine.

Emily fece la cartella e prese sua madre per mano. Dalla soglia, mamma e piccina si voltarono a salutare.

*Parigi*

Mathias tornò a posare la cornice sul bancone della cucina. Ne sfiorò il vetro con la punta delle dita, come ad accarezzare i capelli della figlia. Sulla foto, Emily teneva con una mano la madre e con l'altra salutava. Era nel giardino del Lussemburgo, tre anni prima. La vigilia di san Valentino, sua moglie lo aveva lasciato per andare a vivere a Londra con la figlia.

In piedi dietro l'asse da stiro, Mathias accostò la mano alla piastra del ferro per assicurarsi che fosse alla giusta temperatura. Dopo le camicie, che stirava al ritmo di una ogni quarto d'ora, fu la volta di un pacchetto in carta d'alluminio su cui lui passò la piastra con estrema cura. Posò il ferro. Staccò la spina e aprì il foglio d'alluminio, che conteneva un toast fumante al prosciutto e formaggio. Lo fece scivolare su un piatto e si portò la cena verso il divano del salotto, agguantando al volo il giornale sul tavolino basso.

*Londra*

Se in quell'inizio di serata il bar del ristorante era animato, la sala era tutt'altro che al completo. Sophie, la giovane fioraia, che aveva il negozio di fianco al locale di Yvonne, entrò con le braccia cariche di un enorme mazzo. Splendida nel camice bianco, sistemò i gigli in un vaso posato sul bancone. La padrona le indicò con un cenno discreto Antoine e Louis. Sophie si diresse verso il loro tavolo. Baciò Louis e declinò l'invito di Antoine di unirsi a loro: aveva ancora da sistemare il negozio e l'indomani doveva andare di buonora al mercato dei fiori di Columbia Road. Yvonne chiamò Louis perché andasse a scegliersi un gelato nel congelatore. Il bambino si eclissò.

Antoine prese la lettera dalla giacca e la consegnò, senza farsi notare, a Sophie. Lei l'aprì e cominciò a leggerla, visibilmente soddisfatta. Senza smettere di leggere, afferrò una seggiola e si sedette. Restituì il primo foglio ad Antoine.

«Non potresti cominciare con 'Amore mio'?»

«Vuoi che gli dica 'amore mio'?» domandò a sua volta Antoine in tono scettico.

«Sì, perché?»

«Così...»

«Cos'è che t'imbarazza?»

«Mi pare che sia eccessivo.»

«Eccessivo come?»

«Eccessivo, eccessivo!»

«Non capisco. Io lo amo, dunque lo chiamo 'amore mio'!» insisté Sophie, convinta.

Antoine prese la penna e ne tolse il cappuccio.

«Sei tu che ami, dunque sei tu che decidi! Anche se...»

«Anche se cosa?»

«Se fosse qui, forse l'ameresti un po' meno.»

«Ah, sai che rompi, Antoine? Perché devi sempre dire cose di questo genere?»

«Perché è così! Quando le persone ti vedono tutti i giorni, ti guardano meno... e dopo un po' non ti guardano proprio più del tutto.»

Sophie lo squadrò, visibilmente irritata. Antoine riprese il foglio.

«Benissimo, diciamo dunque: 'Amore mio...'»

Scosse il foglio per far asciugare l'inchiostro e lo consegnò a Sophie. Lei baciò Antoine sulla guancia, si alzò e mandò un bacio con la mano a Yvonne, indaffarata al bar. Quando fu sulla soglia, Antoine la chiamò.

«Scusami per poco fa.»

Sophie sorrise e uscì.

Il cellulare di Antoine trillò, sul display comparve il numero di Mathias.

«Dove sei?» domandò Antoine.

«Sul divano.»

«Hai una voce... Sbaglio?»

«No, no», rispose Mathias, tormentando gli orecchi di una giraffa di peluche.

«Poco fa sono andato a prendere tua figlia a scuola.»

«Lo so, me l'ha detto, ci siamo appena sentiti. D'altronde, tra un po' devo richiamarla.»

«Ti manca così tanto?» domandò Antoine.

«E ancor più se l'ho appena sentita al telefono», rispose Mathias con una punta di tristezza.

«Pensa alla fortuna che avrà in seguito, ritrovandosi perfettamente bilingue, e rallegrati. È splendida e felice.»

«Sì, lo so benissimo, è suo padre che lo è un po' meno.»

«Hai dei problemi?»

«Credo che finirò col farmi licenziare.»

«Ragione di più per trasferirti qui, vicino a lei.»

«E di cosa vivrei?»

«Ci sono molte librerie a Londra e il lavoro non manca.»

«Non sono un tantino inglesi, le tue librerie?»

«Il mio vicino va in pensione. La sua libreria è proprio nel cuore del quartiere francese, e lui cerca un gestore che lo sostituisca.»

Antoine confessò che il posto era assai più modesto di quello in cui lavorava Mathias a Parigi, ma lì sarebbe stato padrone di se stesso, cosa che in Inghilterra non era un delitto... Il locale era pieno di fascino, anche se aveva bisogno di una rinfrescata.

«Molti lavori da fare?»

«Questo è di mia competenza», rispose Antoine.

«E quanto costerà l'affitto?»

Il proprietario cercava soprattutto di evitare che la sua

libreria si trasformasse in paninoteca. Si sarebbe accontentato di una piccola percentuale sulle vendite.

«Cosa intendi esattamente con 'piccola'?» domandò Mathias.

«Piccola! Piccola come... la distanza che ci sarebbe tra il tuo posto di lavoro e la scuola di tua figlia.»

«Non potrò mai vivere all'estero.»

«Perché? Credi che la vita a Parigi sarà più bella quando la nuova linea tranviaria sarà finita? Qui l'erba non spunta soltanto tra le rotaie, ci sono parchi dappertutto... To', stamattina ho dato da mangiare a degli scoiattoli nel mio giardino.»

«Hai delle giornate davvero piene!»

«Ti ambienterai benissimo a Londra, c'è un'energia incredibile, la gente è cordiale, e poi, quanto al quartiere francese, sembra proprio di essere a Parigi... ma senza i parigini.»

E Antoine fece un elenco dettagliato di tutti i negozi francesi situati attorno all'Istituto.

«Puoi perfino comprare *L'Equipe* e prendere il cappuccino all'aperto senza lasciare Bute Street.»

«Non esagerare...»

«Secondo te, perché i londinesi hanno battezzato la strada '*Frog Alley*'?* Mathias, tua figlia vive qui, e il tuo miglior amico anche. E poi sei tu che continui a dire che la vita a Parigi è stressante.»

Disturbato dal rumore che veniva dalla strada, Mathias andò alla finestra; un automobilista imprecava contro gli spazzini.

* Ovvero «Via delle rane», dato il modo in cui i francesi pronunciano la «r». (*N.d.T.*)

«Resta in linea un momento» disse Mathias, sporgendo la testa fuori.

Urlò all'automobilista che, se proprio non intendeva mostrare rispetto per i residenti, poteva avere almeno un po' di considerazione per delle persone che facevano un lavoro ingrato. Dalla portiera, il conducente lanciò una bordata di ingiurie. Il camion finì con l'accostare al marciapiede e l'auto sparì con uno stridore di gomme.

«Cos'era?» domandò Antoine.

«Niente! Stavi dicendo, di Londra?»

# II

*Londra, alcuni mesi dopo*

La primavera era puntuale. E se, in quei primi giorni d'aprile, il sole si nascondeva ancora dietro le nuvole, la temperatura non lasciava dubbi circa l'arrivo della bella stagione. Il quartiere di South Kensington era in piena effervescenza. I banchi degli ambulanti traboccavano di frutta e verdura graziosamente disposta, il negozio di fiori di Sophie era sempre pieno di gente e presto Yvonne avrebbe rimesso i tavolini all'aperto. Antoine era oberato di impegni. Quel pomeriggio aveva rinviato due appuntamenti per seguire i lavori di tinteggiatura di una splendida, piccola libreria in fondo a Bute Street.

Gli scaffali del French Bookshop erano protetti da teli di plastica e gli imbianchini stavano facendo gli ultimi ritocchi. Antoine guardò l'orologio, inquieto, e si rivolse al suo collaboratore.

«Non finiranno mai per stasera!»

Sophie entrò nella libreria.

«Ripasserò più tardi a lasciare il mio mazzo, la pittura ama i fiori ma il contrario non è vero.»

«A questo ritmo, ripassa pure domani», le disse Antoine.

Sophie gli si avvicinò.

«Sarà pazzo di gioia, sicché, anche se dovessero rimanere in giro una scala e due barattoli di stucco, non sarà una tragedia.»

«Sarà bello soltanto quando tutto sarà in ordine.»

«Sei fissato. Be', vado a chiudere il negozio e vengo a darti una mano. A che ora arriva?»

«E chi lo sa? Lo conosci, ha già cambiato orario quattro volte.»

*

Seduto sul retro di un taxi, una valigia ai piedi, un pacco sotto il braccio, Mathias non capiva niente di quello che gli diceva l'autista. Per cortesia, gli rispondeva con una serie di *sì* e di *no* pronunciati a caso, cercando d'interpretare il suo sguardo nel retrovisore. Aveva copiato l'indirizzo della sua destinazione dietro il biglietto ferroviario e affidato il tutto a quell'uomo che, a dispetto di un problema di comunicazione diventato palese e di un volante messo dalla parte sbagliata, gli sembrava però del tutto affidabile.

Il sole trafiggeva infine le nuvole e i suoi raggi irradiavano il Tamigi, stirando l'acqua del fiume in un lungo nastro argenteo. Attraversando il ponte di Westminster, Mathias scopriva i contorni dell'abbazia sulla riva opposta. Sul marciapiede, una ragazza addossata al parapetto, microfono in mano, recitava il suo testo davanti a una telecamera.

«Quasi quattrocentomila nostri compatrioti avrebbero varcato la Manica per venire a stabilirsi in Inghilterra.»

Il taxi superò la giornalista e l'auto sprofondò nel cuore della città.

*

Dietro il banco, un vecchio signore, inglese, sistemava alcuni documenti dentro una cartella di pelle screpolata dall'azione del tempo. L'uomo si guardò attorno e inspirò profondamente prima di rimettersi all'opera. Azionò con discrezione il meccanismo di apertura del registratore di cassa e ascoltò il tintinnio delicato della campanella mentre il cassetto del contante si apriva.

«Dio come mi mancherà questo rumore», disse.

La sua mano passò sull'antica macchina e spinse una molla che liberava il cassetto dalle rotaie. L'uomo lo posò su uno sgabello non lontano da sé. Si chinò per prendere, in fondo al vano, un libretto dalla copertina rossa sbiadita. Il romanzo era firmato P.G. Wodehouse. Il vecchio signore inglese, che rispondeva al nome di John Glover, annusò il libro e lo strinse al petto. Ne sfogliò qualche pagina, con un'attenzione che sconfinava nella tenerezza. Poi lo posò in bella mostra sulla sola mensola non coperta da teli e tornò dietro il banco. Chiuse la cartella e aspettò, a braccia incrociate.

«Tutto bene, signor Glover?» domandò Antoine guardando l'orologio.

«Meglio rasenterebbe l'indecenza», rispose il vecchio libraio.

«Ormai non dovrebbe tardare.»

«Alla mia età, il ritardo a un appuntamento diventato inevitabile non può che essere una buona notizia», disse Glover in tono pacato.

Un taxi si stava affiancando al marciapiede. La porta

della libreria si aprì e Mathias si gettò tra le braccia del suo amico. Antoine tossicchiò e indicò, con un'occhiata insistente, il vecchio signore che aspettava in fondo alla libreria, a dieci passi da lui.

«Ah, sì. Ora capisco meglio cosa intendi con il termine 'piccolo'», bisbigliò Mathias guardandosi attorno.

Il vecchio libraio si alzò e con decisione tese la mano a Mathias.

«Il signor Popinot, presumo?» disse in un francese quasi perfetto.

«Mi chiami Mathias.»

«Sono felicissimo di accoglierla qui, signor Popinot. All'inizio probabilmente stenterà ad abituarsi, il posto può sembrare piccolo, ma l'anima di questa libreria è immensa.»

«Signor Glover, io non mi chiamo Popinot.»

John Glover tese la vecchia cartella a Mathias e gliel'aprì sotto gli occhi.

«Troverà nella tasca centrale tutti i documenti firmati dal notaio. Muova con cautela la cerniera lampo, da quando ha compiuto settant'anni è diventata stranamente bizzosa.»

Mathias prese la borsa e ringraziò.

«Signor Popinot, posso chiederle un favore, oh, un piccolissimo favore da nulla ma che mi riempirebbe di gioia?»

«Con grande piacere, signor Glover», rispose Mathias esitante, «ma mi permetta d'insistere: io non mi chiamo Popinot.»

«Come vuole», disse il libraio in tono amabile. «Può domandarmi se, per puro caso, nei miei scaffali si trova una copia dell'*Inimitabile Jeeves*?»

Mathias si volse verso Antoine, cercando nello sguardo

dell'amico una parvenza di spiegazione. Antoine si limitò a stringersi nelle spalle. Mathias tossicchiò e guardò John Glover con la massima serietà.

«Signor Glover, avrebbe mica, per puro caso, un libro intitolato *L'inimitabile Jeeves*, per piacere?»

Il libraio si diresse a passo deciso verso il ripiano scoperto, prese il solo libro che conteneva e lo tese orgogliosamente a Mathias.

«Come può constatare, il prezzo indicato in copertina è di mezza corona; non avendo, ahimè, questa moneta più corso, e affinché questa transazione avvenga tra gentleman, ho calcolato che la somma attuale di cinquanta penny sarebbe un giusto equivalente, sempreché lei sia d'accordo!»

Sbalordito, Mathias accettò, Glover gli consegnò il libro, Antoine prestò al suo amico i cinquanta penny e il libraio decise che era ora di far visitare il posto al nuovo gestore.

Sebbene la libreria non fosse più di sessantadue metri quadrati – contando la superficie che ospitava le scaffalature più il retrobottega –, la visita durò trenta minuti buoni. Durante questo lasso di tempo, Antoine dovette suggerire al suo miglior amico le risposte alle domande che il signor Glover gli poneva ogni tanto, quando abbandonava il francese per riprendere la sua lingua natale. Dopo avergli insegnato come funzionava il registratore di cassa, e soprattutto come sbloccare il cassetto quando la molla si incastrava, il vecchio librario chiese a Mathias di accompagnarlo all'uscita, come voleva la tradizione. Cosa che lui fece di buon grado.

Sulla porta, e non senza lasciar trapelare una certa commozione, in via del tutto eccezionale il signor Glover prese Mathias tra le braccia e lo strinse a sé.

«Ho passato tutta la vita in questo posto», disse.

«Me ne prenderò cura, ha la mia parola d'onore», replicò Mathias, solenne e sincero.

Il vecchio libraio gli si accostò all'orecchio.

«Avevo appena compiuto venticinque anni, non ho potuto festeggiarli perché mio padre ha avuto la pessima idea di morire il giorno del mio compleanno. Devo confidarle che il suo senso dell'umorismo mi è sempre sfuggito. L'indomani, ho dovuto rilevare la sua libreria, che a quel tempo era inglese. Il libro che lei ha in mano è il primo che ho venduto. Ne avevamo due copie in negozio. Ho conservato questa, giurando a me stesso che me ne sarei separato soltanto l'ultimo giorno della mia attività di libraio. Come ho amato questo mestiere! Essere in mezzo ai libri, affiancare ogni giorno i personaggi che vivono nelle loro pagine... Se ne prenda cura.»

Il signor Glover guardò un'ultima volta l'opera dalla copertina rossa che Mathias aveva in mano e gli disse, il sorriso sulle labbra:

«Sono certo che Jeeves veglierà su di lei».

Salutò Mathias e se ne andò.

«Cosa ti ha detto?» domandò Antoine.

«Niente», rispose Mathias. «Puoi rimanere un momento in negozio?»

E, prima che Antoine potesse rispondere, Mathias si precipitò sul marciapiede, alle calcagna del signor Glover. Riacciuffò il vecchio libraio in fondo a Bute Street.

«Cosa posso fare per lei?» gli domandò quest'ultimo.

«Perché mi ha chiamato Popinot?»

Glover guardò Mathias con tenerezza.

«Dovrà prendere quanto prima l'abitudine di non uscire mai senza ombrello in questa stagione. Il tempo non è così brutto come si dice, ma in questa città capita che la pioggia cada senza preavviso.»

Il signor Glover aprì l'ombrello e si allontanò.

«Mi sarebbe piaciuto conoscerla prima, signor Glover. Sono fiero di succederle», urlò Mathias.

L'uomo con l'ombrello si voltò e sorrise al suo interlocutore.

«In caso di problemi, troverà in fondo al cassetto del registratore il numero di telefono della casetta del Kent dove mi ritiro.»

La figura elegante del vecchio libraio scomparve dietro l'angolo. La pioggia cominciò a cadere, Mathias alzò gli occhi e guardò il cielo velato. Sentì alle proprie spalle il passo di Antoine.

«Cosa volevi da lui?» domandò questi.

«Niente», rispose Mathias prendendogli l'ombrello di mano.

Mathias tornò alla sua libreria, Antoine nel suo ufficio, e i due amici si ritrovarono alla fine del pomeriggio davanti alla scuola.

*

Seduti ai piedi del grande albero che ombreggiava il rondò, Antoine e Mathias aspettavano che la campanella annunciasse la fine delle lezioni.

«Valentine mi ha chiesto di prendere Emily: lei è trattenuta in consolato», disse Antoine.

«Perché la mia ex moglie chiama il mio miglior amico per chiedergli di accompagnare a casa mia figlia?»

«Perché nessuno sapeva a che ora saresti arrivato.»

«Lei è spesso in ritardo, quando deve andare a prendere Emily a scuola?»

«Ti ricordo che quando vivevate insieme tu non tornavi mai a casa prima delle otto di sera!»

«Sei il mio miglior amico o il suo?»

«Quando dici certe cose mi domando se non è te che vengo a prendere a scuola.»

Mathias non ascoltava più Antoine. Dal fondo del cortile, una bambina gli offriva il più bel sorriso del mondo. Il cuore in tumulto, lui si alzò e il suo volto s'illuminò dello stesso sorriso. Guardandoli, Antoine pensò che soltanto la vita poteva aver immaginato una somiglianza così bella.

«È vero che rimani?» domandò la bambina, soffocata di baci.

«Ti ho mai detto bugie?»

«No, ma c'è sempre una prima volta.»

«Sei sicura che tu non menti sulla tua età?»

Antoine e Louis li avevano lasciati da soli. Emily decise di far scoprire il quartiere a suo padre. Quando entrarono mano nella mano nel ristorante di Yvonne, Valentine li aspettava, seduta al bancone. Mathias le si avvicinò e la baciò sulla guancia, mentre Emily si metteva al tavolo dov'era solita fare i compiti.

«Sei tesa?» domandò Mathias, sedendosi su uno sgabello.

«No», rispose Valentine.

«Direi proprio di sì, hai l'aria tesa.»

«Non lo ero prima della tua domanda, ma posso diventarlo, se vuoi.»

«Vedi che lo sei!»

«Emily sognava di dormire a casa tua stasera.»

«Non ho nemmeno avuto il tempo di vedere com'è fatta, casa mia. I miei mobili arrivano domani.»

«Non hai visitato il tuo appartamento prima di traslocare?»

«Non mi è stato possibile, tutto è precipitato. Ho dovuto sistemare un sacco di cose a Parigi, prima di venire qui. Perché sorridi?»

«Per nulla di particolare», rispose Valentine.

«Mi piace quando sorridi così, per niente.»

Valentine si rabbuiò.

«E adoro quando le tue labbra si arricciano.»

«Basta», disse Valentine in tono dolce. «Hai bisogno di una mano per sistemarti?»

«No, me la sbroglierò. Vuoi che pranziamo insieme domani? Insomma, se ne hai il tempo.»

Valentine inspirò profondamente e ordinò a Yvonne una bibita allo sciroppo di fragola.

«Se non sei tesa, in ogni caso sei contrariata. È perché mi sono trasferito a Londra?» riprese Mathias.

«Ma niente affatto», rispose Valentine passando una mano sulla guancia di Mathias. «Al contrario.»

Il volto di Mathias s'illuminò.

«Perché al contrario?» domandò con un filo di voce.

«Bisogna che ti dica una cosa», sussurrò Valentine. «Emily non lo sa ancora.»

Inquieto, Mathias avvicinò lo sgabello.

«Torno a Parigi, Mathias. Il console mi ha appena offerto un posto di dirigente. È la terza volta che mi offrono un posto di responsabilità al Quai d'Orsay. Ho sempre detto no perché non volevo descolarizzare Emily. Lei si è fatta una vita qui e Louis è diventato un po' come un fratello. Già lei pensa che le abbia tolto il padre, non vorrei che mi rimproverasse di averle tolto anche gli amici. Se non fossi venuto qui, probabilmente avrei rifiutato di nuovo, ma adesso che ci sei tu si sistema tutto.»

«Hai accettato?»

«Non si può rifiutare una promozione quattro volte di seguito.»

«Sarebbe stata soltanto la terza, se non sbaglio i conti!» esclamò Mathias.

«Sapevo che avresti capito», disse Valentine con calma.

«Capisco che io arrivo e tu te ne vai.»

«Realizzerai il tuo sogno, vivrai con tua figlia», disse Valentine guardando Emily che disegnava sul quaderno. «Mi mancherà da morire.»

«E tua figlia cosa penserà?»

«Lei ti ama più di ogni altra cosa al mondo, e poi l'affidamento alternato non implica necessariamente una settimana per uno.»

«Vuoi dire che è meglio tre anni per uno?»

«Invertiremo semplicemente le parti: sarai tu a mandarla in vacanza da me.»

Yvonne uscì dalla cucina.

«Tutto bene, voi due?» domandò, posando il bicchiere con la bibita alla fragola davanti a Valentine.

«Magnifico!» rispose prontamente Mathias.

Yvonne, dubbiosa, guardò prima l'uno e poi l'altra, e se ne tornò ai fornelli.

«Sarete felici insieme, no?» disse Valentine, aspirando dalla cannuccia.

Mathias triturava una scheggia di legno che si staccava dal bancone.

«Se me l'avessi detto un mese fa, saremmo stati tutti felici... a Parigi!»

«Andrà bene?» domandò Valentine.

«Sarà magnifico!» bofonchiò Mathias, strappando la scheggia dal bancone. «Adoro già il quartiere. Quando lo dirai a Emily?»

«Stasera.»

«Magnifico! E quando partirai?»

«Alla fine della settimana.»

«Magnifico!»

Valentine posò la mano sulle labbra di Mathias.

«Andrà tutto bene, vedrai.»

Antoine entrò nel ristorante e notò subito i lineamenti stravolti del suo amico.

«Tutto bene?» domandò.

«Magnifico!»

«Vi lascio», disse subito Valentine scendendo dallo sgabello, «ho un sacco di cose da fare. Vieni, Emily?»

La bambina si alzò, baciò il padre e Antoine e raggiunse sua madre. La porta del locale si chiuse alle loro spalle.

Antoine e Mathias erano seduti a fianco a fianco. Yvonne ruppe il silenzio posando un bicchiere di cognac sul bancone.

«Tieni, bevi questo, è un toccasana... magnifico.»

Mathias guardò prima Antoine e poi Yvonne.

«Da quanto tempo lo sapevate?»

Yvonne si scusò, aveva da fare in cucina.

«Qualche giorno», rispose Antoine. «E non guardarmi così, non toccava a me darti la notizia... e non era nemmeno sicura...»

«Ecco, adesso lo è!» esclamò Mathias tracannando il cognac d'un fiato.

«Vuoi che ti porti a vedere la tua nuova casa?»

«Credo che non ci sia molto da vedere, per il momento», rispose Mathias.

«Aspettando che arrivino i tuoi mobili, ho messo una branda nella tua stanza. Vieni a cena da buon vicino», propose Antoine. «Louis sarà estasiato.»

«Lo tengo qui io», disse Yvonne interrompendo la loro conversazione. «Non l'ho visto per mesi, abbiamo un sacco di cose da raccontarci. Fila via, Antoine, tuo figlio si spazientisce.»

Antoine esitava ad abbandonare il suo amico, ma Yvonne gli faceva gli occhiacci, sicché si rassegnò e le mormorò all'orecchio, uscendo, che tutto sarebbe stato...

«... magnifico!» concluse Mathias.

Risalendo Bute Street col figlio, Antoine bussò alla vetrina di Sophie. Lei lo raggiunse subito fuori.

«Vuoi venire a cena da noi?» domandò Antoine.

«No, sei un tesoro, ho ancora dei bouquet da finire.»

«Hai bisogno di aiuto?»

La gomitata che Louis assestò al padre non sfuggì agli occhi della giovane fioraia che passò la mano tra i capelli del bambino.

«Andate che è tardi: conosco qualcuno che deve avere più voglia di guardare i cartoni animati che di giocare al fioraio.»

Sophie si fece avanti per baciare Antoine, lui le infilò una lettera in mano.

«Ci ho messo tutto quello che mi hai chiesto, ti basta copiarla.»

«Grazie, Antoine.»

«Ce lo presenterai un giorno, il tipo a cui scrivo...?»

«Un giorno, promesso!»

In fondo alla strada, Louis tirò suo padre per un braccio.

«Senti, papà, se ti annoi a cenare da solo con me, puoi anche dirmelo, sai?»

E, siccome il figlio accelerava il passo per distanziarlo, Antoine disse, alzando la voce:

«Ho in mente una cenetta di cui poi mi dirai: polpette della casa e soufflé al cioccolato, tutto fatto dalle mani di tuo padre».

«Sì, sì...» disse Louis immusonito, salendo sull'Austin Healey.

«Hai proprio un brutto carattere, sai?» riprese Antoine, allacciandogli la cintura di sicurezza.

«Sì, il tuo!»

«Anche un po' quello di tua madre, non credere...»

«Mamma mi ha mandato una e-mail, ieri sera», disse Louis, mentre l'auto percorreva Old Brompton Road.

«Sta bene?»

«Da quello che dice, sembra che siano le persone che ha intorno a non star bene. In questo momento è nel Darfur. Dove si trova con precisione, papà?»

«Sempre in Africa.»

*

Sophie raccolse le foglie che aveva spazzato sulle pianelle antiche del negozio. Ricompose il mazzo di rose di colori tenui nel grande vaso della vetrina e rimise un po' d'ordine nei fili di rafia sospesi sopra il banco. Si tolse il camice bianco per appenderlo all'attaccapanni in ferro battuto. Tre fogli uscivano dalla tasca. Prese la lettera scritta da Antoine, sedette sullo sgabello dietro la cassa e cominciò a trascrivere le prime righe.

*

Alcuni clienti finivano di mangiare in sala. Mathias cenava solo al bancone. Ormai tutti erano serviti: Yvonne si fece un caffè e andò a sedersi su uno sgabello accanto a lui.

«Era buono? Se mi rispondi 'magnifico', ti becchi una sberla.»

«Conosci un certo Popinot?»

«Mai sentito, perché?»

«Così», disse Mathias, tamburellando sul bancone. «E Glover, l'hai conosciuto bene?»

«È un personaggio del quartiere. Un uomo discreto ed elegante, anticonformista. Innamorato della letteratura francese; non so cosa gli è preso.»

«Una donna, magari...»

«L'ho sempre visto solo», disse Yvonne in tono secco. «E poi mi conosci, non faccio mai domande.»

«Allora come fai ad avere tutte le risposte?»

«Più che parlare, ascolto.»

Yvonne posò la mano su quella di Mathias e la strinse con tenerezza.

«Ti adatterai, non preoccuparti!»

«Ti trovo ottimista. Non appena pronuncio due parole d'inglese, mia figlia si sganascia dal ridere!»

«Stai tranquillo: nessuno parla inglese in questo quartiere!»

«Allora sapevi di Valentine?» domandò Mathias, bevendo l'ultimo sorso di vino nel bicchiere.

«Sei venuto per tua figlia! Contavi forse di riconquistare Valentine trasferendoti qui?»

«Quando si ama non si conta, me l'hai ripetuto cento volte.»

«Non sei ancora guarito, eh?»

«Non lo so, Yvonne, mi manca spesso, tutto qua.»

«Allora perché l'hai tradita?»

«È stato tanto tempo fa, ho fatto una cazzata.»

«Eh, sì, ma le cazzate di questo tipo si pagano per tutta la vita. Approfitta di questa avventura londinese per voltare pagina. Sei un tipo belloccio, se avessi trent'anni di meno ti farei delle avance. Se si presenta la felicità, non fartela scappare.»

«Non sono sicuro che abbia il mio nuovo indirizzo, la tua felicità...»

«Quanti incontri hai rovinato, in questi ultimi tre anni, perché amavi con un piede nel presente e l'altro nel passato?»

«Cosa ne sai, tu?»

«Non era una vera domanda, la mia, vorrei soltanto che ci pensassi su. E poi, per quel che ne so, te l'ho appena detto, ho trent'anni di troppo. Vuoi un caffè?»

«No, è tardi, me ne vado a letto.»

«Troverai la strada?» domandò Yvonne.

«La casa attaccata a quella di Antoine: non è la prima volta che vengo qui.»

Mathias insisté per pagare, prese le sue cose, salutò Yvonne e uscì per strada.

*

Il buio s'era insinuato nella sua vetrina senza che lei se ne accorgesse. Sophie piegò la lettera, aprì l'armadietto sotto la cassa e la infilò in una scatola di sughero sopra la pila di lettere scritte da Antoine. Buttò quella che aveva appena copiato nel saccone di plastica nera tra i mucchi di foglie e di gambi tagliati. Allontanandosi dal negozio, lo lasciò sul marciapiede, in mezzo all'altra spazzatura.

*

Qualche cirro velava il cielo. Mathias, valigia in mano, il pacco sotto il braccio, risaliva Old Brompton Road a piedi. Si fermò un momento, chiedendosi se non aveva già superato la sua destinazione.

« Magnifico! » borbottò rimettendosi in cammino.

All'incrocio, riconobbe la vetrina di un'agenzia immobiliare e svoltò in Clareville Grove. Case di tutti i colori bordavano la stradina. Sui marciapiedi, mandorli e ciliegi oscillavano al vento. A Londra gli alberi nascono in disordine, come vogliono loro, e non è raro vedere qui o là dei pedoni costretti a scendere sulla carreggiata per aggirare un grosso ramo che ostruisce il passaggio.

I passi di Mathias echeggiavano nella sera calma. Si fermò davanti al numero quattro.

La casa era stata divisa all'inizio del secolo scorso in due parti disuguali, ma aveva serbato tutto il suo fascino. I mattoni rossi della facciata erano coperti da un folto glicine che arrivava al tetto. Sulla scala esterna, dopo pochi gradini, due porte d'ingresso si affiancavano, una per ogni inquilino. Quattro finestre diffondevano la luce nelle stanze, una per la piccola parte in cui fino alla settimana prima abitava il signor Glover, tre per la più grande, dove viveva Antoine.

*

Antoine guardò l'orologio e spense la luce della cucina. Un vecchio tavolo rustico in legno chiaro la separava dal salotto, arredato con due divani in tela greggia e un tavolino basso.

Un po' più in là, dietro una parete di vetro, Antoine aveva allestito uno studiolo che divideva con il figlio al momento dei compiti a casa e dove Louis andava spesso a giocare di nascosto sul computer del padre. Tutto il pianterreno, sul retro, dava sul giardino.

Antoine imboccò la scala, entrò nella stanza del figlio, che dormiva da un pezzo. Gli rimboccò il lenzuolo sulla spalla, gli dette un bacio tenerissimo sulla fronte, insinuò il naso nel cavo del suo collo per carpirvi un po' d'odore d'infanzia e uscì dalla stanza chiudendo piano la porta.

*

Le finestre di Antoine s'erano appena abbuiate quando Mathias salì i pochi gradini della scala esterna e infilò la chiave nella toppa della porta, entrando in casa.

Dalla sua parte, il pianterreno era completamente vuoto. Appesa al soffitto, una lampadina dondolava in fondo a un filo attorcigliato, diffondendo una luce triste. Mathias lasciò cadere il pacco sul pavimento e salì a visitare il piano superiore. Due stanze comunicavano con un bagno. Posò la valigia sulla branda che Antoine gli aveva preparato. Su una cassa, che fungeva da comodino, trovò un biglietto del suo amico che gli dava il benvenuto nella nuova dimora. Mathias andò alla finestra; in basso, la sua parte di giardino era una stretta striscia di erbetta. La pioggia cominciò a scivolare lungo il vetro. Mathias appallottolò il bigliettino di Antoine nel palmo della mano e lo lasciò cadere a terra.

I gradini della scala cigolarono di nuovo sotto i suoi passi e lui riprese il pacco all'ingresso, uscì di casa e risalì la strada in senso inverso. Dietro di lui, una tenda si abbassava alla finestra di Antoine.

Di ritorno in Bute Street, Mathias socchiuse la porta della libreria, si sentiva ancora odore di pittura. Cominciò a togliere a uno a uno i teli che proteggevano gli scaffali. Il posto non era grande, è vero, ma le scaffalature sfruttavano a fondo la bella altezza fino al soffitto. Mathias scorse la vecchia scala che scorreva sulla rotaia di rame. Soffrendo fin dall'adolescenza di vertigini in modo vistoso e incurabile, decise che ogni volume non a portata di mano, ovvero al di sopra del terzo piolo, non avrebbe più fatto parte dello stock ma dell'arredo. Uscì e s'inginocchiò sul marciapiede per sfasciare il pacco. Contemplò la targa smaltata che c'era dentro e sfiorò con le dita la scritta FRENCH BOOKSHOP. Il pannello della porta sembrava fatto apposta per accoglierla. Mathias prese dalla tasca quattro lunghe viti, vecchie come l'insegna, e aprì il coltellino svizzero. Una mano gli si posò sulla spalla.

«Tieni», disse Antoine, tendendogli un cacciavite. «Te ne serve uno più grosso.»

E, mentre Antoine reggeva la targa, Mathias avvitava con tutte le forze, facendo mordere le viti nel legno.

«Mio nonno aveva una libreria a Smirne. Il giorno in cui la città è bruciata, questa targa è stata la sola cosa che ha potuto portar via. Quand'ero bambino, ogni tanto lui la tirava fuori da un cassetto della sua credenza, la posava sul tavolo della sala da pranzo e mi raccontava come aveva conosciuto mia nonna, come si era innamorato di lei, come, a dispetto della guerra, non avevano mai smesso di amarsi. Non ho mai conosciuto mia nonna. Non è mai tornata dal campo di sterminio.»

Fissata la targa, i due amici sedettero sullo scalino della libreria. Sotto la pallida luce di un lampione di Bute Street, ciascuno ascoltava il silenzio dell'altro.

# III

Il pianterreno della casa era inondato di sole, Antoine prese il latte dal frigorifero e irrorò i cereali di Louis.

«Non troppo, papà, sennò diventano una pappa», disse Louis, scostando il braccio del padre.

«Non è un buon motivo per versare il resto sul tavolo!» rispose Antoine, prendendo la spugnetta sul bordo dell'acquaio.

Tamburellarono alla porta, Antoine attraversò il salotto. Appena socchiuso l'uscio, Mathias, in pigiama, entrò a passo deciso.

«Hai del caffè?»

«Buongiorno!»

«Buongiorno», rispose Mathias sedendosi accanto a Louis.

Il bambino chinò il capo sulla tazza.

«Dormito bene?» domandò Antoine.

«Il mio lato sinistro ha dormito bene, il destro non aveva posto a sufficienza.»

Mathias prese una fetta di pane tostato dal cestino e la spalmò abbondantemente di burro e marmellata.

«Cos'è che ti porta qui di mattina presto?» domandò Antoine posando la tazza di caffè davanti all'amico.

«Mi hai fatto immigrare nel Regno Unito o nel regno di Gulliver?»

«Cosa c'è?»

«C'è che un raggio di sole è entrato in cucina e in due non ci stavamo più, sicché sono venuto a fare colazione da te! Hai del miele?»

«Davanti a te!»

«In verità, credo d'aver capito», riprese Mathias mordendo il pane. «Qui i chilometri diventano miglia, i gradi Celsius diventano Fahrenheit e il 'piccolo' è convertito in 'microscopico'.»

«Sono andato due o tre volte dal mio vicino a prendere il tè e il posto mi è sembrato piuttosto *cosy*!»

«Be', non è *cosy*, è microscopico!»

Louis si alzò da tavola e salì a prendere la cartella nella sua stanza. Discese dopo qualche istante.

«Vado a portare mio figlio a scuola, se non hai niente in contrario. Non vai in libreria?»

«Aspetto il camion dei traslochi.»

«Hai bisogno di aiuto?»

«Oh, no, ci vorranno due secondi: il tempo di scaricare due sedie e un puf e la mia celletta sarà piena da scoppiare!»

«Come vuoi!» rispose Antoine in tono secco. «Uscendo, tirati dietro la porta.»

Mathias riacciuffò Antoine, che aveva raggiunto Louis sulla scala esterna.

«Hai degli asciugamani puliti da qualche parte? Farò la doccia qui; nella mia, bisogna lavarsi una gamba per volta.»

«Stai rompendo!» gli disse Antoine lasciando la casa.

Louis prese posto sul sedile del passeggero dell'Austin Healey e si allacciò da solo la cintura di sicurezza.

«Rompe per davvero», borbottò Antoine, risalendo la strada a marcia indietro.

Un camion della Delahaye Moving stava manovrando per parcheggiare davanti a casa.

*

Dieci minuti dopo, Mathias chiamò Antoine alla riscossa. S'era, sì, tirato dietro la porta come gli era stato chiesto, ma le sue chiavi erano rimaste sul tavolo della sala da pranzo. Gli addetti al trasloco aspettavano davanti a casa sua e lui era in pigiama in mezzo alla strada. Antoine aveva appena lasciato Louis a scuola e tornò indietro.

Il responsabile della ditta di traslochi era riuscito a convincere Mathias a lasciar lavorare la sua squadra in pace; a gesticolare a quel modo in mezzo ai ragazzi, non faceva altro che intralciarli. Promise che, quando fosse tornato quella sera, avrebbe trovato tutto a posto.

Antoine aspettò che Mathias facesse la doccia; quando fu pronto, ripartirono insieme nella vecchia cabriolet scoperta.

«Ti mollo e filo via, sono già molto in ritardo così», disse Antoine lasciando Clareville Grove.

«Vai in ufficio?» domandò Mathias.

«No, devo passare da un cantiere.»

«Non serve fare una deviazione per la libreria: ci sarà ancora puzza di pittura. Ti accompagno.»

«Va bene, ma tu stai in campana!»

«Perché dici così?»

L'Austin Healey si lanciò su Old Brompton Road.

«Piano!» esclamò Mathias.

Antoine lo guardò, irritato.

«Rallenta!» insisté Mathias.

Antoine approfittò di un semaforo rosso per prendere la sua cartella, posata ai piedi di Mathias.

«Puoi smettere di frenare al mio posto!» disse raddrizzandosi.

«Perché mi hai posato 'sta roba sulle ginocchia, adesso?»

«Apri e guarda cosa c'è dentro.»

Mathias, con aria interrogativa, ne cavò un documento.

«Aprilo!»

Non appena l'auto ripartì, il foglio col progetto si appiccicò al viso di Mathias, che tentò invano di scollarselo di dosso lungo tutto il tragitto. Un po' più tardi, Antoine parcheggiava lungo il marciapiede, davanti a un portico in pietra da taglio. Un cancello in ferro battuto dava accesso a un vicolo cieco. Ricuperò il suo progetto e scese dall'Austin.

Su ambo i lati delle selci a spina di pesce, dei *mews*, ex scuderie, venivano trasformati in piccoli cottage. Le facciate variopinte crollavano sotto le rose rampicanti. I tetti ondulati erano talora in tegole di legno talora in ardesia. In fondo al vicolo, una costruzione, più grande di tutte le altre, dominava il posto. Un portone in legno di quercia troneggiava in cima ad alcuni gradini. Antoine esortò il suo amico, che batteva la fiacca, a raggiungerlo.

«Spero che non ci siano topi...» disse Mathias avvicinandosi.

«Entra!»

Mathias scoprì uno spazio immenso, illuminato da finestroni, dove lavoravano alcuni operai. Al centro, una scala portava al piano superiore. Un tipo alto e dinoccolato si avvicinò ad Antoine con un disegno in mano.

«L'aspettavamo tutti!»

Scozzese da parte di padre, normanno da parte di madre, McKenzie, trent'anni passati, parlava francese con una punta d'inflessione che non lasciava dubbi sulle sue origini ibride. Indicò l'ammezzato e interrogò Antoine.

«Ha preso una decisione?»

«Non ancora», rispose Antoine.

«Non avrò mai i sanitari in tempo. Bisogna che faccia l'ordinazione stasera, al più tardi.»

Mathias si avvicinò ai due.

«Perdonatemi», disse, stizzito. «Mi hai fatto attraversare Londra perché ti aiuti a risolvere un problema di cessi?»

«Scusa un momento!» rispose Antoine, prima di tornare a rivolgersi al progettista. «Rompono le palle, i suoi fornitori, McKenzie!»

«Le rompono anche a me i suoi fornitori», ripeté Mathias sbadigliando.

Antoine fustigò l'amico con gli occhi, Mathias scoppiò a ridere.

«Be', io prendo la tua macchina, tu puoi farti accompagnare dal tuo progettista. È possibile, McKenzie?»

Antoine afferrò Mathias per un braccio e lo trattenne.

«Mi serve il tuo parere, due o quattro?»

«Cessi?»

«È un'ex rimessa di carrozze che lo studio ha acquistato l'anno scorso. Non so se dividerla in due o in quattro appartamenti.»

Mathias si guardò attorno, alzò la testa verso l'ammezzato, rifece un giro su se stesso e si portò le mani ai fianchi.

«Uno soltanto!»

«Va be', ho capito, prendi la macchina!»

«Tu domandi e io rispondo!»

Antoine lo lasciò e raggiunse i muratori, intenti a smontare un antico caminetto. Mathias continuava a osservare il posto, salì al piano di sopra, si accostò a un disegno appeso al muro, tornò verso la balaustra dell'ammezzato, spalancò le braccia ed esclamò con voce tonante:

«Un solo appartamento, due bagni, e vissero tutti felici e contenti!»

Stupefatti, gli operai alzarono la testa, mentre Antoine, disperato, si prendeva la propria tra le mani.

«Mathias, io sto lavorando!» urlò Antoine.

«Ma anch'io sto lavorando!»

Antoine salì i gradini a due a due per raggiungere Mathias.

«A che gioco stai giocando?»

«Ho un'idea! Sotto, facciamo allestire uno stanzone comune e qui dividiamo lo spazio in due... in verticale», aggiunse Mathias, tracciando una separazione immaginaria con le mani.

«Verticale?» ripeté Antoine, esasperato.

«Quante volte, da quando siamo bambini, abbiamo pensato di dividere lo stesso tetto? Tu sei single, io pure, è l'occasione sognata.»

Mathias allargò le braccia e ripeté «divisione verticale».

«Non siamo più bambini! E, se uno di noi arrivasse a casa con una donna, come la divideremmo?» bisbigliò Antoine ridendo.

«Se uno di noi due arrivasse a casa con una donna, rimarrebbe fuori!»

«Vuoi dire: niente donne in casa?»

«Proprio così!» rispose Mathias allargando ancora un poco le braccia. «Guarda!» aggiunse, agitando il disegno. «Anch'io, che non sono architetto, posso immaginare che posto di sogno sarebbe.»

«Senti, sogna pure, io ho da fare!» disse Antoine strappandogli il disegno di mano.

Scendendo, si voltò verso Mathias con aria avvilita.

«Digerisci il tuo divorzio una volta per tutte e lasciami lavorare in pace!»

Mathias si precipitò alla balaustra per interpellare Antoine, che aveva raggiunto McKenzie.

«Sei già andato d'accordo in coppia con qualcuno come da quindici anni andiamo d'accordo noi? E i nostri figli non sono forse felici quando vanno in vacanza insieme? Sai benissimo che tra noi funzionerebbe!» argomentò Mathias.

Esterrefatti, gli operai avevano cessato ogni attività fin dall'inizio della conversazione. Uno spazzava, un altro s'era immerso nella lettura di una nota tecnica, un terzo puliva gli attrezzi.

Furioso, Antoine lasciò il progettista e uscì nel vicolo. Mathias scese a precipizio le scale, rassicurò McKenzie con una strizzata d'occhio amichevole e raggiunse l'amico accanto alla macchina.

«Non capisco perché te la prendi tanto! A me sembra una bella idea. E poi è facile per te, tu non hai appena traslocato in uno sgabuzzino.»

«Sali o ti lascio qui», rispose Antoine, aprendo la portiera.

McKenzie li inseguiva gesticolando a più non posso. Senza fiato, chiese se poteva tornare in auto con loro, dato che aveva un sacco di cose da fare in studio. Mathias uscì dall'auto per farlo salire. Nonostante l'alta statura, McKenzie si rannicchiò alla bell'e meglio sulla parvenza di sedile posteriore della cabriolet e l'Austin Healey si lanciò sulle strade di Londra.

Da quando avevano lasciato il vicolo, Antoine non

apriva bocca. L'Austin parcheggiò in Bute Street, davanti al French Bookshop. Mathias inclinò il sedile per far uscire McKenzie, ma quest'ultimo, perso nei suoi pensieri, non si muoveva.

«Detto questo», mormorò McKenzie, «se vi mettete in coppia, mi risolvete il problema coi fornitori.»

«A stasera, caro!» esclamò Mathias allontanandosi, ilare.

Antoine lo riacciuffò subito.

«Smettila immediatamente. Siamo vicini di casa, è già fin troppo, non ti pare?»

«Vivremo ciascuno in casa propria, non c'entra niente!» rispose Mathias.

«Cosa ti prende?» domandò Antoine, preoccupato.

«Il problema non è di essere single, è di vivere soli.»

«È un po' il principio del celibato. E poi non siamo soli, viviamo con i nostri figli.»

«Soli!»

«Lo ripeterai a ogni frase?»

«Ho voglia di una casa con dei bambini che ridono, voglio della vita quando torno a casa, non voglio più domeniche lugubri, voglio dei fine settimana con bambini che ridono.»

«L'hai detto due volte!»

«E con questo? Hai qualche problema se ridono due volte di seguito?»

«Sei solo fino a questo punto...?»

«Ma va' a lavorare, McKenzie si sta addormentando in macchina», disse Mathias entrando nella sua libreria.

Antoine lo seguì all'interno e gli sbarrò la strada.

«E cosa ci guadagnerei, io, se vivessimo sotto lo stesso tetto?»

Mathias si abbassò per prendere le buste che il postino aveva infilato sotto la porta.

«Non lo so, finalmente potresti insegnarmi a fare da mangiare.»

«È proprio quello che intendevo, non cambierai mai!» disse Antoine uscendo.

«Prendiamo una baby sitter, cosa rischiamo? Soltanto di divertirci...»

«Sono contrario alle baby sitter!» bofonchiò Antoine allontanandosi verso l'auto. «Ho già perso sua madre, non è proprio il caso che un giorno mio figlio mi lasci perché non mi sono occupato di lui.»

Si mise al volante e avviò il motore. Accanto a lui, McKenzie ronfava, il naso immerso in un disegno. Le braccia incrociate sulla soglia del negozio, Mathias richiamò Antoine.

«Il tuo ufficio è qui di fronte!»

Antoine dette una gomitata a McKenzie e aprì la portiera.

«Cosa fa ancora qui? Non aveva un sacco di cose da fare?»

Dal negozio, Sophie contemplava la scena. Scosse il capo e tornò nel retrobottega.

## IV

Mathias si rallegrava per come stava andando la giornata. Se, entrando, i clienti si stupivano di non vedere il signor Glover, tutti l'avevano accolto con calore. Le vendite del giorno l'avevano addirittura sorpreso. Cenando presto al bancone di Yvonne, Mathias intravedeva già la possibilità di avviare un florido commercio che magari un giorno gli avrebbe permesso di mandare la figlia a studiare a Oxford, che era un suo vecchio sogno. Tornò a casa a piedi sul far del buio. Frédéric Delahaye gli consegnò le chiavi e il camion sparì in fondo alla via.

L'uomo aveva mantenuto la parola. Gli operai avevano messo il divano e il tavolino basso a pianterreno, letti e comodini nelle due stanzette di sopra. Gli armadietti erano montati, le stoviglie al loro posto nel cucinotto sotto la scala. C'era voluto del talento, il posto era davvero esiguo e ogni centimetro quadro era stato sfruttato. Prima di crollare sul letto, Mathias sistemò la stanza della figlia, quasi identica a quella che lei occupava a Parigi durante le vacanze scolastiche.

*

Dall'altra parte del muro, Antoine chiudeva la porta della stanza di Louis. La favola serale aveva avuto ragione delle mille domande che il bambino non mancava mai di porgli prima di andare a coricarsi. Se il padre si rallegrava nel vedere il figlio addormentarsi, il narratore si domandava, scendendo le scale in punta di piedi, in quale punto del racconto suo figlio era partito per il mondo dei sogni. La domanda era importante, perché il corso della storia sarebbe dovuto riprendere da lì. Seduto al tavolo della sala da pranzo, Antoine spiegò il foglio col progetto dell'ex rimessa di carrozze e ne modificò il tracciato. A tarda notte, dopo aver sistemato la cucina, lasciò un messaggio telefonico a McKenzie per dargli appuntamento in cantiere l'indomani alle dieci.

*

Il suo collaboratore era puntuale. Antoine sottopose il nuovo progetto a McKenzie.

«Dimentichiamo per due secondi i suoi problemi di fornitori e mi dica cosa ne pensa veramente», cominciò Antoine.

Il verdetto fu immediato. Trasformare quel posto in un solo e grande spazio in cui vivere avrebbe ritardato i lavori di tre mesi. Sarebbe stato necessario chiedere altri permessi, rifare i preventivi, e l'affitto per ammortizzare il costo dei lavori di una tale entità sarebbe stato terribilmente caro.

«Cosa intende con 'terribilmente'?» domandò Antoine.

McKenzie mormorò una cifra che lo fece sobbalzare.

Antoine agguantò il lucido su cui aveva modificato il progetto iniziale e lo buttò tra i detriti del cantiere.

«La riporto in ufficio?» domandò al suo progettista.

«Ho da fare qui, la raggiungo verso la fine della mattinata. Allora, due o quattro appartamenti?»

«Quattro!» rispose Antoine andandosene.

L'Austin Healey scomparve in fondo al vicolo. Il tempo era clemente e Antoine decise di attraversare Hyde Park. All'uscita del parco, lasciò per la terza volta che il semaforo tornasse rosso. La fila di auto che si stendeva dietro l'Austin continuava ad allungarsi. Un poliziotto a cavallo risaliva al passo il galoppatoio parallelo alla strada. Si fermò all'altezza della cabriolet e guardò Antoine ancora assorto nei suoi pensieri.

«Bella giornata, eh?» disse il poliziotto.

«Splendida!» rispose Antoine guardando il cielo.

Il poliziotto puntò il dito sul semaforo che passava di nuovo al giallo e domandò ad Antoine: «È possibile che, per la più pura delle combinazioni, uno di quei colori le ispiri qualcosa?» Antoine lanciò un'occhiata al retrovisore e scoprì, sgomento, l'ingorgo che aveva provocato. Si scusò, innestò subito la marcia e partì sotto l'occhio divertito del cavaliere che dovette smontare per regolare il flusso della circolazione.

«Ma cosa mi è preso di chiedergli di venire a sistemarsi qui?» bofonchiò Antoine, risalendo Queen's Gate.

Parcheggiò davanti al negozio di Sophie. La giovane fioraia sembrava una biologa, nel suo camice bianco. Approfittava del bel tempo per esporre i fiori. I fasci di gigli, peonie, rose bianche e rosse disposti nei secchi erano allineati sul marciapiede e rivaleggiavano in bellezza.

«Hai la luna storta?» domandò, vedendolo.

«Hai avuto clienti stamattina?»

«Ti ho fatto una domanda!»

«No, non ho affatto la luna storta», rispose Antoine, immusonito.

Sophie si girò ed entrò in negozio, seguita da lui.

«Sai, Antoine», disse mettendosi dietro il banco, «se ti scoccia scrivere quelle lettere, posso trovare un'altra soluzione.»

«Ma no, non c'entra niente. È Mathias che mi preoccupa, non vuole più vivere solo!»

«Non sarà più solo, dato che vivrà con Emily.»

«Vuole che abitiamo insieme.»

«Stai scherzando?»

«Dice che sarebbe magnifico per i bambini.»

Sophie si voltò per sottrarsi allo sguardo di Antoine e andò nel retrobottega. Aveva uno dei più bei sorrisi del mondo, e dei più comunicativi.

«Ah, sì, è normalissimo per i vostri figli avere due padri», disse asciugandosi le lacrime.

«Non mi farai l'elogio della normalità, proprio tu che tre mesi fa volevi farti mettere incinta da uno sconosciuto!»

Il volto di Sophie cambiò istantaneamente.

«Grazie di ricordarmi quell'intenso momento di solitudine.»

Antoine le si avvicinò e le prese la mano.

«Ciò che non è normale è che, in una città di sette milioni e mezzo di abitanti, persone come Mathias e te siano ancora single.»

«Mathias è appena arrivato... e tu, tu non sei single, invece?»

«Io me ne infischio», mormorò Antoine. «Non m'ero reso conto che lui fosse *così* solo.»

«Siamo tutti soli, Antoine, qui, a Parigi o altrove. Si può cercare di fuggire la solitudine, traslocare, fare di tutto per conoscere gente: non cambia nulla. Alla fine della giornata, ognuno se ne torna a casetta sua. Coloro che vivono in coppia non si rendono conto della loro fortuna. Hanno dimenticato le serate davanti a un vassoio, l'angoscia del fine settimana che arriva, la domenica a sperare che squilli il telefono. Siamo milioni così in tutte le capitali del mondo. La sola buona notizia è che non c'è motivo di sentirsi tanto diversi dagli altri.»

Antoine passò la mano nei capelli della sua miglior amica. Lei si ritrasse.

«Va' a lavorare, su, ho un sacco di cose da fare.»

«Verrai, stasera?»

«Non ne ho voglia», rispose Sophie.

«Preparo una cena per Mathias, Valentine se ne va alla fine della settimana, devi venire, non voglio essere solo a tavola con loro due. E poi ti preparerò il tuo piatto preferito.»

Sophie sorrise ad Antoine.

«Maccheroncini al prosciutto?»

«Otto e mezzo!»

«I bambini ceneranno con noi?»

«Conto su di te», rispose Antoine allontanandosi.

*

Seduto dietro il bancone della libreria, Mathias leggeva la posta. Alcune fatture, un dépliant e una lettera della scuola che l'informava della prossima riunione dei genitori degli alunni. Una busta era indirizzata al signor Glover, Mathias ricuperò il pezzetto di carta in fondo al tiretto del registratore di cassa e ricopiò sulla busta l'indirizzo del proprietario nel Kent. Si ripromise di andare a imbucarla all'ora di pranzo.

Chiamò Yvonne al telefono per prenotare.
«Non disturbarmi per niente», gli rispose lei. «Il terzo sgabello al banco ormai è il tuo.»
La campanella sulla porta tintinnò. Una splendida ragazza era entrata nella libreria. Mathias lasciò la posta.
«Ha giornali francesi?» domandò la ragazza.
Mathias indicò l'espositore accanto all'ingresso. La giovane prese una copia di ogni quotidiano e andò verso la cassa.
«Ha nostalgia di casa?» domandò Mathias.
«No, non ancora», rispose la ragazza, divertita.
Cercò i soldi in tasca e si complimentò per la libreria, che trovava adorabile. Mathias la ringraziò e le prese i giornali di mano. Audrey si guardava attorno. In cima a uno scaffale, un librò attirò la sua attenzione. Si alzò in punta di piedi.
«Quella che vedo lassù è la Letteratura del XVIII secolo di Lagarde e Michard?»
Mathias si avvicinò alle mensole e annuì con un cenno del capo.
«Posso comprarla?»
«Ho una copia in migliori condizioni, proprio lì davanti a lei», disse Mathias, estraendo un libro dallo scaffale.
Audrey studiò l'opera che Mathias le porgeva e gliela restituì subito.
«Questa è sul XX secolo!»
«È vero, ma è quasi nuova. Tre secoli di differenza... è normale che si veda. Guardi lei stessa: non una piega, non la minima macchiolina.»
La ragazza rise di gusto e indicò il libro sulla mensola in alto.
«Mi dà il mio libro?»

«Posso farglielo recapitare, se vuole. È pesante», rispose Mathias.

Audrey lo guardò sorpresa.

«Vado all'Istituto francese, qui in fondo alla strada, preferisco portarlo io.»

«Come vuole», disse Mathias, rassegnato.

Prese la vecchia scala di legno e la fece scivolare sul binario di rame fino a portarla sulla mensola che conteneva il Lagarde e Michard.

Inspirò profondamente, posò il piede sul primo scalino, chiuse gli occhi e si arrampicò, cercando di coordinare il più possibile i gesti. Giunto a una certa altezza, la sua mano cercò a tastoni. Non trovando niente, Mathias socchiuse gli occhi, intravide la copertina, s'impossessò del libro e scoprì d'essere incapace di scendere. Il cuore gli batteva all'impazzata. Si aggrappò con tutte le forze alla scala, completamente paralizzato.

«Tutto bene?»

La voce di Audrey gli arrivava ovattata.

«No», mormorò Mathias.

«Ha bisogno di aiuto?»

Il *sì* di Mathias era così debole da risultare appena udibile. Audrey salì e lo raggiunse. Prese delicatamente il libro e lo lasciò cadere a terra. Poi, posando le mani su quelle di lui, lo guidò rassicurandolo. Con molta pazienza, riuscì a fargli scendere tre gradini. Proteggendolo col proprio corpo, finì col convincerlo che il suolo non era lontano. Lui bisbigliò che gli occorreva ancora un po' di tempo. Quando Antoine entrò nella libreria, Mathias abbracciato da Audrey era ormai a un solo scalino da terra.

La ragazza allentò la stretta. In cerca di una parvenza di dignità, Mathias raccolse il libro, lo mise in una busta di carta e glielo porse. Rifiutò d'essere pagato: era un piacere fargliene dono. Lei ringraziò e lasciò la libreria sotto lo sguardo incuriosito di Antoine.

«Posso sapere cosa facevi, con precisione?»

«Il mio mestiere!»

Antoine lo squadrò, perplesso.

«Posso fare qualcosa per te?» domandò Mathias.

«Avevamo appuntamento per mangiare insieme.»

Mathias notò i giornali accanto alla cassa. Li afferrò all'istante, pregò Antoine di aspettarlo un momento e si precipitò sul marciapiede. Correndo a perdifiato, risalì Bute Street, svoltò in Harrington Road e riuscì a riacciuffare Audrey al rondò che costeggiava il complesso scolastico. Senza fiato, le tese i giornali che lei aveva dimenticato.

«Non doveva», disse Audrey ringraziandolo.

«Mi sono reso ridicolo, vero?»

«Ma nemmeno per sogno; si guarisce dalle vertigini», rispose la ragazza, varcando il cancello della scuola.

Mathias la guardò attraverso il cortile; tornando alla libreria, si voltò e la vide allontanarsi verso il portico. Pochi secondi dopo, Audrey si girò a sua volta e lo vide sparire all'angolo della strada.

«Hai uno spiccato senso del commercio», disse Antoine accogliendolo.

«Mi ha chiesto un Lagarde e Michard, andava all'Istituto, dunque è un'insegnante, perciò non rimproverarmi di prodigarmi a fondo per l'istruzione dei nostri figli.»

«Insegnante o no, non ha pagato nemmeno i giornali!»

«Si va a mangiare?» domandò Mathias, aprendo la porta ad Antoine.

*

Sophie entrò nel ristorante e si unì ad Antoine e Mathias. Yvonne portò loro d'autorità un vassoio di gratin.

«Una bella ressa, da te», disse Mathias. «Vanno bene gli affari...»

Antoine gli dette un calcio sotto il tavolo. Yvonne ripartì senza aprire bocca.

«Cosa c'è, ho detto qualcosa che non va?»

«Stenta a sbarcare il lunario. La sera non c'è quasi mai nessuno», spiegò Sophie, servendo Antoine.

«L'arredo è vecchiotto, bisognerebbe rinnovare un po'.»

«Sei diventato esperto in ristrutturazioni?» domandò Antoine.

«Lo dico per collaborare. Ammetterai che il locale ha un bel po' di anni!»

«E tu quanti ne hai?» ritorse Antoine, stringendosi nelle spalle.

«Siete proprio due monellacci.»

«Potresti occuparti tu del restauro, è il tuo mestiere, no?» riprese Mathias.

«Yvonne non ne ha i mezzi, detesta i debiti, appartiene alla vecchia scuola», rispose Sophie. «Non ha torto: se soltanto potessi liberarmi dei miei!»

«Allora non si fa niente?» insisté Mathias.

«Se mangiassi e stessi zitto per cinque minuti?» disse Antoine.

*

Di ritorno in ufficio, Antoine si dedicò a ricuperare il ritardo accumulato nella settimana. L'arrivo di Mathias aveva bene o male turbato il corso delle sue giornate. Il pomeriggio passò, il sole tramontava già dietro le grandi finestre quando Antoine guardò l'orologio. Il tempo di andare a prendere il figlio a scuola, di fare un po' di spesa e rincasare per preparare la cena.

Louis apparecchiò e andò a mettersi nello studiolo a fare i compiti, mentre Antoine si affaccendava in cucina ascoltando con orecchio distratto il servizio trasmesso da TV5 Europe sul televisore del salotto.

Se avesse alzato gli occhi, probabilmente avrebbe riconosciuto la ragazza incontrata poche ore prima nella libreria di Mathias.

Valentine arrivò per prima in compagnia della figlia, Sophie suonò qualche minuto dopo, e Mathias, da buon vicino, arrivò per ultimo. Presero posto attorno al tavolo, tutti meno Antoine che non lasciava i suoi tegami. Col grembiule indosso, tirò fuori dal forno un piatto fumante e lo posò sul piano di lavoro. Sophie si alzò per aiutarlo, Antoine le tese due piatti.

«Cotoletta con fagiolini per Emily, il piatto di purè per Louis. I tuoi maccheroncini saranno pronti tra due minuti e il polpettone di Valentine sta arrivando.»

«E al tavolo 7 cosa hanno ordinato?» domandò lei, divertita.

«La stessa cosa che per Louis», rispose Antoine, concentrato.

«Conti di cenare con noi?» lo interrogò Sophie andando a tavola.

«Sì, sì», promise Antoine.

Sophie lo guardò per un momento, ma Antoine la richiamò all'ordine, il purè di Louis si stava raffreddando. Poi si rassegnò a lasciare il suo regno, il tempo di portare i piatti di Mathias e di Valentine. Li posò davanti a ciascuno dei due aspettandone le reazioni. Valentine andò in brodo di giuggiole di fronte al proprio.

«Non avrai cose altrettanto buone, quando sarai di nuovo a Parigi», disse Antoine, tornando verso la cucina.

Portò subito i maccheroncini di Sophie e aspettò che lei li assaggiasse per tornare ai fornelli.

«Vieni a sederti, Antoine», lo supplicò la ragazza.

«Arrivo», rispose lui, una spugnetta in mano.

Le preparazioni di Antoine incantavano la tavolata ma il suo piatto era ancora intonso. Continuando a darsi da fare, partecipava appena alle conversazioni che animavano la serata. Poiché i bambini sbadigliavano col naso all'aria, Sophie sparì per il tempo necessario a metterli a letto. Louis s'era addormentato tra le braccia della sua madrina, prima ancora che lei l'avesse posato sul letto. La donna ripartì in punta di piedi ma poi tornò sui propri passi, incapace di arginare la voglia di un'altra raffica di baci. Nel sonno, il bambino socchiuse gli occhi, balbettando qualcosa che somigliava a «Darfur». Sophie rispose: «Dormi, amore mio» e uscì lasciando la porta socchiusa.

Di ritorno in salotto, lanciò un'occhiata discreta ad Antoine, che asciugava i piatti, lasciando che Valentine e Mathias conversassero.

Sophie esitava a riprendere il suo posto, ma Antoine andò verso il tavolo per posarvi sopra una grossa ciotola di mousse al cioccolato.

«Un giorno mi darai la ricetta?» domandò Valentine.

«Un giorno!» rispose Antoine, ripartendo subito.

Alla fine della serata, Antoine propose di tenere Emily a dormire lì. L'indomani avrebbe accompagnato lui i bambini a scuola. Valentine accettò volentieri, era inutile svegliare la figlia. Era mezzanotte, troppo tardi perché Yvonne li sorprendesse con una visita, sicché tutti se ne andarono.

Antoine aprì il frigorifero, posò un pezzo di formaggio

su un piatto, prese un pezzo di pane e si mise a tavola per, finalmente, cenare. Dei passi echeggiarono sulle scale.

«Credo d'aver lasciato qui il cellulare», annunciò Sophie entrando.

«L'ho messo sul bancone della cucina», disse Antoine.

Sophie trovò il telefonino e lo mise in tasca. Guardò attentamente la spugna sul lavello, esitò un momento e poi la prese in mano.

«Cos'hai?» domandò Antoine. «Sei strana.»

«Sai quanto tempo hai passato con questa, stasera?» domandò Sophie in tono sommesso, agitando la spugna.

Antoine aggrottò le sopracciglia.

«Ti preoccupavi per la solitudine di Mathias, ma alla tua ci pensi mai?»

Gli lanciò la spugna, che atterrò nel bel mezzo del tavolo, poi lasciò la casa.

*

Sophie se n'era andata da più di un'ora. Antoine continuava a girare in tondo nel salotto. Si avvicinò alla parete al di là della quale viveva Mathias. Grattò al muro, ma non gli tornò in risposta alcun rumore, il suo miglior amico doveva dormire da un pezzo.

*

Un giorno, Emily avrebbe confidato al suo diario che l'influenza di Sophie su suo padre era stata determinante. Louis avrebbe aggiunto a margine che era assolutamente d'accordo con lei.

# V

Valentine si avvolse il lenzuolo attorno ai fianchi e sedette a cavalcioni su Mathias.

«Hai delle sigarette?»

«Non fumo più.»

«Io sì», disse lei, frugando nella borsa lasciata ai piedi del letto.

Andò alla finestra, la fiamma dell'accendino le illuminò il viso. Mathias non la lasciava con gli occhi. Gli piacevano il movimento delle sue labbra quando fumava, le volute di fumo.

«Cosa guardi?» domandò lei, il viso incollato al vetro.

«Te.»

«Sono cambiata?»

«No.»

«È terribile pensare a quanto mi mancherà Emily.»

Lui si alzò per raggiungerla. Valentine posò la mano sulla guancia di Mathias, accarezzandone la barba nascente.

«Rimani!» mormorò lui.

La donna aspirò dalla sigaretta, il tabacco incandescente sfrigolò.

«Ce l'hai ancora con me?»

«Smettila!»

«Dimentica quello che ho appena detto.»

«Dimentica quello che ho appena detto, cancella quello che ho fatto... Cos'è per te la vita, uno schizzo a matita?»

«Con matite colorate non sarebbe poi tanto male...»

«Cresci, mio caro!»

«Se fossi cresciuto, non ti saresti mai innamorata di me.»

«Se fossi cresciuto dopo, saremmo ancora insieme.»

«Rimani, Valentine, da' a tutt'e due una seconda possibilità.»

«È la nostra punizione, io posso ancora essere la tua amante, ma non tua moglie.»

Mathias prese il pacchetto di sigarette, esitò e poi lo lasciò cadere.

«Non accendere la luce», mormorò Valentine.

Aprì la finestra e aspirò l'aria fresca della notte.

«Prendo il treno domani», sussurrò.

«Avevi detto domenica... Hai qualcuno che ti aspetta a Parigi?»

«Cosa cambia?»

«Lo conosco?»

«Smetti di fare del male a entrambi, Mathias.»

«Sei tu, casomai, a farne a me.»

«Allora adesso capisci cos'ho provato; per giunta, allora non eravamo separati.»

«Cosa fa nella vita?»

«Cosa t'importa?»

«E, quando ci vai a letto, ti piace?»

Valentine non rispose, lanciò la sigaretta in strada e richiuse la finestra.

«Scusami», mormorò Mathias.

«Mi vesto e vado.»

Bussarono alla porta, entrambi sobbalzarono.

«Chi può essere?» domandò Valentine.

Mathias guardò l'ora sulla sveglia posata sul comodino.

«Non ne ho idea, rimani lì, scendo a vedere e porto su le tue cose.»

Si legò un asciugamani in vita e uscì dalla stanza. I colpi alla porta d'ingresso raddoppiarono d'intensità.

«Arrivo!» urlò Mathias, scendendo le scale.

Antoine, le braccia incrociate, fissava il suo amico con aria intransigente.

«Allora sentimi bene, c'è una cosa su cui non cederò mai: niente babysitter in casa! Ci occuperemo dei bambini personalmente.»

«Cosa stai dicendo?»

«Vuoi ancora che dividiamo lo stesso tetto?»

«Sì, ma magari non a quest'ora...»

«Cosa vuol dire 'non a quest'ora'? Intendi fare un part time?»

«Intendo dire che potremmo riparlarne più tardi!»

«No, no, ne parliamo subito! Bisogna stabilire delle regole e seguirle.»

«Ne parliamo subito, ma domani!»

«Non cominciare!»

«Va bene, Antoine, sono d'accordo per tutte le regole che vuoi.»

«Dunque sei d'accordo per tutte le regole che voglio? E se ti dico che dovrai portare a spasso il cane tutte le sere, sei ancora d'accordo?»

«Ah, be', no, non tutte le sere!»

«Dunque vedi che non sei d'accordo per tutto?»

«Antoine... non abbiamo cani!»

«Ora non cominciare a confondermi!»

Valentine, avvolta nel lenzuolo, si sporse dalla balaustra della scala.

«Tutto bene?» domandò, preoccupata.

Antoine alzò gli occhi e la rassicurò con un cenno del capo; lei tornò nella stanza.

«Ah, sì, sei proprio molto solo, a quanto vedo», mormorò Antoine andandosene.

Mathias chiuse la porta. Non aveva ancora fatto un passo che Antoine bussava di nuovo. Mathias aprì.

«Lei rimane?»

«No, parte domani.»

«Allora adesso che ti sei ripreso una piccola dose, per almeno sei mesi non potrai più frignare perché ti manca.»

Antoine scese i gradini delle scale e risalì quelli accanto per entrare a casa sua; la luce del portico si spense.

Mathias ricuperò le cose di Valentine e tornò in camera da lei.

«Cosa voleva?»

«Niente, poi ti dirò.»

*

La mattina, la pioggia si era alleata con la primavera londinese. Mathias era già seduto al bancone del bar di Yvonne, Valentine era appena entrata, aveva i capelli zuppi.

«Porterò Emily a pranzo, il mio treno parte stasera.»

«Me l'hai già detto ieri.»

«Te la caverai?»

«Il lunedì ha inglese, il martedì judo, il mercoledì la porto al cinema, il giovedì fa chitarra e il venerdì...»

Valentine non ascoltava più. Dalla vetrina aveva scorto Antoine, sul marciapiede di fronte, che entrava in ufficio.

«Cosa voleva da te nel bel mezzo della notte?»

«Prendi un caffè?»

Mathias le spiegò il suo progetto di una convivenza, elencando tutti i vantaggi che vedeva nell'operazione. Louis ed Emily andavano d'accordo come fratello e sorella, la vita sotto uno stesso tetto sarebbe stata più facile da organizzare, soprattutto per lui. Yvonne, indaffarata, preferì lasciarli soli. Valentine rise più volte e abbandonò lo sgabello.

«Non dici niente?»

«Cosa vuoi che ti dica? Se siete sicuri d'essere felici...»

Valentine andò da Yvonne in cucina e l'abbracciò.

«Tornerò a trovarti presto.»

«È quello che si dice quando si parte», rispose Yvonne.

Di ritorno nella sala, Valentine baciò Mathias e uscì dal ristorante.

*

Antoine aveva aspettato che Valentine svoltasse l'angolo della strada. Lasciò il suo posto d'osservazione alla finestra dell'ufficio, scese le scale a precipizio, attraversò la via e irruppe da Yvonne. Una tazza di caffè l'aspettava già sul banco.

«Com'è andata?» domandò a Mathias.

«Benissimo.»

«Stanotte ho mandato una e-mail alla madre di Louis.»

«Hai avuto risposta?»

«Stamattina, arrivando in ufficio.»

«Allora?»

«Karine mi ha domandato se, al prossimo rientro a scuola, Louis dovrà mettere il tuo nome alla voce 'coniuge' sulla scheda scolastica.»

Yvonne ricuperò le due tazze sul banco.
« E ai bambini lo avete detto? »

*

La trasformazione dei *mews* era economicamente impossibile, ma Antoine spiegò a Mathias, con tanto di schizzi alla mano, l'idea che aveva avuto durante la notte.

La parete che divideva le loro attuali dimore non sosteneva alcuna struttura portante. Bastava abbatterla per restituire il suo aspetto originario alla casa e creare un vasto spazio comune al pianterreno. Sarebbero stati necessari dei ritocchi sui pavimenti e sul soffitto, ma i lavori non avrebbero richiesto più di una settimana.

Due scale avrebbero dato accesso alle camere, cosa che, in definitiva, avrebbe offerto a tutti la sensazione di avere un proprio « angolino » al piano di sopra. McKenzie sarebbe venuto a valutare e a convalidare il progetto. Antoine si recò in ufficio e Mathias in libreria.

*

Valentine andò a prendere Emily a scuola. Aveva deciso di portare la figlia a pranzo al Mediterraneo, uno dei migliori ristoranti italiani della città. Un autobus a due piani le conduceva su Kensington Park Road.

Le strade di Notting Hill erano inondate di sole. Madre e figlia sedettero a un tavolo all'aperto, Valentine ordinò due pizze. Si ripromisero di telefonarsi tutte le sere, per fare il punto delle loro rispettive giornate, e di scambiarsi tonnellate di e-mail.

Valentine cominciava un nuovo lavoro, sicché non avrebbe potuto prendersi delle vacanze a Pasqua, ma in estate avrebbero fatto un grande viaggio, soltanto tra loro donne. Emily rassicurò la mamma: sarebbe andato tutto bene, avrebbe vegliato lei su suo padre, controllando prima di andare a dormire che la porta d'entrata fosse ben chiusa e che nella casa fosse tutto spento. Promise di mettersi la cintura di sicurezza in ogni circostanza, anche nei taxi, di coprirsi nelle mattine fredde, di non perdere tempo a oziare in libreria, di non abbandonare la chitarra, perlomeno fino al prossimo rientro a scuola, e infine... infine, quando la lasciò davanti alla scuola, anche Valentine mantenne la sua promessa. Non pianse, se non altro non fino a quando Emily fu entrata in aula. La sera stessa, un Eurostar la riportò a Parigi. Alla Gare du Nord un taxi l'accompagnò fino al piccolo miniappartamento di rappresentanza che avrebbe occupato nel IX Arrondissement.

*

McKenzie fece due fori nel muro di separazione e fu felice di confermare a Mathias e ad Antoine che non era portante.

«Mi fa incavolare quando fa così!» borbottò Antoine, andando a prendere un bicchiere d'acqua in cucina.

«Perché, cos'ha fatto?» domandò Mathias, perplesso, seguendo il suo amico.

«Il suo numero col trapano, per verificare ciò che avevo detto! So ancora riconoscere un muro portante, merda; in fin dei conti, sono architetto quanto lui, no?»

«Certamente», rispose Mathias con un filo di voce.

«Non ne sei convinto?»

«Sono meno convinto dalla tua età mentale. Perché lo dici a me? Dillo direttamente a lui!»

Antoine tornò a passo deciso verso il progettista. McKenzie infilò gli occhiali nel taschino della giacca e non lasciò ad Antoine il piacere di parlare per primo.

«Penso che tutto potrà essere finito fra tre mesi e vi prometto che la casa avrà ritrovato il suo aspetto originario. Possiamo anche fare un calco delle cornici... per i raccordi.»

«Tre mesi? Conta di demolire questa parete con un cucchiaino da caffè?» domandò Mathias, il cui interesse per la conversazione era appena raddoppiato.

McKenzie spiegò che in quel quartiere, per qualsiasi lavoro, bisognava chiedere un permesso. Le procedure avrebbero richiesto otto settimane, al termine delle quali lo studio avrebbe potuto chiedere ai servizi municipali un camion per portare via i detriti. La demolizione in sé non avrebbe preso più di due o tre giorni.

«E se facessimo a meno dei permessi?» suggerì Mathias all'orecchio di McKenzie.

Il progettista non si prese nemmeno la briga di rispondergli. Ricuperò la giacca e promise ad Antoine di preparare le richieste di autorizzazione in quel fine settimana.

Antoine guardò l'orologio. Sophie aveva accettato di chiudere il negozio prima per andare a prendere i bambini a scuola e tenerli con sé, e adesso bisognava darle il cambio. I due amici arrivarono al negozio con mezz'ora di ritardo. Seduta a gambe incrociate sul pavimento, Emily aiutava Sophie a sfogliare delle rose, mentre Louis ordinava, dietro il banco, i fili di rafia secondo la lunghezza. Per farsi perdonare, i due padri la invitarono a cena. Sophie accettò alla sola condizione di andare da Yvonne. Così, forse Antoine avrebbe cenato contemporaneamente a loro. Lui non fece alcun commento.

A metà cena, Yvonne li raggiunse al tavolo.

«Domani sarò chiusa», disse, versandosi un bicchiere di vino.

«Di sabato?» domandò Antoine.

«Ho bisogno di riposo...»

Mathias si mangiava le unghie, Antoine gli dette una pacca sulla mano.

«La vuoi finire?»

«Di cosa parli?» domandò innocentemente Antoine.

«Sai benissimo di cosa parlo!»

«E dire che dovrete vivere insieme!» commentò Yvonne, un sorriso all'angolo delle labbra.

«Abbatteremo soltanto una parete, non è il caso di ricamarci tanto su.»

*

Quel sabato mattina, Antoine portò i bambini al Chelsea Farmers Market. Passeggiando nei vialetti del vivaio, Emily scelse due rose per piantarle con Sophie nel giardino. Poiché il tempo si metteva al brutto, fu deciso di andare alla Torre di Londra. Louis li guidò durante tutta la visita al Museo degli orrori, sentendosi in dovere di rassicurare il padre all'ingresso di ogni sala. Non c'era alcun motivo di preoccuparsi, i personaggi erano di cera.

Quanto a Mathias, approfittava della mattinata per preparare le ordinazioni. Consultava l'elenco delle opere vendute nel corso della prima settimana, soddisfatto dei risultati. Mentre barrava a margine del suo quaderno i titoli delle opere da riordinare, la mina della sua matita si fermò sulla riga in cui figurava una copia di un Lagarde e Michard, XVIII secolo. I suoi occhi si distolsero dal quaderno e il suo sguardo andò a posarsi sulla vecchia scala appesa al binario di rame.

*

Sophie soffocò un grido. Il taglio si estendeva su tutta la lunghezza della falange. La forbice era scivolata su un gambo. La ragazza andò a rifugiarsi nel retrobottega. Il bruciore inflitto dall'alcol a novanta gradi fu tremendo. Lei inspirò profondamente, irrorò di nuovo la ferita, e si concesse qualche istante per riprendersi. La porta del negozio si stava aprendo: Sophie afferrò una compressa di garza sulla mensola dell'armadietto dei medicinali, lo chiuse e tornò a occuparsi della sua clientela.

*

Yvonne chiuse lo sportello dell'armadietto del bagno sopra il lavandino. Si passò un po' di fard sulle guance, si rassettò i capelli e decise che un foulard era d'obbligo. Attraversò la stanza, prese la borsetta, mise gli occhiali da sole e scese la scaletta che portava al ristorante. La saracinesca era abbassata; socchiuse la porta che dava sul cortile, controllò che non ci fosse nessuno e costeggiò le vetrine di Bute Street, guardandosi bene dall'attardarsi davanti a quella di Sophie. Salì sull'autobus che percorreva Old Brompton Road, comprò un biglietto dal controllore e salì al piano superiore. Se la circolazione fosse stata fluida, sarebbe arrivata in orario.

L'autobus a due piani la lasciò davanti al cancello del cimitero di Old Brompton. Era un posto pieno di magia. Nel fine settimana, i bambini percorrevano in bicicletta i vialetti verdeggianti, incrociando chi faceva jogging. Sulle pietre tombali vecchie di alcuni secoli, gli scoiattoli aspettavano, senza temere la gente. Seduti sulle zampe di dietro, i piccoli roditori agguantavano le noccioline offerte e le sgranocchiavano per il piacere delle coppiette sdraiate sotto gli alberi. Yvonne risalì il viale centrale fino alla porta che dava su Fulham Road. Era il suo tragitto preferito per recarsi allo stadio. Lo Stamford Bridge Stadium si stava già riempiendo. Come ogni sabato, le urla che si levavano dalle gradinate avrebbero rallegrato per qualche ora la vita pacifica del cimitero. Yvonne prese il biglietto in fondo alla borsetta e si aggiustò foulard e occhiali da sole.

*

In Portobello Road, una giovane giornalista beveva un tè ai tavolini all'aperto della birreria Electric in compagnia del suo cameraman. Quella mattina, nella casa affittata a Brick Lane dalla rete televisiva per cui lavorava, aveva visionato tutte le registrazioni fatte durante la settimana. Il lavoro svolto era soddisfacente. A quel ritmo, Audrey avrebbe finito presto il suo servizio e sarebbe potuta tornare a Parigi per occuparsi del montaggio. Pagò il conto che le porgeva il cameriere e abbandonò il suo collega, decisa ad approfittare del resto del pomeriggio per visitare i negozi: nel quartiere non mancavano. Alzandosi, cedette il passo a un uomo e a due bambini affamati e sfiniti, dopo una mattinata ricca di eventi.

*

I tifosi del Manchester United si alzarono tutti insieme. Il pallone era rimbalzato sulla traversa della squadra del Chelsea. Yvonne tornò a sedersi colpendosi il palmo col pugno.

«Che occasione persa! È una vergogna!»

L'uomo seduto accanto a lei sorrise.

«Credimi, ai tempi di Cantona* una cosa così non sarebbe successa», continuò lei, furibonda. «Non mi dirai che con un po' più di concentrazione non avrebbero potuto segnare, quegli idioti...»

«Non te lo dirò», ripose l'uomo con voce tenera.

«In ogni modo, tu non capisci niente di calcio.»

«A me piace il cricket.»

Yvonne gli posò la testa sulla spalla.

«Non capisci niente di calcio... ma mi piace comunque stare con te.»

«Ti rendi conto? Se nel quartiere venissero a sapere che tifi per il Manchester United...» le bisbigliò l'uomo all'orecchio.

«Perché credi che io prenda tante precauzioni quando vengo qui?»

L'uomo guardava Yvonne, che teneva gli occhi fissi sul campo. Aprì il pieghevole che aveva sulle ginocchia.

«È la fine della stagione, no?»

Yvonne non rispose, tutta presa dalla partita.

«Allora, c'è una possibilità che tu venga da me il prossimo fine settimana?» aggiunse.

«Si vedrà», rispose lei, seguendo l'attaccante del Chelsea che avanzava pericolosamente sul campo.

Posò un dito sulle labbra del suo compagno e continuò:

«Non posso fare due cose contemporaneamente e, se qualcuno non si decide a sbarrare la strada a quell'energumeno, la mia serata è fottuta e la tua pure!»

John Glover prese la mano di Yvonne e accarezzò le macchie brune che la vita vi aveva disegnato. Yvonne si strinse nelle spalle.

«Erano belle, le mie mani, quand'ero giovane.»

* Eric Cantona, calciatore francese. (*N.d.T.*)

Poi si alzò di scatto, il volto tirato, trattenendo il respiro. Il pallone fu deviato in extremis e rinviato sul lato opposto del campo. Yvonne buttò fuori il fiato e tornò a sedersi.

«Mi sei mancato questa settimana, sai?» disse, raddolcita.

«Allora vieni il prossimo week end!»

«Sei tu che te ne sei andato in pensione, non io!»

L'arbitro aveva appena fischiato la fine del primo tempo. I due si alzarono per andare a bere qualcosa di fresco al chiosco. Salendo gli scalini delle gradinate, John le domandò notizie della sua libreria.

«È la sua prima settimana, il tuo Popinot si adatta, se è questo che vuoi sapere», rispose Yvonne.

«Era proprio quello che volevo sapere», disse John.

*

Rientrati di buon'ora, i bambini giocavano nella loro stanza aspettando una merenda degna di questo nome. Antoine, con un grembiule a quadri, appoggiato al banco della cucina, leggeva attentamente una nuova ricetta di crêpe. Suonarono alla porta. Mathias aspettava sulla scala, dritto come un piolo. Incuriosito dalla sua tenuta, Antoine lo guardò fisso.

«Posso sapere perché porti degli occhiali da sci?» domandò.

Mathias lo spinse da parte per entrare. Sempre più perplesso, Antoine non smetteva di fissarlo. Mathias lasciò scivolare a terra un telone piegato.

«Dov'è la tua falciatrice?» domandò.

«Cosa vuoi farci, con una falciatrice, nel mio salotto?»

«Non sai fare altro che domande, sei sfinente!»

Mathias attraversò la stanza e uscì nel giardino dietro casa, Antoine lo seguì a ruota. Mathias aprì la porta della piccola rimessa, tirò fuori il tosaerba e, a prezzo di mille sforzi, lo issò su due ceppi di legno. Controllò che le ruote non toccassero più terra e si assicurò dell'equilibrio dell'insieme. Dopo aver accertato che la macchina era in folle, azionò la corda della messa in moto.

Il motore a due tempi cominciò a girare con un rombo assordante.

«Chiamo un medico», urlò Antoine.

Mathias ripartì in senso inverso, attraversò la casa, aprì il telo e tornò nel suo appartamento. Antoine rimase solo, le braccia penzoloni in mezzo al salotto, domandandosi cosa diavolo era mai preso al suo amico. Un colpo tremendo fece tremare il muro di separazione. Alla seconda mazzata, un buco di dimensioni rispettabili incorniciava la faccia allegra di Mathias.

«*Welcome home!*» esclamò questi, raggiante, allargando ancor più l'apertura nella parete.

«Sei completamente matto», urlò Antoine. «I vicini ci denunceranno!»

«Col rumore che c'è in giardino, mi sorprenderebbe! Aiutami, anziché blaterare. In due, possiamo finire prima di notte!»

«E dopo?» urlò Antoine, guardando i detriti che si accumulavano sul suo parquet.

«Dopo, metteremo il muro nei sacchetti della spazzatura, li nasconderemo nella tua rimessa e li smaltiremo in qualche settimana.»

Un altro pezzo di parete crollò e, mentre Mathias continuava la sua opera, Antoine già pensava alle rifiniture necessarie perché il salotto ritrovasse, un giorno, una parvenza di normalità.

Nella stanza al piano di sopra, Emily e Louis avevano acceso la televisione, convinti che il telegiornale non avrebbe tardato a dare notizia del terremoto che stava squassando il quartiere di South Kensington. Venuta sera, delusi che la terra non avesse tremato davvero, ma fieri di essere stati messi al corrente del segreto, nonché estasiati di poter vegliare fino a tardi, aiutarono a riempire i sacchi di macerie che Antoine portava in fondo al giardino. L'indomani, McKenzie fu chiamato d'urgenza. Dal tono di Antoine aveva capito la gravità della situazione. Per senso del dovere, accettò d'incontrarsi con loro anche di domenica, e arrivò col furgone dello studio.

Alla fine del week end, a dispetto dei pochi ritocchi ancora da fare all'intonaco del soffitto, Mathias e Antoine avevano iniziato ufficialmente a vivere insieme. Tutta la banda fu invitata a festeggiare l'evento e, quando McKenzie seppe che Yvonne aveva accettato di uscire di casa per l'occasione, decise di unirsi al gruppo.

La prima discussione tra amici riguardò l'arredamento della casa. I mobili di Antoine e di Mathias coabitavano in modo strano nella stessa stanza. Secondo Mathias, il pianterreno era di una sobrietà che sconfinava nel monacale. Proprio il contrario, asseriva Antoine: il posto era molto accogliente. Tutti aiutarono a trasportare i mobili. Un tavolino tondo appartenente a Mathias trovò posto tra due poltrone di cuoio che invece appartenevano ad Antoine. Dopo una votazione vinta cinque contro uno (Mathias era stato il solo a votare a favore e Antoine aveva avuto l'eleganza di astenersi), un tappeto di origine persiana secondo Mathias, di origine alquanto dubbia secondo Antoine, venne arrotolato, legato e sistemato nel bugigattolo del giardino.

Per assicurare la pace in famiglia, McKenzie assunse il comando delle operazioni, e soltanto Yvonne ebbe un diritto di veto sulle sue ingiunzioni. Non che ciò fosse stato in qualche modo ratificato, ma non appena lei esprimeva un parere le guance del capocantiere tendevano a virare al porpora, e il suo vocabolario a ridursi a « Lei ha assolutamente ragione, Yvonne ».

Alla fine della serata il pianterreno era stato completamente riorganizzato. Restava soltanto da rivedere la sistemazione del piano superiore. Mathias trovava la sua stanza meno bella di quella del suo miglior amico. Antoine non vedeva differenze, ma promise che ci avrebbe pensato su.

# VI

All'euforia della domenica seguì la prima settimana di vita in comune. Cominciò naturalmente con una colazione all'inglese preparata da Antoine. Prima che tutta la famiglia scendesse, egli infilò furtivamente un bigliettino sotto la tazza di Mathias, si pulì le mani sul grembiule e urlò a chi aveva orecchie per intendere che le uova si stavano raffreddando.

« Perché parli così forte? »

Antoine sobbalzò, non aveva sentito Mathias arrivare.

« Non ho mai visto nessuno così concentrato sulla tostatura di due fette di pane. »

« La prossima volta le farai tostare di persona! » rispose Antoine, tendendogli il piatto.

Mathias si alzò per versarsi una tazza di caffè e scorse il bigliettino lasciato da Antoine.

« Che roba è? » domandò.

« Dopo lo leggerai, ora siediti e mangia finché è caldo. »

I bambini arrivarono di corsa e misero fine alla loro conversazione. Emily indicò l'orologio a pendolo con piglio autoritario: sarebbero arrivati a scuola in ritardo.

La bocca piena, Mathias si alzò di scatto, infilò il soprabito, prese la figlia per mano e la portò verso le scale.

Emily ebbe appena il tempo di acchiappare al volo la barretta di cereali che Antoine le lanciava dalla cucina, prima di ritrovarsi, cartella sulla schiena, a correre sul marciapiede di Clareville Grove.

Mentre attraversavano Old Brompton Road, Mathias lesse il biglietto che aveva preso con sé e si fermò di botto. Tirò subito fuori il cellulare e fece il numero di casa.

«Cos'è, con precisione, questa storia di non rientrare a casa più tardi di mezzanotte?»

«Dunque, ricomincio: regola n. 1, niente babysitter; regola n. 2, niente donne in casa; e regola n. 3, si può fare mezzanotte e mezzo, se preferisci, ma proprio come limite estremo!»

«Ho la faccia di Cenerentola?»

«Le scale scricchiolano, e non ho voglia che ci svegli tutte le sere.»

«Mi toglierò le scarpe.»

«Preferirei che te le togliessi comunque, entrando.»

E Antoine chiuse la comunicazione.

«Cosa c'è?» domandò Emily, tirandolo con forza per il braccio.

«Niente», bofonchiò Mathias. «E a te, come ti sembra la vita di coppia?» domandò alla figlia attraversando la strada.

*

Il lunedì, Mathias andò a prendere i bambini a scuola. Il martedì fu la volta di Antoine. Il mercoledì, all'ora di colazione, Mathias chiuse la libreria per unirsi, in qualità di genitore accompagnatore, alla classe di Emily che visitava il Museo di Storia naturale. La bambina dovette farsi aiutare da due amiche per far uscire il padre dalla sala dov'erano esposte le riproduzioni a grandezza naturale degli animali del Giurassico. Mathias rifiutava di muoversi fino a quando il tirannosauro meccanizzato avesse continuato a scuotere il tracodonte che teneva tra le fauci. Sebbene la maestra si opponesse fermamente, Mathias insisté fino ad averla vinta affinché ogni bambino potesse provare almeno una volta con lui il simulatore di terremoti. Un po' più tardi, sapendo che la signora Wallace avrebbe anche rifiutato che i bambini assistessero alla nascita dell'universo, proiettata sulla volta del planetario alle dodici e quindici, fece in modo di seminarla verso le dodici e undici, mentre lei si era allontanata per andare in bagno. Quando il responsabile della sicurezza le domandò come aveva potuto perdere ventiquattro bambini tutti insieme, la signora Wallace capì di colpo dove si trovavano i suoi alunni. Uscendo dal museo, Mathias offrì a tutti delle paste per farsi perdonare. La maestra di sua figlia accettò di assaggiarne una, e Mathias insisté affinché ne prendesse una seconda, stavolta ricoperta con crema di marroni.

Il giovedì, Antoine aveva il compito di fare la spesa, Mathias se ne occupò il venerdì. Al supermercato, i commessi non capirono una parola di quello che lui si sforzava di chiedere, sicché andò a cercare aiuto da una cassiera che si rivelò di origine ispanica; una cliente si offrì di aiutarlo, doveva essere svedese o danese, Mathias non lo seppe mai, ma non risolse il suo problema. Esasperato, in fondo al reparto dei surgelati prese il cellulare e continuò a chiamare Sophie davanti agli scaffali di destra e Yvonne davanti a quelli di sinistra. Infine, decise che la parola « cotolette » scribacchiata sulla lista poteva anche leggersi « scatolette »: dopotutto, Antoine poteva scrivere meglio.

Il sabato fu piovoso e tutti rimasero in casa a studiare o

a lavorare. Domenica sera, un'immensa risata esplose nel salotto dove Mathias e i bambini giocavano. Antoine alzò la testa dai disegni, vide il volto raggiante del suo miglior amico e, in quel momento, pensò che la felicità s'era insediata nella loro vita.

*

Lunedì mattina, Audrey si presentò davanti ai cancelli dell'Istituto francese. Mentre conversava con il preside, il suo cameraman riprendeva il cortile di ricreazione.

«Da quella finestra il generale de Gaulle ha lanciato l'appello del 18 giugno», disse il signor Bécherand puntando un dito verso la facciata dell'edificio principale.

L'Istituto francese Charles de Gaulle dispensava un insegnamento di prim'ordine a oltre duemila allievi, dalla scuola elementare fino alla maturità. Il preside fece visitare alla ragazza alcune aule e la invitò, se lo desiderava, a partecipare alla riunione degli insegnanti che si sarebbe tenuta quel pomeriggio. Audrey accettò con entusiasmo. Nell'ambito del suo servizio, la testimonianza degli insegnanti sarebbe stata preziosissima. Chiese di intervistare qualche professore e il signor Bécherand le rispose che poteva accordarsi direttamente con ciascuno di loro.

*

Come ogni mattina, Bute Street era in pieno fermento. I furgoni delle consegne si succedevano rifornendo i tanti negozi della via. A un tavolino all'aperto del Coffee Shop, adiacente alla libreria, Mathias sorseggiava un cappuccino e leggeva il giornale, stonando un po' in mezzo a tutte le mamme che si riunivano lì dopo aver lasciato i figli a scuola. Sull'altro lato della strada, Antoine era in ufficio. Gli rimanevano soltanto poche ore per completare un progetto che avrebbe presentato a fine pomeriggio a uno dei più grossi clienti dello studio; per giunta, aveva promesso a Sophie di scriverle un'altra lettera.

Dopo una mattinata sfinente e a pomeriggio già iniziato, Antoine invitò il suo progettista a fare una meritatissima pausa pranzo. Attraversarono la strada per andare da Yvonne.

L'intervallo fu di breve durata. I clienti erano attesi di lì a poco e i disegni dovevano essere ancora stampati. Mandato giù l'ultimo boccone, McKenzie si eclissò.

Sulla soglia, sussurrò un « Arrivederci, Yvonne » cui la donna rispose, gli occhi immersi nel registro dei conti, con un « Sì, sì, va bene, arrivederci McKenzie ».

« Non puoi dirgli di lasciarmi un po' perdere, al tuo progettista? »

« È innamorato di te. Cosa posso farci? »

« Sai quanti anni ho? »

« Sì, ma lui è britannico. »

« Questo non giustifica tutto. »

Chiuse il registro e sospirò.

« Apro un buon bordeaux, ne vuoi un bicchiere? »

« No, ma mi piacerebbe che venissi a berlo con me. »

« Preferisco rimanere qui, è più comodo per i clienti. »

Lo sguardo di Antoine percorse la sala deserta; vinta, Yvonne stappò la bottiglia e lo raggiunse col bicchiere in mano.

« Cosa c'è che non va? » le domandò.

« Non potrò continuare a lungo così, sono troppo stanca. »

« Prendi qualcuno che ti aiuti. »

« Non ho clienti a sufficienza; se assumessi qualcuno,

dovrei subito chiudere bottega... e posso dirti che, comunque, manca poco.»

«Dovresti rinnovare un po' il locale.»

«È la padrona che andrebbe rinnovata», sospirò Yvonne. «E poi, con quali soldi?»

Antoine cavò di tasca un portamina e cominciò a tracciare uno schizzo sulla tovaglia di carta.

«Guarda, ci sto pensando da un pezzo e credo che si possa trovare una soluzione.»

Yvonne fece scivolare gli occhiali sulla punta del naso e i suoi occhi si accesero di un sorriso pieno di tenerezza.

«Da quanto tempo pensi alla sala del mio ristorante?»

Antoine prese il telefono dal bancone e chiamò McKenzie per dirgli di cominciare la riunione senza di lui. Avrebbe ritardato un po'. Riattaccò e si voltò verso Yvonne.

«Bene, posso spiegarti, adesso?»

*

Approfittando di un momento di calma nel pomeriggio, Sophie era andata a far visita a Mathias per portargli un mazzo di rose selvatiche.

«Un piccolo tocco femminile non guasterà», gli disse, posando il vaso accanto alla cassa.

«Perché, trovi che qui sia troppo maschile?»

Il telefono suonava. Mathias si scusò con Sophie e rispose.

«Certo che posso andare alla riunione dei genitori degli allievi. Sì, aspetto che tu rientri per coricarmi. Allora, vai tu a prendere i bambini? Sì, ti bacio anch'io!»

Mathias posò la cornetta, Sophie lo guardò attentamente e tornò a lavorare.

«Dimentica tutto ciò che ho appena detto!» esclamò ridendo.

Chiuse la porta della libreria.

*

Mathias arrivò in ritardo. A sua discolpa, la libreria era sempre stata piena di gente. Quando entrò a scuola, il cortile era deserto. Tre maestre che conversavano sotto il portico andarono nelle loro rispettive aule. Mathias costeggiò il muro e si alzò in punta di piedi per guardare da una finestra. Lo spettacolo era piuttosto strano. Dietro i banchi, degli adulti avevano sostituito gli scolari. In prima fila, una mamma alzava una mano per fare una domanda, un padre agitava la propria per farsi scorgere dalla maestra. Decisamente, i primi della classe restavano tali tutta la vita.

Mathias non aveva idea del luogo in cui doveva recarsi; se fosse venuto meno alla promessa di rimpiazzare Antoine alla riunione dei genitori, se lo sarebbe sentito rimproverare per mesi. Con suo grande sollievo, una giovane attraversava il cortile. Mathias corse verso di lei.

«Signorina, la quinta A, per piacere?» domandò, precipitoso.

«Arriva troppo tardi, la riunione è appena finita, ne esco adesso.»

Riconoscendo di colpo la sua interlocutrice, Mathias si rallegrò dell'occasione che gli si offriva. Colta di sorpresa, Audrey strinse la mano che le veniva tesa.

«Le è piaciuto il libro?»

«Il Lagarde e Michard?»

«Avrei bisogno di un immenso favore. Io sono qui per

la quinta B, ma il padre di Louis è stato trattenuto in ufficio, sicché mi aveva chiesto di... »

Audrey aveva un fascino incredibile e Mathias stentava a trovare le parole.

« Il livello della classe è buono? » continuò.

« Direi di sì... »

La conversazione fu interrotta dalla campanella della scuola. I bambini avevano già invaso il cortile. Audrey disse a Mathias che era stato un piacere rivederlo. Si stava allontanando quando un capannello si formò ai piedi di un platano. Alzarono entrambi la testa, un bambino era salito sull'albero e adesso era incastrato in uno dei rami più alti. Il piccino era in equilibrio precario, Mathias si precipitò e, senza esitazioni, si aggrappò al tronco e sparì tra il fogliame.

Audrey sentì la voce del libraio che voleva essere rassicurante.

« Tutto bene, l'ho raggiunto! »

Il volto pallido, abbarbicato alla pianta, Mathias fissava il bambino seduto su un ramo davanti a lui.

« Be', bene, adesso siamo proprio due pere... cotte », disse al bambino.

« Mi sgrideranno? » domandò quest'ultimo.

« È il minimo che ti possa succedere, se vuoi il mio parere. »

Pochi istanti dopo, ci fu un fruscio di foglie e un bidello apparve in cima a una scala.

« Come ti chiami? » domandò l'uomo.

« Mathias! »

« Domandavo a lui... »

Il bambino si chiamava Victor. Il bidello lo prese sotto un braccio.

« Dunque, sentimi bene, Victor, ci sono quarantasette scalini, li contiamo insieme e tu non guardi giù, intesi? »

Mathias li vide sparire entrambi tra le fronde. Le voci svanirono. Solo, paralizzato, lui fissò l'orizzonte.

Quando il bidello lo esortò a scendere, Mathias lo ringraziò sinceramente. Dal momento che era salito così in alto, si sarebbe goduto il panorama per un po'. Chiese tuttavia al bidello se gentilmente poteva lasciargli la scala.

*

La riunione era appena finita. McKenzie accompagnò i clienti fino al pianerottolo. Antoine attraversò lo studio e aprì la porta del suo ufficio. Ci trovò Emily e Louis che l'aspettavano sul divano: il loro calvario era finito, finalmente. Era giunto il momento di tornare a casa. Quella sera, Scarabeo e patatine fritte avrebbero compensato quell'ora persa. Emily accettò l'offerta e sistemò le sue cose nella cartella. Louis correva già verso gli ascensori zigzagando tra i tavoli da disegno. Il bambino schiacciò tutti i pulsanti della cabina e, dopo una visita imprevista al seminterrato, sbucarono infine nell'atrio dell'edificio.

Dietro la sua vetrina, Sophie li guardava risalire Bute Street, i due bambini tiravano Antoine per la giacca. Lui le mandò un bacio dal marciapiede di fronte.

«Dov'è papà?» domandò Emily, vedendo la libreria chiusa.

«Alla mia riunione dei genitori degli allievi», rispose Louis, stringendosi nelle spalle.

*

Il volto di Audrey comparve tra le foglie.

«Allora, ripartiamo come l'ultima volta?» disse a Mathias in tono rassicurante.

«Siamo molto più alti, no?»

«Il metodo è lo stesso, un piede dopo l'altro e lei non guarda mai giù, promesso?»

In quel momento della sua vita, Mathias avrebbe promesso la luna a chiunque. E Audrey aggiunse:

«La prossima volta che vorrà che ci vediamo, non si prenda tutto questo disturbo...»

Fecero una pausa al ventesimo scalino, poi un'altra al decimo. Quando i piedi di Mathias toccarono terra, il cortile s'era svuotato. Erano quasi le otto.

Audrey si offrì di accompagnarlo fino al rondò. Il custode chiuse il cancello alle loro spalle.

«Stavolta mi sono reso proprio ridicolo, vero?»

«Ma no, è stato coraggioso...»

«Quando avevo cinque anni, sono scivolato da un tetto.»

«Davvero?» domandò Audrey.

«No... non è vero.»

Le sue guance riprendevano colore. Lei lo fissò a lungo, senza dire niente.

«Non so proprio come ringraziarla.»

«Lo ha appena fatto», rispose lei.

Il vento la faceva rabbrividire.

«Vada a casa, prenderà freddo», mormorò Mathias.

«Anche lei prenderà freddo», replicò Audrey.

La ragazza si allontanò e Mathias avrebbe voluto che il tempo si fermasse. In mezzo a quel marciapiede deserto, senza sapere perché, già quella ragazza gli mancava. Quando la chiamò, Audrey aveva fatto dodici passi: non gliel'avrebbe mai confessato, ma li aveva contati uno per uno.

«Mi pare di avere un'edizione del Lagarde e Michard sull'Ottocento!»

«E a me pare di aver fame», disse lei di rimando.

Dicevano d'essere affamati ma, quando sbarazzò il tavolo, Yvonne si preoccupò nel vedere i loro piatti appena toccati. Studiando dal bancone lo sguardo che Mathias posava sulle labbra di Audrey, capì che la sua cucina non c'entrava. Per tutta la serata i due si confidarono le loro passioni, quella di Audrey per la fotografia, quella di Mathias per i vecchi manoscritti. L'anno prima, lui aveva acquistato una lettera scritta di pugno da Saint-Exupéry. Era soltanto un biglietto buttato giù in fretta e furia dal pilota poco prima di alzarsi in volo, ma per il collezionista che era tenerlo in mano dava a Mathias un piacere indescrivibile. Confessò che a volte la sera, nella sua solitudine parigina, tirava fuori il foglietto dalla busta, lo apriva con infinite precauzioni, poi chiudeva gli occhi, e la fantasia lo portava sulla pista di un campo africano. Sentiva la voce del meccanico urlare «Contatto!», prima di vederlo aggrapparsi alla pala dell'elica per avviare il motore. I pistoni cominciavano a martellare e gli bastava piegare la testa all'indietro per sentire i venti di sabbia graffiargli le guance. Audrey capiva ciò che provava Mathias. Immergendosi nelle vecchie fotografie, a lei capitava di ritrovarsi negli anni Venti, intenta a camminare per i vicoli di Chicago. In fondo a un bar, beveva qualcosa in compagnia di un giovane trombettista, musicista di genio, che i suoi amici chiamavano Satchmo.

E, quando la notte era calma, ascoltava un disco e Satchmo la portava a spasso sui righi di qualche spartito. Altre sere, altre fotografie la sbalzavano nella febbre dei club jazzistici; ballava ragtime indiavolati, nascondendosi quando la polizia faceva irruzione.

China per ore su una foto scattata da William Claxton, la ragazza aveva ripercorso la storia di un musicista così bello, così appassionato che si era presa una cotta per lui. Sentendo una punta di gelosia nella voce di Mathias, aggiunse che Chet Baker era morto cadendo dalla finestra della sua stanza d'albergo al secondo piano, ad Amsterdam, nel 1988, all'età di cinquantanove anni.

Yvonne tossicchiò dal bancone, il ristorante chiudeva. La sala era deserta. Mathias pagò il conto e i due si ritrovarono in Bute Street. La vetrina alle loro spalle si era spenta. Lui avrebbe voluto camminare lungo il fiume. Era tardi, Audrey doveva lasciarlo. L'indomani, l'aspettava una lunga giornata di lavoro. Si accorsero entrambi che per tutta la serata non avevano parlato né della loro vita, né del loro passato, e tantomeno della loro professione. Avevano però condiviso qualche sogno e dei momenti di fantasia; dopotutto, era una bella conversazione per una prima volta. Si scambiarono i numeri di telefono. Riaccompagnandola fino a South Kensington, Mathias tessé le lodi del mestiere d'insegnante: dedicare la vita ai bambini era segno di una generosità incredibile; quanto alla riunione dei genitori, in qualche modo se la sarebbe sbrogliata. Quando Antoine l'avesse interrogato, lui avrebbe inventato. Audrey non capiva affatto di cosa parlasse, ma il momento era bello, e lei annuì. Mathias le tese una mano goffa, Audrey gli posò un bacio sulla bocca; un taxi la portava già verso il quartiere di Brick Lane. A cuor leggero, Mathias risalì Old Brompton Road.

Quando imboccò Clareville Grove, avrebbe giurato che gli alberi che si piegavano al vento lo salutassero. Per idiota che potesse sembrare la cosa, lui, vulnerabile e felice a un tempo, ricambiò con un cenno del capo. Salì i gradini della scala esterna a passo felpato, la chiave girò lentamente nella serratura, la porta cigolò appena ed egli entrò in salotto.

Lo schermo del computer illuminava la stanza in cui lavorava Antoine. Mathias si tolse l'impermeabile con mille precauzioni. Scarpe in mano, avanzava verso la scala interna quando la voce del suo coinquilino lo fece sobbalzare.

«Hai visto che ore sono?»

Antoine lo fulminava con gli occhi. Mathias fece dietrofront e andò verso lo studio, afferrò la bottiglia d'acqua minerale che trovò lì, la scolò d'un fiato e tornò a posarla simulando uno sbadiglio.

«Be', io vado», disse stirando le braccia. «Sono stanco morto.»

«Dove vai, esattamente?» domandò Antoine.

«In casa mia», rispose Mathias, indicando il piano superiore.

Rimise l'impermeabile e si diresse verso le scale, ma di nuovo Antoine lo interpellò.

«Com'è andata?»

«Bene... Insomma, così mi pare», rispose Mathias, con l'aria di chi non sa affatto di cosa gli si stia parlando.

«Hai visto la signora Morel?»

Il volto teso, Mathias chiuse il colletto dell'impermeabile.

«Come lo sai?»

«Sei stato alla riunione dei genitori degli allievi, sì o no?»

«Naturalmente!» rispose Mathias con baldanza.

«Dunque hai visto la signora Morel?»

«Ma certo che l'ho vista, la signora... Morel!»

«Perfetto! E, siccome te lo domandavi, lo so perché sono stato io a chiederti di andare da lei», riprese Antoine in tono volontariamente pacato.

«Ecco! È esattamente così, me l'hai chiesto tu!» esclamò Mathias, sollevato nello scorgere una parvenza di luce in fondo a un lungo tunnel scuro.

Antoine si alzò e si mise a percorrere avanti e indietro lo studio; le mani incrociate dietro la schiena gli davano un'aria professorale che intimidiva un poco il suo amico.

« Dunque, hai visto la maestra di mio figlio, e va bene; adesso concentriamoci, cerca di fare un ultimo piccolo sforzo... potrei avere un resoconto della riunione dei genitori degli allievi? »

« Ah... Mi aspettavi per questo? » domandò Mathias con aria innocente.

Dall'occhiataccia che gli rivolgeva Antoine, Mathias capì che il suo margine d'improvvisazione si riduceva di secondo in secondo: Antoine non avrebbe mantenuto ancora a lungo la calma, l'attacco era la sola difesa possibile.

« Ma di' un po', siamo sotto le armi, ero in missione? Non scaldarti tanto! Cosa vuoi che ti dica? »

« Quello che ti ha detto la maestra sarebbe un buon inizio, addirittura una buona fine, data l'ora. »

« È perfetto. Tuo figlio è assolutamente perfetto, in tutte le materie. La sua maestra ha perfino temuto un po', all'inizio dell'anno, che fosse un genio. Lusinghiero per i genitori, per quanto difficile da gestire. Ma ti rassicuro: Louis è soltanto un alunno eccellente. Ecco, ti ho detto tutto, adesso ne sai quanto me. Ero talmente orgoglioso che le ho perfino lasciato credere che fossi suo zio. Sei contento? »

« Come una pasqua! » disse Antoine tornando a sedersi, rabbioso.

« Sei incredibile! Ti dico che tuo figlio è una cima e fai il broncio... ammetterai che non è facile accontentarti, amico mio. »

Antoine aprì un cassetto da cui tirò fuori un foglio. Lo agitò tra la punta delle dita.

«Sono pazzo di gioia! In quanto padre di un bambino che non ha la sufficienza in storia e geografia, che ha appena un sei in francese e un cinque in matematica, sono davvero sorpreso e lusingato del commento della sua maestra.»

Antoine posò la pagella scolastica di Louis sulla scrivania e la fece scivolare verso Mathias che, dubbioso, si avvicinò, lesse e tornò subito a posarla.

«È un errore amministrativo: ce ne sono a migliaia tra i grandi, figuriamoci tra i piccoli!» commentò con una malafede che rasentava l'indecenza. «Io vado a coricarmi, vedo che sei teso e non mi piaci affatto quando sei teso. Dormi bene!»

E, stavolta, si diresse a passo deciso verso la scala. Antoine lo chiamò per la terza volta. Mathias alzò gli occhi al cielo e si voltò con malagrazia.

«Che altro c'è?»

«Come si chiama lei?»

«Chi?»

«Sei tu che devi dirmelo... Quella che ti ha fatto perdere la riunione dei genitori degli alunni, per esempio. È carina, almeno?»

«Molto!» finì col confessare Mathias, imbarazzato.

«È già qualcosa. E come si chiama?» insisté Antoine.

«Audrey.»

«Bello anche il nome... Audrey e poi?»

«Morel...» mormorò Mathias con voce appena udibile.

Antoine tese l'orecchio, con l'infima speranza di non aver capito bene il cognome appena pronunciato da Mathias. Sui suoi lineamenti già si leggeva la preoccupazione.

«Morel? Qualcosa come signora Morel?»

« Una cosa così... » disse Mathias, stavolta terribilmente imbarazzato.

Antoine si alzò e guardò il suo amico, salutando sarcasticamente l'exploit.

« Quando ti chiedo di andare a una riunione dei genitori degli alunni, prendi la cosa davvero molto sul serio! »

« Ecco, lo sapevo, non avrei dovuto parlartene! » disse Mathias allontanandosi.

« Pardon? » urlò Antoine. « Perché, adesso me ne hai parlato? Toglimi un dubbio, nell'elenco di cazzate da non fare mai, credi che ne troverai ancora qualcuna o pensi di averle esaurite tutte? »

« Senti, Antoine, non esageriamo, sono rientrato a casa da solo e anche prima di mezzanotte! »

« Perché, per giunta, ti rallegri per il fatto di non aver portato l'insegnante di mio figlio a casa? Magnifico! Grazie, così non dovrà vederla seminuda quando farà colazione. »

Non trovando altra via di scampo che la fuga, Mathias salì di sopra. A ogni scalino, i suoi passi parevano scandire le reprimende che gli faceva Antoine.

« Sei patetico! » urlò ancora quest'ultimo alle sue spalle.

Mathias alzò una mano in segno di resa

« Falla finita, troverò una soluzione! »

Quando Mathias entrò nella sua stanza, sentì Antoine al pianterreno che l'accusava, per giunta, di avere un pessimo gusto. Chiuse la porta, si sdraiò sul letto e sospirò, sbottonandosi il colletto dell'impermeabile.

Nello studio, Antoine schiacciò un pulsante sulla tastiera del computer. Sullo schermo, un'auto di Formula 1 sbatté a tutta forza contro il guardrail di sicurezza.

Alle tre di mattina, Mathias andava ancora su e giù per la stanza. Alle quattro, in mutande, sedette allo scrittoio piazzato sotto la finestra e cominciò a mordicchiare la penna. Poco dopo, scrisse le prime parole di una lettera indirizzata alla signora Morel. Alle sei, il cestino accoglieva l'undicesimo foglio che Mathias vi aveva appena gettato. Alle sette, i capelli scarmigliati, rilesse un'ultima volta il suo testo e lo infilò in una busta. I gradini della scala cigolavano, Emily e Louis scendevano in cucina. L'orecchio incollato alla porta, Mathias rimase in ascolto dei rumori della colazione e, quando sentì Antoine chiamare i bambini per uscire, s'infilò in fretta e furia l'accappatoio e si precipitò al pianterreno. Mathias riacciuffò Louis sulla scala esterna. Gli consegnò la lettera ma, prima ancora d'aver avuto il tempo di dire una parola di spiegazione, Antoine aveva afferrato la busta e chiesto a Emily e a Louis di aspettarlo un po' più in là sul marciapiede.

«Che roba è?» domandò a Mathias, agitando la busta.

«Un biglietto con cui chiudo la relazione: è quello che volevi, no?»

«Non puoi fare le tue commissioni di persona? Hai proprio bisogno di coinvolgere i bambini?» bisbigliò Antoine tirando Mathias ancor più in disparte.

«Pensavo che fosse meglio così», balbettò quest'ultimo.

«E vigliacco, per giunta!» disse Antoine con una risata, prima di raggiungere i bambini.

Salendo in macchina, mise comunque la busta nella cartella del figlio. La cabriolet si allontanò, Mathias chiuse la porta di casa e salì a prepararsi. Entrando in bagno, aveva uno strano sorriso.

*

La porta del negozio si era appena aperta. Dal retrobottega, Sophie riconobbe il passo di Antoine.

«Ti porto a prendere un caffè?» disse l'uomo.

«Oh, te, hai la faccia delle giornate cattive», rispose lei, asciugandosi il dorso delle mani sul camice.

«Cosa ti è successo?» domandò Antoine, guardando la garza macchiata di sangue nero sul dito di Sophie.

«Niente, un taglio che non si chiude: impossibile, con tutta l'acqua che maneggio sempre.»

Antoine le prese la mano, tolse la medicazione e fece una smorfia. Non lasciando a Sophie il tempo di discutere, la portò verso l'armadietto dei medicinali, pulì la ferita e rifece la fasciatura.

«Se non guarisce entro due giorni, ti porto da un medico», borbottò.

«Be', andiamo a prendere 'sto caffè», rispose Sophie, agitando la marionetta che aveva adesso al posto dell'indice, «così mi dirai cos'è che ti rode...»

Chiuse la porta, mise la chiave in tasca e prese l'amico sottobraccio.

*

Un cliente aspettava, impaziente, davanti alla libreria. Mathias risaliva Bute Street a piedi, Antoine e Sophie camminavano andando verso di lui; il suo miglior amico non lo degnò di un'occhiata ed entrò nel locale di Yvonne.

*

«Cos'è successo tra voi due?» domandò Sophie, posando la tazza di caffè macchiato.

«Hai un baffo!»

«Grazie, molto gentile da parte tua!»

Antoine prese il tovagliolo e pulì il labbro di Sophie.

«Stamattina abbiamo fatto un po' di baruffa.»

«La vita di coppia, amico mio, non può essere perfetta tutti giorni.»

«Mi prendi in giro?» domandò Antoine, guardando Sophie che stentava a trattenere il riso.

«Qual era l'argomento della vostra disputa?»

«Lascia perdere.»

«Sei tu che dovresti lasciar perdere, se vedessi la faccia che fai... Non vuoi davvero dirmi di cosa si tratta? Un consiglio femminile può sempre essere utile, no?»

Antoine guardò la sua amica e si lasciò vincere dal sorriso che ora lei esibiva senza imbarazzo. Si frugò nelle tasche della giacca e le porse una busta.

«Tieni, spero che ti piaccia.»

«Mi piacciono sempre.»

«Mi limito a buttar giù quello che mi chiedi di scrivere», disse Antoine rileggendo il proprio testo.

«Sì, ma tu lo fai con le tue parole e, grazie a te, le mie assumono un senso che io non riesco a dare.»

«Sei sicura che quel tipo ti meriti davvero? Sai, posso dirti una cosa – e non perché le scrivo io –, ma, se io ricevessi lettere come questa, quali che siano i miei impegni lavorativi o personali, posso giurarti che sarei già venuto a rapirti.»

Lo sguardo di Sophie si distolse.

«Non è quello che intendevo dire», continuò subito Antoine, affranto, prendendola tra le braccia.

«Vedi, dovresti stare attento a ciò che dici, ogni tanto. Non so quale sia l'argomento della vostra baruffa, ma è per forza di cose una perdita di tempo, dunque prendi il telefono e chiamalo.»

Antoine posò la tazza di caffè.

« Perché dovrei essere io a fare il primo passo? » bofonchiò.

« Perché, se vi fate la stessa domanda tutti e due, vi rovinerete la giornata per niente. »

« Forse, ma in questo caso il torto è suo. »

« Cosa può aver mai fatto di tanto grave? »

« Posso dirti che ha fatto una cazzata, ma non per questo intendo sputtanarlo. »

« Due bambini!... E l'uno peggio dell'altro. Si è scusato? »

« In un certo senso sì... » rispose Antoine, ripensando al bigliettino che Mathias aveva dato a Louis.

Sophie prese la cornetta del telefono sul bancone e la fece scivolare sul tavolo.

« Chiamalo! »

Antoine rimise a posto la cornetta.

« Preferisco andare a trovarlo », disse alzandosi.

Pagò i caffè, ed entrambi uscirono in Bute Street. Sophie rifiutò di tornare in negozio prima di aver visto Antoine varcare la soglia della libreria.

« Cosa posso fare per te? » domandò Mathias alzando gli occhi dalla sua lettura.

« Niente, passavo di qua, è tutto a posto? »

« Tutto a posto, ti ringrazio », rispose Mathias voltando una pagina del suo libro.

« Hai gente? »

« Nemmeno un cane, perché? »

« Mi annoio », bisbigliò Antoine.

Poi voltò il cartellino appeso alla porta a vetri in modo che dall'esterno si leggesse CHIUSO.

« Vieni, ti porto a fare un giro. »

«Credevo che fossi oberato di lavoro.»

«Smettila di discutere sempre!»

Antoine uscì dalla libreria, entrò nella sua macchina parcheggiata davanti alla vetrina e suonò il clacson due volte. Mathias posò il libro brontolando e uscì in strada.

«Dove si va?» domandò salendo sulla cabriolet.

«Mariniamo la libreria!»

L'Austin Healey risalì Queen's Gate, attraversò Hyde Park e filò verso Notting Hill. Mathias trovò un parcheggio all'ingresso del mercato di Portobello. I marciapiedi erano invasi dalle bancarelle dei robivecchi. I due amici scesero lungo la via, si fermarono a ogni stand. Da un venditore di indumenti usati, Mathias provò una giacca a righe spesse e un berretto con gli stessi motivi, si voltò per sentire il parere di Antoine. Questi era già lontano, troppo imbarazzato per rimanergli accanto. Mathias rimise la giacca sulla gruccia e disse al venditore che Antoine era assolutamente privo di gusto. Poi i due si sedettero ai tavoli all'aperto della birreria Electric. Due graziose giovani scendevano lungo la via in abiti estivi. Gli sguardi s'incrociarono, le ragazze sorrisero passando davanti a loro.

«Ho dimenticato», disse Antoine.

«Se si tratta del tuo portafogli, non preoccuparti, pago io», disse Mathias, prendendo il conto dal piattino.

«Da sei anni vivo in questa veste di papà chioccia, e mi rendo conto che non so nemmeno più come si abborda una donna. Un giorno mio figlio mi chiederà d'insegnargli a rimorchiare e io non saprò rispondergli. Ho bisogno di te, dovresti insegnarmi di nuovo tutto dall'inizio.»

Mathias bevve il succo di pomodoro d'un fiato e posò il bicchiere sul tavolo.

«Bisognerebbe sapere cosa vuoi, dal momento che rifiuti che una donna metta piede in casa nostra!»

«Questo non c'entra, io parlavo di seduzione, be', lascia perdere!»

«Vuoi tutta la verità? Anch'io ho dimenticato, amico mio.»

«In fondo, credo di non averlo mai saputo!» sospirò Antoine.

«Con Karine l'hai saputo, no?»

«Karine mi ha dato un figlio e poi se n'è andata a occuparsi dei figli degli altri. Come riuscita sentimentale c'è di meglio, no? Su, vieni, andiamo a lavorare.»

Lasciarono il tavolo e risalirono la strada, camminando a fianco a fianco.

«Ti scoccia se provo di nuovo quella giacca... stavolta devi darmi il tuo parere, sul serio!»

«Senti qua, se mi giuri di portarla davanti ai nostri figli, te la regalo io...!»

Di ritorno in South Kensington, Antoine parcheggiò l'Austin Healey davanti all'ufficio. Spense il motore e aspettò qualche istante prima di uscire dall'auto.

«Mi dispiace per ieri sera, forse ho esagerato un po'.»

«No, no, stai tranquillo, capisco la tua reazione», disse Mathias in tono piccato.

«Non sei sincero...»

«Be', no, non sono sincero!»

«Lo immaginavo: ce l'hai ancora con me.»

«Ascolta, Antoine, se hai qualcosa da dire in proposito, dillo, perché io avrei davvero da fare!»

«Anch'io», replicò Antoine, uscendo dalla cabriolet.

E, mentre entrava nel suo ufficio, sentì la voce di Mathias alle proprie spalle.

«Grazie d'essere passato, la cosa mi ha colpito molto.»

«Non mi piace quando litighiamo, sai?» rispose Antoine, voltandosi.

«Nemmeno a me.»
«Non parliamone più, allora: voltiamo pagina.»
«Sì, voltiamo pagina», ripeté Mathias.
«Torni tardi stasera?»
«Perché?»
«Ho promesso a McKenzie di portarlo a cena da Yvonne... per ringraziarlo d'essere venuto a darci una mano con la casa; se tu potessi badare ai bambini...»
Di ritorno in libreria, Mathias prese il telefono e chiamò Sophie.

*

Il telefono squillava. Sophie si scusò con la cliente.
«Certo che posso», disse Sophie.
«Non ti scoccia?» insisté Mathias all'altro capo del filo.
«Non ti nascondo che l'idea di mentire ad Antoine non mi piace.»
«Non ti chiedo di mentirgli, soltanto di non dirgli niente.»
Per Sophie, il confine tra menzogna e omissione era molto labile, ma accettò comunque di fare il favore che Mathias le chiedeva. Avrebbe chiuso il negozio un po' prima e l'avrebbe raggiunto come promesso verso le sette. Mathias riattaccò.

# VII

Yvonne approfittava della calma pomeridiana per fare un po' d'ordine nel magazzino al seminterrato. Guardò la cassa che aveva davanti, lo Château Labégorce-Zédé era il suo vino preferito e lei serbava gelosamente per qualche grande occasione le rare bottiglie che possedeva. Grandi occasioni, però, negli ultimi anni, non ce n'erano state. La donna passò la mano sul sottile strato di polvere che ricopriva il legno, ricordando con commozione la sera di maggio in cui il Manchester United aveva vinto la coppa d'Inghilterra. La fitta la colse alla base del seno, senza preavviso. Yvonne si piegò in due in cerca dell'aria che di colpo le mancava. Si appoggiò alla scala che portava in sala e cercò il farmaco nella tasca del grembiule. Le dita intorpidite stentavano a reggere la boccetta. Con difficoltà, riuscì a svitare il tappo; si versò tre compresse nella mano e se le cacciò in gola, piegando indietro la testa per deglutire meglio.

Stremata dal dolore, sedette sul nudo pavimento e aspettò che la chimica facesse il suo lavoro. Se Dio non l'avesse chiamata oggi, pensò, il suo cuore si sarebbe calmato in pochi minuti e tutto sarebbe tornato a posto: aveva ancora un sacco di cose da fare. Si ripromise di accettare il prossimo invito di John nel Kent, insomma, se lui lo avesse rinnovato, dopo i suoi tanti rifiuti. A dispetto del pudore, a dispetto dei dinieghi, quell'uomo le mancava. Era addirittura incredibile quanto le mancava. Bisogna dunque che le persone si allontanino perché ci si renda conto del posto che occupavano nelle nostre vite? Ogni mezzogiorno, John si sedeva nel suo locale: aveva notato che il suo piatto era diverso da quello degli altri clienti?

Sicuramente aveva capito: John era un uomo discreto, pudico quanto lei, ma era dotato d'intuito. Yvonne era felice che Mathias avesse rilevato la sua libreria. Quando John le aveva annunciato che sarebbe andato in pensione, era stata lei a parlare di un successore, affinché il lavoro di tutta una vita non andasse in fumo. E poi le era sembrata l'occasione perfetta, per Mathias, per riunirsi con i suoi; allora aveva suggerito l'idea ad Antoine, affinché si facesse strada in lui, perché lui la facesse sua fino a credere che fosse farina del suo sacco. Quando Valentine le aveva annunciato che intendeva tornare a Parigi, lei aveva pensato subito alle conseguenze per Emily. Detestava l'ingerenza, ma stavolta aveva fatto bene a intromettersi un tantino nella sorte di coloro che amava. Ciò non toglie che, senza John, nulla era più come prima. Un giorno, ne era sicura, glielo avrebbe detto.

Alzò la testa. La lampadina appesa al soffitto si mise a girare, trascinando con sé ogni oggetto del locale, come in un ballo. I muri ondeggiavano, una forza terribile gravava su di lei, spingendola indietro. La scala si allontanava, Yvonne inspirò profondamente e chiuse gli occhi, prima che il suo corpo si piegasse di lato. La sua testa si posò lentamente sulla terra battuta. Yvonne sentì i battiti del proprio cuore echeggiare nei timpani, e poi più niente.

Indossava una gonnellina a fiori e una camicia di cotone. Era il giorno in cui compiva sette anni, suo padre la teneva per mano. Per farle piacere, lui aveva comprato due biglietti al botteghino della grande ruota di legno e, quando la sbarra di sicurezza s'era abbassata sulla loro navicella, lei s'era sentita felice come non mai. Nel punto più alto, suo padre aveva teso il dito in lontananza. Le sue mani erano magnifiche. Lambendo i tetti della città con un solo gesto, le aveva detto delle parole magiche: «D'ora in poi la vita ti appartiene, nulla per te sarà impossibile, se lo desideri davvero». Lei era il suo orgoglio, la sua ragione di vita, la più bella cosa che avesse fatto nella sua esistenza d'uomo. E le fece promettere di non riferirlo a sua madre, che forse si sarebbe un po' ingelosita. Lei aveva riso, perché sapeva che suo papà amava la mamma tanto quanto lei. La primavera successiva, in una fredda mattina, gli era corsa dietro per strada. Due uomini vestiti di scuro erano venuti a prenderlo a casa. Soltanto quando lei aveva compiuto dieci anni sua madre le aveva detto la verità. Suo padre non era partito per un viaggio d'affari. Era stato arrestato dalla milizia francese e non era mai tornato.

Durante gli anni dell'Occupazione, nel sottoscala che le faceva da camera da letto, la bambina immaginava che suo padre fosse riuscito a scappare. Mentre i loschi figuri gli davano le spalle, lui s'era slegato e aveva rotto la sedia su cui lo torturavano. Chiamando a raccolta le forze, era fuggito passando per i sotterranei del commissariato e se n'era andato uscendo da una porta rimasta aperta. Dopo essersi unito alla Resistenza, aveva raggiunto l'Inghilterra. E, mentre lei e sua madre se la sbrogliavano alla meno peggio in quella Francia triste, lui lavorava a fianco di un generale che non s'era dato per vinto. E tutte le mattine, alzandosi, immaginava suo padre che pensava di chiamarla. Nel bugigattolo in cui lei si nascondeva con la mamma, però, non c'era telefono.

Quando ebbe vent'anni, un ufficiale della polizia suonò alla sua porta. A quel tempo, Yvonne viveva in un monolocale sopra la lavanderia in cui lavorava. I resti di suo padre erano stati ritrovati in una fossa in mezzo al bosco di Rambouillet. Il giovane era sinceramente dispiaciuto d'essere il latore di una notizia tanto triste, tanto più perché il rapporto autoptico asseriva che le pallottole usate per fargli esplodere il cranio erano uscite dalla canna di una pistola francese. Yvonne, sorridente, lo rassicurò. Si sbagliavano, suo padre probabilmente era morto perché non aveva più notizie di lui dalla fine della guerra, ma era sepolto da qualche parte in Inghilterra. Arrestato dalla milizia, era riuscito a scappare, aveva raggiunto Londra. Il poliziotto prese il coraggio a due mani. Erano stati trovati dei documenti nella tasca del morto, e questi attestavano senza ombra di dubbio la sua identità.

Yvonne prese il portafogli che l'ispettore le porgeva. Aprì la carta d'identità ingiallita, sporca di sangue, accarezzò la foto, senza mai perdere il sorriso. E, chiudendo la porta, si limitò a dire con voce sommessa che suo padre doveva averli abbandonati nel corso della sua evasione. Qualcun altro se n'era impossessato, semplicemente.

Aspettò la sera per aprire la lettera nascosta sotto la patta di pelle. La lesse, fece ruotare tra le dita la piccola chiave di una cassetta di sicurezza che suo padre vi aveva unito.

Alla morte del primo marito, Yvonne rivendette la lavanderia che aveva acquistato grazie a un orario di lavoro settimanale che nessun membro del sindacato cui apparteneva avrebbe creduto possibile. A Calais s'imbarcò su un traghetto che attraversava la Manica e approdò a Londra in un pomeriggio estivo, con una sola valigia come bagaglio. Arrivò davanti alla bianca facciata di un grande edificio nel quartiere di South Kensington. Inginocchiata ai piedi di un albero che ombreggiava un rondò, scavò un buco per terra con le mani. Mise sul fondo una carta d'identità ingiallita, macchiata di sangue secco, e mormorò: «Eccoci qua».

Quando un poliziotto le domandò cosa faceva, lei si raddrizzò e rispose piangendo:

«Sono venuta a riportare i documenti a mio padre. Non ci siamo più visti dal tempo di guerra».

Yvonne riprendeva conoscenza, si alzò lentamente. Il suo cuore aveva ritrovato un ritmo normale. La donna salì i gradini della rozza scala di legno e, arrivata in sala, decise di cambiare grembiule. Mentre se l'annodava sulla schiena, una giovane entrò e andò a sedersi al banco. Ordinò un liquore, il più forte che c'era. Yvonne la scrutò, le versò un bicchiere d'acqua minerale e andò a sedersi accanto a lei.

Enya era emigrata l'anno precedente. Aveva trovato lavoro in un bar di Soho. La vita lì era così cara che aveva dovuto dividere un monolocale con tre studenti i quali, come lei, facevano piccoli lavoretti dove e quando capitava. Enya non studiava più da un pezzo.

Il ristoratore sudafricano che le dava lavoro, vinto dalla nostalgia di casa, aveva chiuso bottega. Da quel momento, qualche ora in una panetteria al mattino, un posto alla cassa di un fast food all'ora di pranzo e la distribuzione di volantini pubblicitari nel pomeriggio le avevano permesso di vivere. Senza documenti, era votata alla precarietà. In due settimane, aveva perso tutti i lavori. La ragazza chiese a Yvonne se non aveva niente per lei: era brava a servire in tavola e il lavoro non la spaventava.

«Ed è ordinando da bere al banco che pensi di riuscire a trovare un lavoro da cameriera?» le domandò Yvonne.

Lei non poteva permettersi di assumere nessuno, ma promise alla ragazza di sentire i commercianti del quartiere. Se si fosse aperta qualche porta, gliel'avrebbe detto. Bastava che Enya passasse ogni tanto di lì. Volendo completare l'elenco delle proprie qualità, Enya aggiunse d'aver lavorato anche in una lavanderia. Yvonne si voltò a guardarla. Rimase in silenzio per qualche secondo, poi annunciò a Enya che, in attesa di tempi migliori, poteva andare lì a mangiare qualcosa ogni tanto: nessuno le avrebbe presentato il conto, a condizione che lei non spargesse la voce. La ragazza non sapeva come ringraziarla; Yvonne le disse che bastava non farlo e se ne tornò ai fornelli.

*

All'inizio della serata, Antoine era seduto al ristorante in compagnia di McKenzie, che continuava a mangiarsi Yvonne con gli occhi. Prese il cellulare per mandare un messaggio a Mathias: *Grazie di occuparti dei bambini. Tutto bene?*

Ricevette subito una risposta: *Tutto OK. Bambini già cenato, lavaggio di denti in corso, a letto fra 10 minuti.*

Pochi istanti dopo, Antoine ricevette un secondo messaggio: *Lavora pure quanto vuoi; penso io a tutto.*

La luce s'era appena spenta nella sala del cinema di Fulham e il film cominciava. Mathias spense il cellulare e immerse la mano nel sacchetto di popcorn che Audrey gli tendeva.

*

Sophie aprì la porta del frigorifero per esaminarne il contenuto. Sul ripiano in alto, trovò dei pomodori belli rossi, allineati in un ordine così perfetto da far pensare a un battaglione di un esercito imperiale. Fette di carne magistralmente impacchettate nella pellicola trasparente affiancavano un vassoio di formaggi, un vaso di cetriolini e una ciotolina di maionese.

I bambini dormivano al piano superiore. Ognuno aveva avuto la sua favola e la sua carezza.

Alle undici, la chiave girò nella toppa. Sophie si voltò per scoprire Mathias sulla soglia, un sorriso beato in mezzo alla faccia.

«Ti va bene, Antoine non è ancora tornato», annunciò Sophie, accogliendolo.

Mathias posò il portafogli nel portaoggetti all'ingresso. Andò a sedersi accanto a Sophie, la baciò sulla guancia e le domandò com'era andata la serata.

«Spegnimento delle luci con una mezz'ora di ritardo rispetto all'orario abituale, ma è un diritto delle babysitter in incognito. Louis ha qualcosa che non va, ha tenuto sempre il broncio, ma non sono riuscita a saperne di più.»

«Ci penso io», disse Mathias.

Sophie prese la sciarpa appesa all'attaccapanni. Se l'avvolse attorno al collo e indicò la cucina.

«Ho preparato qualcosa per Antoine, lo conosco, arriverà a pancia vuota.»

Mathias si avvicinò al vassoio e rubò un cetriolino. Sophie gli dette una pacca sulla mano.

«Per Antoine, ho detto! Non hai cenato?»

«Non ne ho avuto il tempo», rispose Mathias. «Sono

rientrato di corsa subito dopo il cinema, non sapevo che il film fosse così lungo.»

«Valeva la pena, spero...» disse Sophie in tono ironico.

Mathias guardò il piatto di carni fredde.

«C'è chi è fortunato!»

«Hai fame?»

«No, fila via, preferisco che tu non ci sia quando arriva, o sospetterà qualcosa.»

Mathias alzò la campana dei formaggi, prese un pezzo di gruviera e lo mangiò senza grande appetito.

«Hai visto di sopra? Antoine ha risistemato tutto, dalla mia parte. Come ti sembra il nuovo arredo?» domandò a bocca piena.

«Simmetrico!» rispose Sophie.

«Cosa vuol dire, simmetrico?»

«Vuol dire che le vostre stanze sono simili. Anche le lampade da comodino sono identiche, è ridicolo.»

«Non vedo cosa ci sia di ridicolo!» replicò Mathias, risentito.

«Sarebbe bene che in questa casa tu avessi un posto in cui 'da me' voglia dire 'da me' e non 'da un mio amico'!»

Sophie indossò il cappotto e uscì per strada. Il fresco notturno la fece subito rabbrividire, e si mise in cammino. Il vento soffiava in Old Brompton Road. Una volpe – la città ne conta molte – l'accompagnò per qualche metro, al riparo della cancellata del parco di Onslow Gardens. In Bute Street, Sophie vide l'Austin Healey di Antoine parcheggiata davanti all'ufficio. La sua mano ne sfiorò la carrozzeria, poi la ragazza alzò la testa e guardò per qualche istante le finestre illuminate. Strinse la sciarpa e continuò per la sua strada.

Entrando nel monolocale che occupava a poche strade da lì, non accese la luce. I suoi jeans scivolarono sulle gambe e lei li lasciò lì dov'erano, arrotolati a terra, buttò il maglione in aria e s'infilò subito tra le lenzuola; le foglie del platano che vedeva dal piccolo lucernario sopra il suo letto avevano assunto un colore argenteo con il chiaro di luna. Sophie si voltò su un fianco, stringendo a sé il cuscino, e aspettò che arrivasse il sonno.

*

Mathias salì gli scalini e incollò l'orecchio alla porta della stanza di Louis.

«Dormi?» bisbigliò.

«Sì!» rispose il bambino.

Mathias girò il pomello e un raggio di luce si allungò fino al letto. Entrò in punta di piedi e si stese accanto a Louis.

«Vuoi che parliamo?» domandò.

Louis non rispose. Mathias tentò di alzare un lembo di piumino, ma il bambino sepolto sotto lo tratteneva con forza.

«Non sei sempre divertente, sai? A volte, anzi, sei proprio pesante!»

«Dovresti dirmi qualcosa di più, mio caro», disse Mathias in tono dolce.

«Ho preso una punizione per colpa tua.»

«Cos'ho fatto?»

«Secondo te?»

«A causa del bigliettino per la signora Morel?»

«Hai scritto a molte altre maestre? Posso sapere perché dici alla mia che la sua bocca ti fa impazzire?»

«Te l'ha riferito? Non è una bella cosa!»

«È lei che non è bella!»

«Ah, no, questo non puoi dirlo!» s'inalberò Mathias.

«No? Non è brutta Fiona la racchiona?»

«Ma chi è questa Fiona?» domandò Mathias, preoccupato.

«Sei scemo nella testa?» disse Louis, furibondo, tirando la testa fuori dalle lenzuola. «È la *mia maestra*!» urlò.

«Ma no... Si chiama Audrey», replicò Mathias, convinto.

«Se permetti, so un po' meglio di te come si chiama la mia maestra...»

Mathias era mortificato; quanto a Louis, s'interrogava sull'identità di quella famigerata Audrey.

Il suo padrino descrisse allora con dovizia di particolari la ragazza dal timbro di voce graziosamente rauco. Louis lo guardò sconsolato.

«Mi sa che vaneggi, perché quella che dici tu è la giornalista che fa un servizio sulla scuola.»

E, poiché Louis non aggiungeva altro, Mathias esclamò: «Ah, merda!»

«Sì, quella dove ci hai fatti finire tu, ti faccio notare!» commentò Louis.

Mathias si offrì di copiare al suo posto cento volte «Non consegnerò mai più biglietti volgari alla mia maestra»; avrebbe falsificato la firma di Antoine in calce alla punizione; in cambio, Louis avrebbe passato sotto silenzio quell'incidente. Dopo averci pensato su, il bambino ritenne che l'offerta non era abbastanza vantaggiosa. Se però il suo padrino avesse aggiunto i due ultimi album di *Calvin e Hobbes*, lui avrebbe eventualmente riconsiderato la cosa. L'accordo fu concluso alle undici e trentacinque, e Mathias lasciò la stanza.

Ebbe giusto il tempo di infilarsi sotto le lenzuola. Antoine era tornato e saliva le scale. Vedendo la luce che filtrava da sotto la porta, bussò ed entrò subito.

«Grazie per il vassoio», disse, visibilmente commosso.
«Figurati», rispose Mathias sbadigliando.
«Non dovevi disturbarti, ti avevo detto che cenavo con McKenzie.»
«L'avevo dimenticato.»
«Tutto bene?» domandò Antoine scrutando l'amico.
«Magnifico!»
«Hai l'aria strana...»
«Stanco morto, nient'altro. Lottavo contro il sonno aspettandoti.»
Antoine gli domandò se era andato tutto bene con i bambini.
Mathias gli rispose che Sophie era venuta a fargli visita e avevano passato la serata insieme.
«Ah sì?» domandò Antoine.
«Non ti scoccia?»
«No, perché mai dovrebbe scocciarmi?»
«Non so, hai l'aria strana.»
«Dunque, è andato tutto bene?» insisté Antoine.
Mathias gli suggerì di parlare meno forte, i bambini dormivano. Antoine gli augurò la buonanotte e uscì. Trenta secondi dopo, riaprì la porta e consigliò all'amico di togliersi l'impermeabile prima di addormentarsi: non pioveva più. Di fronte all'aria stupita di Mathias, aggiunse che il colletto dell'indumento gli usciva dal lenzuolo, e richiuse la porta senza altri commenti.

# VIII

Antoine entrò nel ristorante con una grossa cartella da disegni sotto il braccio. McKenzie lo seguiva, trasportando un cavalletto di legno, che piazzò in mezzo alla sala.

Yvonne fu invitata a sedersi a un tavolo per scoprire il progetto di ammodernamento della sala e del bar. Il progettista posò gli schizzi sul cavalletto e Antoine cominciò a commentarli.

Felice d'aver trovato infine il modo di attirare l'attenzione di Yvonne, McKenzie faceva sfilare i disegni, correndo a sedersi accanto a lei non appena se ne presentava l'occasione, per mostrarle ora i cataloghi delle lampade, ora i ventagli delle tonalità di colore.

Yvonne era meravigliata e, sebbene Antoine si fosse ben guardato dal presentarle il minimo preventivo, già intuiva che quell'impresa andava molto al di là dei suoi mezzi. Terminata la presentazione, lei li ringraziò per il lavoro svolto e chiese all'ineffabile McKenzie di lasciarla sola con Antoine. Aveva bisogno di parlargli faccia a faccia. McKenzie, il cui senso della realtà sfuggiva spesso ai suoi amici, ne dedusse che Yvonne, sconvolta dalla sua creatività, voleva sicuramente parlare col suo capo del turbamento che avvertiva in sua presenza.

Sapendo che era legata ad Antoine da una complicità indefettibile e priva di ogni ambiguità, riprese il cavalletto, la cartella da disegni e ripartì, non senza urtare lo spigolo del bancone una prima volta e lo stipite della porta una seconda. Tornata la calma in sala, Yvonne posò le mani su quelle di Antoine. McKenzie osservava la scena da dietro il vetro, alzato sulle punte dei piedi, ma s'inginocchiò bruscamente notando la commozione nello sguardo di Yvonne... Le cose si mettevano bene!

«È meraviglioso ciò che avete fatto, non so davvero cosa dirti.»

«Basta che tu decida in quale fine settimana vuoi fare i lavori», rispose Antoine. «Ho disposto le cose in modo tale che tu non debba chiudere il ristorante durante la settimana. Gli operai arriveranno un sabato mattina e la domenica sera sarà tutto finito.»

«Caro Antoine, io non ho nemmeno i soldi per pagare l'imbiancatura di una parete», disse lei con un filo di voce.

Antoine cambiò sedia per esserle più vicino. Le spiegò che gli scantinati dei suoi uffici erano colmi di bidoni di vernice e di accessori ricuperati nei cantieri. McKenzie aveva steso il progetto di rinnovo dei suoi locali a partire da quegli stock che andavano smaltiti. Proprio questo, d'altronde, avrebbe dato al suo locale un aspetto un tantino bizzarro ma più che mai alla moda. E, quando aggiunse che lei non si rendeva conto del favore che gli faceva liberandolo di tutto quel ciarpame, gli occhi di Yvonne si offuscarono. Antoine la strinse a sé.

«Basta, Yvonne, o farai piangere anche me; e poi il denaro non c'entra niente, qui; qui c'entra soltanto la felicità, tua e in particolare di noi tutti. I primi a godere del tuo nuovo arredo saremo noi che pranziamo qui tutti i giorni.»

Lei si asciugò le guance e lo rimproverò di farla piangere come una scolaretta.

« Adesso mi dirai che anche le applique splendenti che mi ha mostrato McKenzie sul suo catalogo sono materiale di ricupero... »

« Sono campioni che i fornitori ci regalano! » rispose Antoine.

« Come menti male! »

Yvonne promise di pensarci su, Antoine insisté, aveva già riflettuto per lei. Avrebbe cominciato i lavori entro poche settimane.

« Antoine, perché fai tutto questo? »

« Perché mi fa piacere. »

Yvonne lo scrutava dritto negli occhi e sospirò.

« Non ne hai abbastanza di pensare a tutti? Quando ti deciderai a posare quel barilotto che ti porti al collo? »

« Quando avrò finito di berlo. »

Yvonne si chinò e gli prese le mani.

« Cosa credi, caro Antoine, che la gente ti apprezzi perché le fai dei favori? Non ti vorrò meno bene, se mi fai pagare i lavori. »

« Conosco persone che vanno in capo al mondo per fare del bene; io cerco di fare quel che posso per coloro che mi sono cari. »

« Sei un brav'uomo, Antoine, smetti di punirti perché Karine se n'è andata. »

Yvonne si alzò.

« Allora, se dico di sì al tuo progetto, voglio un preventivo! Chiaro? »

Uscendo sul marciapiede per svuotare un secchio d'acqua nel canaletto di scolo, Sophie si stupì nel vedere McKenzie inginocchiato davanti alla vetrina del ristorante di Yvonne, e gli chiese se aveva bisogno di aiuto. Il progettista sobbalzò e la rassicurò seduta stante: gli si era sciolta una stringa ma lui aveva appena rimediato. Sophie guardò il paio di vecchi mocassini ai piedi dell'uomo, si strinse nelle spalle e fece dietrofront.

McKenzie entrò nella sala. Aveva un piccolo dubbio sulle applique che aveva mostrato a Yvonne e la cosa lo preoccupava molto. Lei alzò gli occhi al cielo e tornò in cucina.

*

L'uomo aveva le unghie nere e il suo alito puzzava dell'olio rancido dei *fish and chips* di cui s'ingozzava tutto il santo giorno. Dietro il banco di quel sordido albergo, lo sguardo libidinoso, sbirciava la seconda pagina del *Sun*. Lì, una pin-up anonima si esibiva come ogni giorno, quasi nuda, in una posizione inequivocabile.

Enya spinse la porta e avanzò fino a lui. L'uomo non alzò gli occhi dal giornale e si limitò a domandare, in tono sciatto, per quante ore intendeva affittare la stanza. La ragazza domandò il prezzo dell'affitto settimanale, non aveva molto denaro ma prometteva di pagare giorno per giorno. L'uomo posò il giornale e la guardò: la ragazza era un bel tipino. A labbra strette, spiegò che il suo esercizio non offriva simili agevolazioni, ma che lui poteva favorirla... in un modo o nell'altro, sarebbero arrivati a un accordo. Quando le posò la mano sul collo, lei lo schiaffeggiò.

Enya camminava, le spalle curve, odiando quella città dove le mancava tutto. Quella mattina, il suo padrone di casa l'aveva cacciata perché non pagava l'affitto da un mese.

Nelle sere di solitudine, e non erano poche, Enya ricordava la consistenza di una sabbia calda e sottile che le scivolava tra le dita quand'era bambina.

Buffo destino, quello di Enya: per tutta l'adolescenza, lei, cui era sempre mancato tutto, aveva sognato di conoscere, foss'anche per un giorno soltanto, per una volta soltanto, il senso della parola «troppo», e quel giorno era arrivato.

Avanzò fino all'orlo del marciapiede e guardò l'autobus a due piani che percorreva il viale a grande velocità; la carreggiata era umida, bastava fare un passo, un piccolissimo passo. La ragazza inspirò profondamente e si lanciò in avanti.

Una mano salda l'afferrò per una spalla e la fece barcollare all'indietro. L'uomo che la teneva tra le braccia aveva l'aria di un gentleman. Enya tremava in tutto il corpo, come al tempo delle grandi febbri. L'uomo si tolse il cappotto e le coprì le spalle. L'autobus fece la fermata, l'autista non si era accorto di nulla. L'uomo salì a bordo con la ragazza. Attraversarono la città, senza parlarsi. Lui la invitò a prendere un tè e a mangiare qualcosa. Seduto accanto a un camino in un vecchio pub inglese, si prese tutto il tempo di ascoltare la sua storia.

Quando si separarono, non volle essere ringraziato; in quella città era normale curarsi dei pedoni che attraversano la strada. Il senso della circolazione differiva dal resto dell'Europa e molti incidenti venivano evitati con un po' di senso civico. Enya aveva ritrovato il sorriso. Gli domandò come si chiamava, lui rispose che avrebbe trovato il suo biglietto da visita nella tasca del cappotto che le lasciava più che volentieri. La ragazza rifiutò, ma l'uomo giurò che era lei a fargli un enorme favore. Adesso toccava a lui confidarle qualcosa. Detestava quel cappotto che la sua compagna invece adorava; dunque, averlo stupidamente dimenticato su un attaccapanni... lei glielo avrebbe perdonato in fretta. Le fece promettere di mantenere il segreto. L'uomo sparì con la stessa discrezione con cui era apparso. Un po' più tardi, quando Enya mise le mani nelle tasche del cappotto, non trovò biglietti da visita, ma alcune banconote che le avrebbero permesso di dormire al caldo, il tempo di trovare una soluzione per sfangarla.

*

Mathias stava accompagnando un cliente alla porta quando corse verso il bancone per rispondere al telefono.

«French Bookshop, dica pure.»

Mathias chiese al suo interlocutore di parlare più lentamente, faceva una gran fatica a capirlo. L'uomo diede qualche segno di stizza e ripeté, scandendo le parole meglio che poteva. Intendeva acquistare diciassette raccolte complete dell'*Enciclopedia Larousse*. Voleva fare lo stesso regalo a ciascuno dei suoi nipoti perché imparassero il francese.

Mathias si complimentò con lui. Era un'idea bella e generosa. Il suo cliente chiese se poteva fare l'ordinazione, lui avrebbe spedito il pagamento quel pomeriggio stesso. Mathias, folle di gioia, prese una penna e un taccuino e cominciò a scrivere i dati di quello che sarebbe stato senza alcun dubbio il suo più grosso cliente dell'anno. E doveva essere davvero cospicua, quella vendita, perché lui si accanisse a decifrare un ostrogoto di quel genere. Mathias capiva a dir tanto una frase su due di quelle pronunciate dal suo interlocutore ed era assolutamente incapace di identificare quello stranissimo accento.

«E dove vorrebbe che venissero consegnate le opere?»

domandò con un tono mellifluo che lusingava un cliente di quella importanza.

«In culo a te!» rispose Antoine, sbellicandosi.

Piegato in due alla finestra del suo ufficio, Antoine faceva una fatica del diavolo per nascondere ai suoi collaboratori gli spasmi di riso che lo scuotevano e le lacrime che gli colavano sulle guance. Tutta la sua équipe lo guardava. Sull'altro lato della strada, rannicchiato dietro il bancone, Mathias, vinto dalla stessa ridarella, cercava di ritrovare il fiato.

«Portiamo i bambini al ristorante, stasera?» domandò Antoine, tra un sussulto e l'altro.

Mathias si raddrizzò e si asciugò gli occhi.

«Ho un sacco di lavoro, contavo di rientrare tardi.»

«Smettila, ti vedo dal mio ufficio, non c'è un cane in libreria. Be', io vado a prendere i bambini a scuola, stasera faccio le polpette e poi si guarda un film.»

La porta della libreria si aprì, Mathias riconobbe subito il signor Glover. Posò il telefono e andò ad accoglierlo. Il suo predecessore si guardò attorno. Gli scaffali erano in perfetto ordine, il legno della vecchia scala era incerato.

«Bravo Popinot», disse salutandolo. «Passavo per caso, non intendo assolutamente disturbarla, lei adesso è a casa sua qui. Ero in città per faccende di ordinaria amministrazione. Mi sono lasciato travolgere da un'ondata di nostalgia e sono venuto a farle visita.»

«Signor Glover», insisté Mathias, «la smetta di chiamarmi Popinot!»

Il vecchio libraio guardò il portaombrelli accanto all'entrata, disperatamente vuoto. Con gesto perfettamente calibrato, vi lanciò il proprio parapioggia.

«Glielo regalo. Buona giornata, Popinot.»

Il signor Glover lasciò la libreria. Aveva visto giusto: il

sole aveva appena trafitto le nuvole e i marciapiedi marezzati di Bute Street rilucevano sotto i suoi raggi; era una bella giornata.

Mathias sentì la voce di Antoine che urlava nel telefono. Riprese la cornetta.

« Vada per le polpette, me la sbroglierò. Tu va' a prendere i bambini, io vi raggiungerò a casa. »

Mathias riattaccò, guardò l'orologio e alzò di nuovo la cornetta per fare il numero di una giornalista che doveva già essere ad aspettarlo.

*

Audrey pazientava davanti alla porta principale della Royal Albert Hall. Quella sera, c'era un concerto di gospel. Era riuscita ad avere due biglietti, i posti erano in platea, i più ambiti del vasto emiciclo. Sotto l'impermeabile stretto in vita, indossava un vestito nero, scollato, semplice ed elegante.

*

Antoine passava davanti alla vetrina accompagnato dai due bambini. Mathias fece finta di risprofondare nel suo registro contabile, aspettò che avessero risalito la via, andò sulla soglia per controllare che ci fosse via libera e voltò il cartellino sulla porta. Chiuse a chiave e corse nella direzione opposta. Saltò su un taxi fermo davanti all'entrata della metropolitana di South Kensington e porse al tassista il pezzo di carta su cui aveva scritto il luogo del suo appuntamento. Chiamò Audrey invano, il suo cellulare non rispondeva.

Il traffico in Kensington High Street era così congestionato che le auto, da Queen's Gate, viaggiavano a passo d'uomo. Il tassista informò cortesemente il passeggero che alla Royal Albert Hall doveva esserci un concerto, probabile causa di quell'ingorgo. Mathias gli rispose che un po' lo sospettava, dato che lui doveva andare proprio lì. Non potendo più stare fermo, pagò la corsa e decise di fare il resto della strada a piedi. Si mise a correre più in fretta che poté e arrivò senza fiato davanti all'ingresso principale. La hall del grande teatro era deserta. Vi si attardavano ancora soltanto alcuni agenti della sorveglianza. Uno di questi informò Mathias che lo spettacolo era cominciato. Aiutandosi con i gesti, Mathias tentò di spiegargli che la persona che l'accompagnava era in sala. Invano. Non poteva entrare senza biglietto.

Una venditrice di programmi che parlava francese gli andò in aiuto. Enya sostituiva un assente. Gli disse che il sipario calava in linea di massima verso mezzanotte. Lui comprò un programma e la ringraziò.

Impotente, Mathias decise di rientrare. Per strada, riconobbe il taxi che l'aveva portato lì, ma l'auto proseguì per la sua strada. Lasciò un messaggio sul cellulare di Audrey, balbettando qualche goffa parola di scusa, e perse il poco sangue freddo che gli rimaneva quando cominciò a piovere. Zuppo, in ritardo, arrivò a casa.

Emily si alzò dal divano per andare a baciare il padre.

« Togliti l'impermeabile, sta gocciolando sul parquet », disse Antoine dalla cucina.

« Buonasera », rispose Mathias, stizzoso.

Prese un canovaccio e si asciugò i capelli. Antoine alzò gli occhi al cielo. Poco incline a una baruffa, Mathias andò a unirsi ai bambini.

« A tavola! » disse Antoine.

Tutti si misero attorno alla cena. Mathias guardò la casseruola di riso bollito.

« Non s'era detto polpette? »

« Sì, alle otto e un quarto s'era detto polpette, ma alle nove e un quarto erano bruciate. »

Louis si chinò al suo orecchio per dirgli se non poteva arrivare più spesso in ritardo quando suo padre faceva le polpette: le detestava. Mathias si morse la lingua per non ridere.

« Cos'altro c'è nel frigo? »

« Un salmone intero, ma bisogna cuocerlo. »

Mathias aprì il frigorifero fischiettando.

« Hai dei sacchetti per surgelare? »

Perplesso, Antoine indicò la mensola sopra di lui. Mathias posò il salmone sul piano di lavoro, lo condì, lo fece scivolare nel sacchetto di plastica e chiuse la cerniera. Aprì la lavastoviglie, mise il pesce così imballato in mezzo al cestino dei bicchieri e chiuse lo sportello. Ruotò la manopola e andò a lavarsi le mani al lavandino.

« Ciclo breve, è pronto tra dieci minuti! »

E dieci minuti dopo, sotto gli occhi sbalorditi di Antoine, riaprì la lavastoviglie e tirò fuori, in una nuvola di vapore, un salmone cotto a puntino.

TV5 Europe stava trasmettendo *Tre uomini in fuga*, Mathias girò la sedia per vedere meglio. Antoine prese il telecomando e spense il televisore.

« Non si guarda la tele a tavola, altrimenti non si parla più! »

Mathias incrociò le braccia e fissò il suo amico.

« Ti ascolto! »

Per qualche minuto ci fu un silenzio di tomba. Con un'aria soddisfatta che non cercò di nascondere, Mathias prese il telecomando e riaccese. Finita la cena, tutti si misero sul divano, tutti meno Antoine... che rigovernava.

«Metti a letto i bambini?» domandò questi, asciugando un piatto.

«Guardiamo la fine e saliamo», rispose Mathias.

«Ho visto quel film trentasette volte, manca ancora un'ora alla fine, è tardi; potevi tornare a casa prima. Tu fa' come vuoi, ma Louis va a letto.»

Emily, che dava spesso prova di una maturità pressoché assente nei due adulti che battibeccavano dall'inizio della serata, decise che l'aria che tirava era favorevole a un suo ritiro in camera contemporaneo a quello di Louis. Per amor di solidarietà, prese il suo amichetto per mano e salì le scale.

«Sai che rompi?» disse Mathias, guardandoli sparire nelle stanze.

Salì a sua volta, piantando Antoine in asso.

Ridiscese dieci minuti dopo.

«I denti sono lavati, le mani pure, non ho controllato le orecchie, ma ci penseremo al prossimo tagliando dei quindicimila chilometri.»

Antoine andò verso di lui.

«È importante parlare a una sola voce davanti ai bambini», disse in tono conciliante.

Mathias non rispose, prese un sigaro dalla tasca della giacca e fece scattare l'accendino.

«Cosa fai?» domandò Antoine.

«Montecristo Special numero due; spiacente, ne ho uno soltanto.»

Antoine glielo tolse dalle labbra.

«Regola n. 4: in casa non si fuma!» disse, annusando la fascia.

Mathias riprese il sigaro dalle mani di Antoine e uscì,

esasperato, in giardino. Antoine prese la direzione opposta e andò a sedersi alla scrivania, accese il computer, sospirò, e poi tornò da Mathias. Quando sedette sulla piccola panca accanto a lui, Mathias fu tentato di dire che capiva perché la madre di Louis se ne fosse andata a vivere in un posto lontano come l'Africa, ma l'amicizia che legava i due uomini li proteggeva l'un l'altro dai colpi bassi.

«Hai ragione, credo di essere un rompicoglioni», disse Antoine. «Ma è più forte di me.»

«Mi hai chiesto di rinsegnarti a vivere, ricordi? Allora comincia col rilassarti. Dai troppa importanza a cose che non ne hanno. Cosa poteva mai succedere, se Louis stasera rimaneva alzato un po' di più?»

«Domani a scuola sarebbe stato morto di stanchezza!»

«E con questo? Non credi che, una volta ogni morte di papa, il ricordo di una bella serata d'infanzia valga tutte le lezioni di storia del mondo?»

Antoine guardò Mathias con l'aria di chi la sa lunga. Gli prese il sigaro di mano, lo accese tirò una lunga boccata.

«Hai le chiavi della macchina?» domandò Mathias.

«Perché?»

«L'hai parcheggiata male, ti faranno la multa.»

«Domattina parto prestissimo.»

«Dammele», insisté Mathias tendendo la mano, «trovo un posto migliore.»

«Se ti dico che di notte non si rischia niente...»

«E io ti dico che hai superato la tua quota di 'no', per stasera.»

Antoine tese le chiavi all'amico. Mathias gli dette una pacca sulla spalla e se ne andò.

Non appena fu solo, Antoine dette un'altra tirata, la

punta rosseggiante si spense: era cominciato un acquazzone tanto violento quanto improvviso.

*

Le file di poltrone si stavano già vuotando. Audrey risalì il corridoio centrale e si presentò all'agente della sicurezza che sorvegliava l'accesso al palco. Mostrò la tessera di giornalista, l'uomo verificò la sua identità su un registro, disse che la stavano aspettando e si fece da parte per lasciarla passare.

*

I tergicristalli dell'Austin Healey spazzavano la pioggia sottile. Ricordando il tragitto fatto in taxi, Mathias risalì Queen's Gate, seguendo le altre auto per non sbagliare il senso di marcia. Parcheggiò lungo il marciapiede della Royal Albert Hall e salì i gradini di corsa.

*

Antoine si affacciò alla finestra. Per strada, c'erano due parcheggi vuoti, uno davanti a casa, l'altro poco lontano. Incredulo, spense la luce e andò a coricarsi.

*

I dintorni del teatro erano deserti, la folla s'era dispersa. Una coppia confermò a Mathias che lo spettacolo era finito da circa mezz'ora. Lui tornò verso l'Austin Healey e scoprì una contravvenzione appiccicata al vetro. Sentì la voce di Audrey e si voltò.

La ragazza era sublime nel vestito da sera, l'uomo che l'accompagnava era sulla cinquantina e di bell'aspetto. Lei presentò Alfred a Mathias e gli disse che entrambi sarebbero stati felicissimi di averlo a cena con loro. Sarebbero andati alla birreria Aubaine che rimaneva aperta fino a tardi. E, poiché aveva voglia di camminare, Audrey suggerì a Mathias di precederli in auto, i tavoli dell'ultimo servizio erano molto ambiti, bisognava fare la coda. Un po' per uno! Lei l'aveva fatta allo sportello per prendere i biglietti...

Alla fine della serata, Mathias ne sapeva di più, sui gospel e sulla carriera di Alfred, dell'impresario di quest'ultimo. Il cantante ringraziò Mathias di averlo invitato. Era il minimo, rispose Audrey al suo posto: s'era divertito così tanto durante il concerto... Alfred li salutò, doveva lasciarli, l'indomani cantava a Dublino.

Mathias aspettò che il taxi avesse svoltato l'angolo. Guardò Audrey che restava silenziosa.

«Sono stanca, Mathias, devo ancora attraversare tutta Londra. Grazie per la cena.»

«Posso almeno accompagnarti?»

«A Brick Lane... in macchina?»

E durante tutto il tragitto la conversazione si limitò alle indicazioni che gli dava Audrey. A bordo della vecchia coupé, i loro silenzi erano costellati di «destra», «sinistra», «dritto», e talvolta di «sei sulla corsia sbagliata». Mathias la lasciò davanti a una casa in mattoni rossi.

«Sono davvero desolato per poco fa, mi sono fatto intrappolare da un ingorgo», disse Mathias spegnendo il motore.

«Non ti ho fatto alcun rimprovero», replicò Audrey.

«In ogni modo, stasera, uno di più o uno di meno...»

riprese Mathias sorridendo. «Mi hai rivolto a stento la parola durante la cena, se la vita di quel tenore narciso fosse stata quella di Mosè, non ti saresti appassionata altrettanto a quello che raccontava: ti bevevi le sue parole. Quanto a me, ho avuto l'impressione di essere un adolescente in castigo per tutta la serata.»

«Sarai mica geloso?» domandò Audrey, divertita.

Si guardarono fisso, i loro visi si avvicinavano pian piano e, quando sulle loro labbra comparve un abbozzo di bacio, lei piegò la testa e la posò sulla spalla di Mathias. Lui le accarezzò la guancia e la strinse tra le braccia.

«Ritroverai la strada?» domandò Audrey con voce ovattata.

«Prometti di venire a prendermi al canile municipale prima che mi sopprimano con un'iniezione.»

«Fila, ti chiamo domani.»

«Non posso filare, sei ancora a bordo», rispose Mathias, trattenendo la mano di Audrey nella propria.

Lei aprì la portiera e si allontanò con un gran sorriso. La sua figura scomparve nel giardino antistante la casa. Mathias riprese la direzione del centro, pioveva di nuovo. Dopo aver attraversato Londra da est a ovest, da nord a sud, si ritrovò per due volte davanti a Piccadilly Circus, fece inversione di marcia davanti a Marble Arch e poco dopo si domandò perché mai stava di nuovo costeggiando il Tamigi. Alle due e mezzo passate, finì col promettere venti sterline a un tassista se questi accettava di aprirgli la strada fino a South Kensington. Sotto buona scorta, Mathias arrivò finalmente a destinazione verso le tre di mattina.

# IX

La tavola della colazione era già fornita di cereali e di vasetti di marmellata. Imitando il fare paterno, Louis leggeva un giornale mentre Emily ripassava la lezione di storia. Quella mattina aveva un'interrogazione. La bambina alzò gli occhi dal libro e vide Louis che aveva calzato gli occhiali usati a volte da Mathias. Con un buffetto, gli lanciò una pallina di pane. Una porta si stava aprendo al piano di sopra. Emily saltò giù dalla seggiola, aprì il frigorifero e prese la bottiglia del succo d'arancia. Ne versò un bicchierone che posò davanti al coperto di Antoine, subito dopo afferrò la caffettiera e riempì la tazza. Louis lasciò la rivista per darle manforte, infilò due fette di pane nel tostapane, premette il pulsante e tutt'e due tornarono a sedersi come se niente fosse.

Antoine scendeva le scale, il volto ancora insonnolito; si guardò attorno e ringraziò i bambini d'aver preparato la colazione.

«Non siamo stati noi», disse Emily. «È stato papà, è tornato di sopra a fare la doccia.»

Meravigliato, Antoine prese i toast e si sedette al proprio posto. Mathias scese dieci minuti dopo, consigliò a

Emily di sbrigarsi. La bambina baciò Antoine e prese la cartella nell'ingresso.

« Vuoi che porti anche Louis? » domandò Mathias.

« Se ti va... Non ho la minima idea del paese in cui è parcheggiata la mia macchina! »

Mathias si frugò nelle tasche della giacca, posò le chiavi e una contravvenzione sul tavolo.

« Spiacente, ieri sono arrivato troppo tardi, ti avevano già fatto la multa! »

Fece cenno a Louis di sbrigarsi, e uscì in compagnia dei bambini. Antoine prese il foglietto della multa e lo studiò attentamente. L'infrazione per sosta su un'area riservata ai vigili del fuoco era stata commessa in Kensington High Street a mezzanotte e venticinque.

Si alzò per versarsi un'altra tazza di caffè, guardò l'ora all'orologio del forno e salì di corsa a prepararsi.

*

« Molta fifa per l'interrogazione? » domandò Mathias alla figlia entrando nel cortile.

« Lei o tu? » intervenne Louis con aria maliziosa.

Emily rassicurò il padre con un cenno del capo. Si fermò sulla linea che, al suolo, delimitava il campo di pallacanestro. La riga rossa non rappresentava più la zona di tiro libero, ma il confine a partire dal quale suo padre doveva restituirle la libertà. I suoi compagni di classe l'aspettavano sotto il portico. Mathias scorse la vera signora Morel appoggiata a un albero.

« Abbiamo fatto bene a ripassare in questo fine settimana, otterrai la pole position », disse Mathias, volendo essere incoraggiante.

Emily si bloccò davanti al padre.

«Non è una corsa di Formula 1, papà!»

«Lo so... ma aspiriamo a un piccolo primato, comunque...»

La bambina si allontanò in compagnia di Louis, lasciando il padre solo in mezzo al cortile. Lui la guardò sparire dietro la porta dell'aula e ripartì, inquieto.

Quando entrò in Bute Street, scorse Antoine seduto a un tavolo all'aperto del Coffee Shop e andò a mettersi accanto a lui.

«Credi che Emily debba presentarsi alle elezioni di capoclasse?» domandò Mathias, assaggiando il cappuccino di Antoine.

«Dipende: se conti di metterla in lista per il consiglio comunale, io sono contro il cumulo dei mandati.»

«Non potreste aspettare le vacanze per litigare?» disse, bonaria, Sophie unendosi a loro.

«Ma nessuno sta litigando», replicò, pronto, Antoine.

La vita si svegliava in Bute Street, e tutti e tre ne godevano appieno, condendo la loro colazione con commenti beffardi sui passanti: le malignità si sprecavano.

Sophie doveva lasciarli, due clienti stavano aspettando davanti alla porta del suo negozio.

«Devo andare anch'io, è ora che apra la libreria», disse Mathias alzandosi. «Lascia stare quel conto, pago io.»

«Hai qualcun altro?» gli domandò Antoine.

«Puoi precisare cosa intendi esattamente con 'qualcun altro'? Perché ti giuro che adesso mi preoccupi davvero!»

Antoine prese il conto dalle mani di Mathias e lo sostituì con la contravvenzione che l'amico gli aveva dato in cucina.

«Niente, dimentica tutto, era una cosa ridicola», disse Antoine in tono mesto.

«Ieri sera, avevo bisogno di una boccata d'aria fresca,

l'atmosfera in casa era un po' pesante. Cosa c'è che non va, Antoine? Da ieri hai un muso lungo un chilometro.»

«Ho ricevuto una e-mail da Karine, non può prendere il bambino con sé durante le vacanze pasquali. Il peggio è che pretende che io spieghi a Louis perché lei non può fare altrimenti, e io non so proprio come dargli la notizia.»

«A lei cos'hai detto?»

«Karine salva il mondo, cosa vuoi che le dica? Louis sarà affranto, e toccherà a me sbrogliarmela», continuò Antoine con voce tremula.

Mathias tornò a sedersi accanto a lui. Posò il braccio sulle spalle dell'amico e lo strinse a sé.

«Ho un'idea», disse. «E se durante le vacanze di Pasqua portassimo i bambini a caccia di fantasmi in Scozia? Ho letto un lungo articolo su un viaggio organizzato, con visita ad antichi castelli stregati.»

«Non credi che siano ancora un po' troppo giovani? Rischiano di aver paura, no?»

«Sarai tu ad avere una fifa del diavolo.»

«E tu potrai liberarti, con la libreria?»

«La clientela scarseggia durante le vacanze scolastiche, chiuderò per cinque giorni, non sarà la fine del mondo.»

«Cosa ne sai, della clientela? Non sei mai stato qui in quel periodo dell'anno!»

«Lo so e basta. Io penso ai biglietti e a prenotare l'albergo. E stasera sarai tu a dare la notizia ai bambini.»

Guardò Antoine, il tempo di assicurarsi che il suo amico avesse ritrovato il sorriso.

«Ah! Dimenticavo un particolare importante. Se incrociamo davvero un fantasma, dovrai occupartene tu, il mio inglese lascia ancora a desiderare! A più tardi!»

Mathias posò la multa sul tavolo e stavolta si avviò davvero verso la sua libreria.

*

Quando Antoine, durante la cena, rivelò, sotto lo sguardo complice di Mathias, la destinazione che avevano scelto per le loro vacanze, Emily e Louis furono così felici che cominciarono subito a stendere l'inventario dell'attrezzatura da portare per affrontare ogni possibile pericolo. L'apogeo di quel momento di felicità si raggiunse quando Antoine posò davanti a loro due macchine fotografiche usa e getta, ciascuna dotata di un flash speciale per illuminare le lenzuola.

Messi a letto i bambini, Antoine entrò nella stanza del figlio e andò a sdraiarsi accanto a lui.

Disse che era molto arrabbiato e bisognava che sottoponesse a Louis un problema che lo preoccupava: la mamma non sarebbe potuta andare con loro in Scozia. Lui aveva giurato di non dire nulla, ma tanto peggio: la verità era che mamma aveva una paura matta dei fantasmi. Non sarebbe stato bello imporle un simile viaggio. Louis ci pensò su un momento e ammise che in effetti non sarebbe stato bello. Allora, insieme, promisero, per farsi perdonare di abbandonarla in quell'occasione, che Louis avrebbe trascorso tutto il mese d'agosto con lei in riva al mare. Antoine raccontò la favola serale e, quando il respiro tranquillo del bambino lo autorizzò a credere che fosse nel mondo dei sogni, uscì in punta di piedi.

Mentre Antoine chiudeva piano la porta, sentì suo figlio domandargli con voce appena udibile se, ad agosto, sua madre sarebbe davvero tornata dall'Africa.

*

La settimana di Mathias e di Antoine passò velocemente; quella dei due bambini, che contavano i giorni che ancora li separavano dai castelli scozzesi, molto più lentamente. La vita nella casa aveva ora trovato i suoi punti fermi. E, anche se Mathias usciva spesso la sera, per prendere aria in giardino col cellulare incollato all'orecchio, Antoine si guardava bene dal porgli la minima domanda.

Il sabato fu una vera giornata primaverile, e decisero di fare una passeggiata intorno al lago di Hyde Park. Sophie, che si era unita a loro, cercò senza successo di addomesticare un airone. Con grande gioia dei bambini, il volatile si allontanava da lei non appena Sophie si avvicinava e tornava non appena lei si allontanava.

Mentre Emily distribuiva generosamente il suo pacchetto di biscotti, spezzettati a ragion veduta, alle oche del Canada, Louis aveva la missione di salvare le anatre di Pechino da sicura indigestione correndo al loro inseguimento. E, mentre per tutta la durata della passeggiata Sophie e Antoine camminarono a fianco a fianco, Mathias li seguiva qualche passo indietro.

«Allora, l'uomo delle lettere, a che punto è coi suoi sentimenti?» domandò Antoine.

«È una cosa complicata», rispose Sophie.

«Perché, tu conosci delle storie d'amore semplici? Puoi confidarti, sai, sei la mia miglior amica, non ti giudicherò. È sposato?»

«Divorziato!»

«Allora cos'è che lo frena?»

«I suoi ricordi, immagino.»

«È una viltà come tante. Un passo indietro, un passo avanti, si confondono scuse e pretesti e si scovano tutte le buone ragioni per vietarsi di vivere il presente.»

«Venendo da te», replicò Sophie, «mi sembra un parere un po' troppo severo, non ti pare?»

«Ti trovo ingiusta. Faccio un lavoro che amo, tiro su mio figlio, la partenza di sua madre risale a cinque anni fa, ritengo di aver fatto tutto il necessario per volgere le spalle al passato.»

«Vivendo col tuo miglior amico o essendo innamorato di una spugnetta?» domandò Sophie ridendo.

«Smettila con 'sta storia, non farne un romanzo.»

«Sei il mio miglior amico, dunque ho il diritto di dirti tutto. Guardami negli occhi e osa dirmi che puoi dormire tranquillo con la cucina da rigovernare...»

Antoine arruffò i capelli di Sophie.

«Sei una vera strega.»

«*Tu* sei un vero maniaco!»

Mathias rallentò il passo. Ritenendo d'essere a giusta distanza, nascose il cellulare nel palmo e scrisse un messaggio che inviò seduta stante.

Sophie si aggrappò al braccio di Antoine.

«Vedrai che fra trenta secondi Mathias è qui.»

«Cosa vai dicendo? Sarebbe geloso?»

«Della nostra amicizia? Certo», ripose Sophie. «Non te n'eri accorto? Quand'era a Parigi e mi chiamava la sera per avere mie notizie...»

«Ti chiamava la sera per avere tue notizie?» domandò Antoine togliendole la parola.

«Sì, due, tre volte la settimana; dunque, stavo dicendo che quando mi chiamava per avere mie notizie...»

«Ti chiamava davvero ogni due giorni?» la interruppe di nuovo Antoine.

«Posso concludere il discorso?»

Antoine annuì con un cenno del capo. Sophie riprese.

«Se gli dicevo che non potevo parlargli perché ero già

in linea con te, lui richiamava ogni dieci minuti per sapere se avevamo riattaccato.»

«Ma è assurdo, sei sicura di quello che dici?»

«Non mi credi? Se ti poso la testa sulla spalla, scommetto che ci raggiunge in meno di due secondi.»

«Ma insomma, è ridicolo», bisbigliò Antoine. «Perché dovrebbe essere geloso della nostra amicizia?»

«Perché anche in amicizia si può essere esclusivi, e tu hai proprio ragione: è assolutamente ridicolo.»

Antoine grattò la terra con la punta della scarpa.

«Credi che veda qualcuno a Londra?» domandò.

«Intendi uno psichiatra?»

«No... una donna!»

«A me non ha detto niente!»

«Non ti ha detto niente o non vuoi confessarmi che ti ha detto qualcosa?»

«In ogni modo, se avesse conosciuto qualcuno sarebbe una buona notizia, no?»

«Certamente! Sarei pazzo di gioia per lui», concluse Antoine.

Sophie lo guardò costernata. Si fermarono davanti a un piccolo chiosco ambulante. Louis ed Emily scelsero dei gelati, Antoine una crêpe e Sophie ordinò un dolcetto. Antoine cercò Mathias, che procedeva a qualche passo di distanza, gli occhi inchiodati al display del telefonino.

«Posa la testa sulla mia spalla, per vedere», disse a Sophie, voltandosi.

Lei sorrise e fece ciò che Antoine le aveva chiesto.

Mathias si materializzò davanti a loro.

«Bene, dato che tutti s'infischiano del fatto che io ci sia o non ci sia, vi lascio soli! Se i bambini vi impicciano, non esitate a buttarli nel lago. Vado al lavoro, se non altro avrò l'illusione di esistere!»

«A lavorare di sabato pomeriggio? La tua libreria è chiusa», disse Antoine.

«C'è un'asta di libri antichi, l'ho letto nel giornale stamattina.»

«Adesso commerci in libri antichi?»

«Be', Antoine, se mai un giorno Christie's dovesse mettere in vendita vecchie squadre o vecchi compassi, ne riparleremo! E se, per pura combinazione, stasera vi rendeste conto che non sono a tavola, significa che sarò rimasto anche alla seduta notturna.»

Mathias baciò la figlia, fece un cenno a Louis e si eclissò senza nemmeno salutare Sophie.

«Avevamo scommesso qualcosa?» domandò la ragazza, trionfante.

*

Mathias attraversò il parco di corsa. Uscì da Hyde Park Corner, chiamò un taxi e dette la sua destinazione in un inglese che attestava i suoi sforzi. Nel cortile di Buckingham Palace aveva luogo il cambio della guardia. Come ogni fine settimana, la circolazione nei pressi del palazzo era intralciata dai tanti passanti che guardavano sfilare i soldati della regina.

Una colonna di cavalieri risaliva Birdcage Walk al passo. Impaziente, Mathias, col braccio fuori dal finestrino, batteva la mano sulla portiera.

«Questo è un taxi, signore, non un cavallo», disse l'autista, lanciandogli un'occhiataccia dal retrovisore.

In lontananza, il profilo del Parlamento si stagliava contro il cielo. A giudicare dalla lunghezza della fila di auto che si stendeva fino al ponte di Westminster, non sarebbe mai arrivato in tempo. Quando Audrey aveva risposto al suo messaggio, invitandolo a raggiungerla ai piedi del Big Ben, aveva precisato che l'avrebbe aspettato per mezz'ora e non di più.

«È la sola strada?» domandò Mathias in tono supplice.

«È di gran lunga la più bella», rispose il tassista, additando i viali fioriti di St James Park.

L'accenno ai fiori convinse Mathias a confidare che aveva un appuntamento amoroso, che ogni secondo era prezioso, che se fosse arrivato in ritardo tutto sarebbe stato perduto per lui.

L'autista fece subito inversione di marcia. Insinuandosi nei vicoli del quartiere ministeriale, il taxi arrivò a destinazione. Il Big Ben suonava le tre, Mathias aveva soltanto cinque minuti di ritardo. Ringraziò il tassista con una generosa mancia e scese a scapicollo gli scalini che portavano verso il lungofiume. Audrey l'aspettava su una panchina, si alzò e gli si buttò al collo. Una coppia di passanti sorrise vedendoli abbracciarsi.

«Non dovevi passare la giornata con i tuoi amici?»

«Sì, ma non ne potevo più, volevo vederti, ho avuto quindici anni per tutto il pomeriggio.»

«È un'età che ti si addice», disse lei baciandolo.

«E tu, non dovevi lavorare, oggi?»

«Ahimè, sì... Abbiamo soltanto una mezz'oretta per noi.»

Dato che era a Londra, la rete televisiva per cui lavorava le aveva chiesto di realizzare un secondo servizio sui principali centri d'interesse turistico della città.

«Il mio cameraman è dovuto partire a spron battuto verso il futuro sito dei Giochi olimpici e io devo sbrigarmela da sola. Devo fare almeno dieci riprese e non so nemmeno da che parte cominciare; e tutto dev'essere mandato a Parigi lunedì mattina.»

Mathias le bisbigliò all'orecchio l'idea geniale che aveva appena avuto. Raccolse la telecamera ai suoi piedi e prese Audrey per mano.

«Mi giuri che sai davvero inquadrare?»

«Se vedessi i filmini che faccio in vacanza, rimarresti a bocca aperta.»

«E conosci a sufficienza la città?»

«Dopo tutto il tempo che ci vivo!»

Convinto di poter contare in parte sulla competenza dei *black cabs* londinesi, Mathias non temeva di assumersi, per il resto del pomeriggio, il ruolo di guida-reporter-cameraman.

Dato il luogo in cui si trovavano, sarebbe stato utile cominciare filmando le anse maestose del Tamigi e le prospettive variopinte dei ponti che lo scavalcavano. Era affascinante vedere come, lungo il fiume, gli immensi edifici, frutto dell'architettura moderna, avessero saputo integrarsi alla perfezione al paesaggio urbano. Molto più di tutte le sue sorelle minori europee, Londra aveva ritrovato un'indiscutibile giovinezza in meno di due decenni. Audrey avrebbe voluto fare qualche inquadratura del palazzo della regina, ma Mathias insisté perché si affidasse alla sua esperienza: il sabato, i dintorni di Buckingham Palace erano impraticabili. Non lontano da loro, dei turisti francesi non sapevano se recarsi alla nuova Tate Gallery o se visitare i dintorni della centrale elettrica di Battersea, le cui quattro ciminiere figuravano simbolicamente sulla foderina di un album dei Pink Floyd.

Il più anziano di loro aprì la guida per decantare ad alta voce tutte le attrattive che offriva il sito. Mathias tese l'orecchio e si avvicinò con discrezione al gruppo. Mentre Audrey se ne stava in disparte per parlare al telefono col suo produttore, i turisti si preoccuparono seriamente per la presenza di quello strano uomo che li tampinava. La paura dei borseggiatori li indusse ad allontanarsi nel momento stesso in cui Audrey infilava il cellulare in tasca.

«Ho una domanda importante da farti per il nostro futuro», annunciò Mathias. «Ti piacciono i Pink Floyd?»

«Sì», rispose Audrey. «In quale modo ciò è importante per il nostro futuro?»

Mathias riprese la telecamera e la informò che la loro prossima tappa si trovava un po' più a monte del fiume.

Giunti ai piedi dell'edificio, Mathias, ripetendo parola per parola ciò che aveva sentito, disse ad Audrey che Sir Gilbert Scott, l'architetto che aveva progettato quella costruzione, era anche l'ideatore delle famose cabine telefoniche rosse.

Telecamera in spalla, Mathias spiegò che la costruzione della Power Station di Battersea era iniziata nel 1929 per concludersi dieci anni dopo. Audrey era impressionata dalle conoscenze di Mathias, ed egli le promise che le sarebbe piaciuta ancor più la nuova destinazione da lui scelta.

Attraversando la spianata, salutò il gruppo di turisti francesi che camminavano nella stessa direzione e lanciò una strizzata d'occhio insistita al più anziano di loro. Pochi istanti dopo, un taxi li portava verso la Tate Modern.

Mathias aveva fatto un'ottima scelta, era la quinta volta che Audrey visitava il museo che ospita la più grande collezione d'arte moderna della Gran Bretagna, e non se ne stancava mai. La conosceva a menadito. All'ingresso, il custode li pregò di depositare l'attrezzatura video al guardaroba. Rinunciando per qualche istante al suo servizio, Audrey prese Mathias per mano e lo portò ai piani superiori. Una scala mobile li introdusse nell'area dove era allestita una retrospettiva dell'opera del fotografo canadese

Jeff Wall. Audrey si recò direttamente nella sala n. 7 e si fermò davanti a un ingrandimento di quasi tre metri per quattro.

«Guarda», disse a Mathias, raggiante.

Sulla gigantografia, un uomo guardava volteggiare sopra la propria testa dei fogli di carta strappati dal vento alle mani di un passante. Le pagine di un manoscritto perduto disegnavano la curva di un volo d'uccelli.

Audrey vide della commozione negli occhi di Mathias e fu felice di poter condividere con lui quel momento. Però non era la fotografia a commuoverlo, ma lei che la guardava.

La ragazza si era ripromessa di non perdere troppo tempo ma, quando uscirono dal museo, la giornata stava quasi finendo. Continuarono per la loro strada, camminando mano nella mano lungo il fiume in direzione dell'Oxo Tower.

*

«Ti fermi a cena?» domandò Antoine sulla soglia di casa.

«Sono stanca, è tardi», rispose Sophie.

«Devi andare anche tu a un'asta... di fiori secchi?»

«Se è un modo per non subire il tuo malumore, posso anche andare ad aprire il negozio in notturna.»

Antoine abbassò gli occhi ed entrò in salotto.

«Cos'hai? Non hai aperto bocca da quando abbiamo lasciato il parco.»

«Posso chiederti un favore?» bisbigliò Antoine. «Puoi non lasciarmi solo con i bambini, stasera?

Sophie fu sorpresa dalla tristezza che leggeva nei suoi occhi.

«A una sola condizione», disse. «Non metti piede in cucina e lasci che io vi porti tutti al ristorante.»

«Andiamo da Yvonne?»

«Nemmeno per sogno! Devi uscire un po' dalla routine, conosco un posto a Chinatown, una bettola dall'aspetto infame, ma dove preparano la miglior anatra laccata del mondo.»

«Ed è pulita, la tua bettola?»

Sophie non si prese nemmeno la briga di rispondere, chiamò i bambini e li informò che il programma barboso della serata era, per sua iniziativa, cambiato radicalmente. Non aveva ancora finito la frase che Louis ed Emily avevano già ripreso posto sul retro dell'Austin Healey.

Ridiscendendo i gradini della scala esterna, Sophie mormorava, imitando Antoine: «Ed è pulita, la tua bettola?»

L'auto filava su Old Brompton Road, quando Antoine inchiodò senza preavviso.

«Avremmo dovuto lasciare un biglietto a Mathias per dirgli dov'eravamo, non è detto che faccia davvero la notturna.»

«È buffo», bisbigliò Sophie, «quando hai parlato del tuo progetto di farlo venire a Londra, avevi paura che ti si appiccicasse. Credi che riuscirai a passare un'intera serata senza di lui?»

«Su questo abbiamo qualche dubbio», risposero in coro Louis ed Emily.

*

La spianata che circondava il complesso dell'Oxo Tower si estendeva fino al fiume. Su ambo le parti della grande torre in vetro una miriade di negozi e laboratori presentavano nelle loro vetrine le ultime collezioni di tessuti, ceramiche, mobili e accessori per l'arredo. Dando le spalle ad Audrey, Mathias prese il cellulare e si mise a digitare meccanicamente.

«Mathias, ti supplico, accendi quella telecamera e riprendimi; presto sarà buio.»

Lui lasciò scivolare il telefono in tasca e si voltò verso di lei, tentando di sfoderare il suo miglior sorriso.

«Tutto bene?» domandò Audrey.

«Sì, sì, tutto bene. Stavamo dicendo?»

«Riprendi la riva opposta e, appena comincio a parlare, stringi su di me. Bada di inquadrarmi a figura intera, prima di passare al viso.»

Mathias premette il pulsante di registrazione. Il motore della telecamera si avviò. Audrey snocciolava il suo testo, la sua voce era cambiata e il suo eloquio adottava quel ritmo a scatti che la televisione sembra imporre a chi parla dal piccolo schermo. La ragazza s'interruppe di colpo.

«Sei sicuro di saper riprendere?»

«Certo che lo sono!» rispose Mathias spostando il visore dall'occhio. «Perché me lo domandi?»

«Perché stai cercando di zoomare ruotando il parasole.»

Mathias guardò l'obbiettivo e si rimise la telecamera sulla spalla.

«Rimani su di me, riprendiamo dall'ultima frase.»

Stavolta però fu Mathias a interrompere la ripresa.

«È la tua sciarpa che dà fastidio, col vento ti copre il viso.»

Si avvicinò a Audrey, le strinse la stoffa al collo, la baciò e tornò dov'era prima. Audrey alzò la testa, la luce serale aveva assunto un colore ambrato, più a ovest il cielo virava al rosso.

«Lascia perdere, è troppo tardi», disse la ragazza in tono rassegnato.

«Ma io ti vedo ancora benissimo nell'obbiettivo!»

Audrey andò verso di lui e lo liberò delle attrezzature che lo impacciavano.

«Forse, ma davanti al televisore vedresti soltanto una grossa macchia scura.»

Lo portò verso una panca accanto alla sponda. Audrey riordinò il materiale, si raddrizzò e si scusò con Mathias.

«Sei stato una guida perfetta», disse.

«Grazie tante», rispose laconicamente Mathias.

«Tutto bene?»

«Sì», disse lui in un sussurro.

Lei gli posò la testa sulla spalla ed entrambi guardarono, silenziosi, passare un battello che risaliva lentamente il fiume.

«Sai, ci penso anch'io», mormorò Mathias.

«E a cosa pensi?»

Si tenevano per mano, le loro dita giocherellavano insieme.

«E ho fifa anch'io», riprese Mathias, «ma avere fifa non è grave. Stanotte dormiremo insieme e sarà un fiasco; se non altro, adesso sappiamo che l'altro lo sa; d'altronde, adesso che so che lo sai...»

Per farlo tacere, Audrey posò le labbra sulle sue.

«Credo di avere fame», disse, alzandosi.

Si aggrappò al braccio di Mathias e lo guidò verso la torre. All'ultimo piano, le grandi vetrate di un ristorante offrivano una vista impagabile sulla città...

Audrey schiacciò un bottone e la cabina salì. L'ascensore di vetro s'inerpicava dentro una gabbia trasparente. La ragazza gli mostrò la grande ruota lontana; a quella distanza, si aveva quasi l'impressione d'essere più alti di essa. E, quando Audrey si girò, scoprì il volto di Mathias, più pallido di un lenzuolo.

«Tutto bene?» domandò, preoccupata.

«Niente affatto!» rispose Mathias con voce appena udibile.

Paralizzato, posò la telecamera e si lasciò scivolare lungo la parete. Prima che svenisse, Audrey si strinse a lui, coprendogli la faccia con la spalla perché non vedesse il vuoto. Lo avvolse nelle sue braccia protettrici.

Il campanello suonò e le porte si aprirono sull'ultimo piano, davanti alla reception del ristorante. Un maggiordomo elegante guardò esterrefatto quella coppia impegnata in un bacio così appassionato e al contempo tenero che da solo prometteva splendidi domani. Il direttore di sala si accigliò, il campanello suonò e la cabina ridiscese. Pochi istanti dopo, un taxi filava verso Brick Lane, trasportando due amanti ancora abbracciati.

*

Il lenzuolo la copriva sino ai fianchi. Mathias giocava con i suoi capelli. Lei aveva posato la testa sul suo petto.

«Hai delle sigarette?» domandò Audrey.

«Non fumo.»

La ragazza si chinò, lo baciò sulla nuca e aprì il cassetto del comodino. Immergendo la mano, afferrò con la punta delle dita un vecchio pacchetto stropicciato e un accendino.

«Ero sicura che sfumacchiava, quel bugiardo.»

«Quale bugiardo?»

«Un amico fotografo cui la rete concede questo appartamento. È andato in Asia per sei mesi a fare un servizio.»

«E quando non è in Asia, lo vedi spesso, questo amico?»

«È un amico, Mathias!» esclamò lei, lasciando il letto.

Audrey si alzò. La sua alta figura andò alla finestra. La ragazza si portò la sigaretta alle labbra e la fiamma dell'accendino vacillò.

«Cosa guardi?» domandò, il volto incollato al vetro.

«Le volute di fumo.»

«Perché?»

«Così», rispose lui.

Audrey tornò verso il letto, si sdraiò contro Mathias e gli accarezzò col pollice il contorno della labbra.

«Hai una lacrima sull'orlo della palpebra», gli disse, cogliendola con la punta della lingua.

«Sei così bella», mormorò Mathias.

*

Antoine rabbrividiva: si tirò addosso la coperta, scoprendosi subito i piedi. Aprì gli occhi, tremando. Il salotto era in penombra; Sophie non c'era più. Si alzò avvolgendosi nel plaid; giunto sul pianerottolo, socchiuse la porta di Mathias e vide che il suo letto era intatto. Entrò nella stanza del figlio, s'infilò sotto il piumone e posò la testa sul cuscino; Louis si voltò e, senza aprire gli occhi, cinse il padre con le braccia; la notte passò.

*

La luce del giorno illuminava la stanza, Mathias strizzò le palpebre e si stirò. La sua mano cercò a tastoni nel letto. Scoprì un bigliettino, lasciato sulla fodera del guanciale: si raddrizzò e aprì il foglio di carta.

*Sono andata a comprare delle cassette vergini, dormivi*

*come un angioletto. Torno più presto che posso. Teneramente, Audrey.*

*P.S.: Il letto è a soli cinquanta centimetri da terra, non c'è da temere!*

Mathias posò il biglietto sul comodino e sbadigliò a lungo. Dopo aver ricuperato i jeans abbandonati ai piedi del letto, trovò la camicia all'ingresso, le mutande su una sedia non lontana e si mise in cerca del resto delle sue cose. Nella stanza da bagno, guardò, sospettoso, il fascio di spazzolini da denti che s'intrecciavano in un bicchiere. Prese il dentifricio, fece cadere nel lavandino la prima strisciolina di pasta che usciva dal tubo e si stese la successiva sulla punta dell'indice.

Frugò ovunque in cucina ma trovò soltanto due scatole di tè semivuote in un armadio, un vecchio pacchetto di biscotti nel cantuccio di una mensola, un panetto di burro salato su un vassoietto in frigo e i suoi calzini sotto il tavolo.

Smanioso di raggiungere un posto dove gli servissero una colazione degna di questo nome, finì di vestirsi in fretta.

Audrey aveva lasciato un mazzo di chiavi in bella vista sul tavolino dell'ingresso.

A giudicare dalle dimensioni, non tutte entravano nella serratura di quell'appartamento. Dovevano aprire anche il miniappartamento che Audrey abitava a Parigi e che lei gli aveva descritto quella notte.

Mathias si fece scivolare tra le dita i cordoncini del pompon attaccato all'anello. Guardandolo, si mise a pensare a com'era fortunato quell'oggetto. Lo immaginava nella mano di Audrey, sempre accanto a lei nella sua borsa, immaginava tutte le volte che lei ci giocherellava, parlando al telefono, ascoltando le confidenze di un'amica.

Quando si rese conto che stava invidiando il pompon di un portachiavi, tornò in sé. Era davvero ora di andare a mangiare qualcosa.

*

I marciapiedi erano bordati di casette in mattoni rossi. Fischiettando con le mani in tasca, Mathias s'incamminò verso l'incrocio che si trovava un po' più in su nella strada. Alcune biforcazioni dopo, si rallegrò d'aver finalmente trovato la gioia.

Come ogni domenica mattina, il mercato di Spitalfields era in pieno fermento; le bancarelle traboccavano di frutta secca e di spezie giunte da tutte le province dell'India. Un po' più in là, venditori di stoffe esponevano i loro tessuti importati di madras, cachemire, pashmina. Mathias sedette a un tavolo all'aperto del primo bar che trovò e accolse a braccia aperte il cameriere che gli si presentò.

Il ragazzo, originario della regione di Calcutta, identificò subito l'accento di Mathias e gli disse che adorava la Francia. Durante i suoi studi, aveva scelto il francese come prima lingua straniera, anteponendolo perfino all'inglese. Continuava a studiare economia internazionale alla British School Academy. Gli sarebbe piaciuto studiare a Parigi, ma la vita non permetteva sempre tutto. Mathias si congratulò con lui per la sua padronanza del francese, che trovava notevole. Approfittando della fortuna che aveva di poter esprimersi finalmente senza difficoltà, ordinò una colazione completa e un giornale, se per caso ce n'era uno abbandonato vicino alla cassa.

Il cameriere si curvò ringraziando per quell'ordinazione che l'onorava e si eclissò. Stuzzicato l'appetito, Mathias si sfregò le mani, felice di tutti quei momenti imprevisti che la vita gli offriva, felice d'essere seduto a quel tavolo soleggiato, felice al pensiero che di lì a poco avrebbe rivisto Audrey, e infine, anche se non ne era consapevole, felice d'essere felice.

Avrebbe dovuto avvisare Antoine che non sarebbe rientrato prima della fine del pomeriggio, e, cercando una scusa che giustificasse la sua assenza, si frugò in tasca in cerca del telefonino. Doveva averlo lasciato nella giacca. La visualizzava perfettamente, del resto, appallottolata sul divano dell'appartamento di Audrey. Avrebbe mandato un messaggio al suo amico più tardi, il cameriere stava già arrivando portando in spalla un vassoio immenso. Il ragazzo posò sul tavolo una quantità di cibarie e una copia del giorno prima del *Calcutta Express*, nonché una copia di due giorni prima del *Times of India*; i quotidiani erano scritti in bengalese e in hindi.

«Che roba è?» domandò Mathias, sgomento, indicando la zuppa di lenticchie che fumava davanti a lui.

«*Dal*», rispose il cameriere, «e *halwa* acidulo, buonissimo! Il bicchiere di yogurt salato è *lassi*», aggiunse. «Una vera colazione completa... indiana. Si leccherà i baffi.»

E il cameriere tornò in sala, felicissimo d'aver soddisfatto il suo cliente.

*

Avevano avuto la stessa idea senza consultarsi: la giornata era radiosa, avrebbe attirato numerosi turisti in Bute Street. Mentre l'una disponeva i tavoli all'aperto davanti al ristorante, l'altra sistemava la vetrina del negozio.

«Lavori anche tu di domenica?» domandò Yvonne a Sophie.

«Preferisco star qui che non far niente a casa!»

«Ho pensato esattamente la stessa cosa.»
Yvonne le si avvicinò.
«Cos'è 'sta faccia strapazzata?» disse, passando la mano sulla guancia di Sophie.
«Brutta nottata, doveva esserci luna piena.»
«A meno che non abbia deciso d'essere piena due volte di seguito la settimana, la tua luna, dovrai trovare un'altra spiegazione.»
«Allora diciamo che ho dormito male.»
«Non vedi i bambini, oggi?»
«Stanno in famiglia.»
Sophie alzò un grosso vaso, Yvonne l'aiutò a portarlo all'interno del negozio. Sistemato il contenitore in bella mostra, Yvonne prese l'amica per un braccio e la portò fuori.
«Su, molla i fiori per un momento, non appassiranno, vieni a prenderti un caffè al sole, ho l'impressione che dobbiamo dirci delle cose, tu e io.»
«Taglio questa pianta di rose e ti raggiungo subito», rispose Sophie, che aveva ritrovato il sorriso.

*

La forbice tagliò il gambo. John Glover guardò attentamente il fiore. La corolla aveva quasi le dimensioni di una peonia, i petali che la componevano erano deliziosamente increspati e davano alla sua rosa l'aspetto selvaggio che lui aveva sperato. Bisognava ammetterlo, il risultato dell'innesto realizzato in serra l'anno prima andava al di là di tutte le sue speranze. Quando, nella prossima stagione, avesse presentato quella rosa alla grande mostra floreale di Chelsea, probabilmente si sarebbe aggiudicato il primo premio. Per John Glover, quel fiore non era una semplice rosa, ma era diventato il più strano paradosso col quale si fosse mai confrontato. In quell'uomo, nato in una grande famiglia inglese, l'umiltà era quasi una religione. Ricco grazie a un padre morto con onore durante la guerra, egli aveva delegato ad altri la gestione del suo patrimonio. E mai al mondo un cliente della piccola libreria dove lui aveva lavorato per anni, o un suo vicino, avrebbe immaginato che quell'uomo solitario, che allora viveva nella parte più piccola di una casa di cui era proprietario, fosse tanto ricco.

Quanti reparti ospedalieri avrebbero potuto avere il suo nome inciso sul loro ingresso, quante fondazioni avrebbero potuto onorarlo, se lui non avesse imposto, come sola condizione della sua generosità, che essa rimanesse per sempre anonima? Eppure, all'età di settant'anni, davanti a un semplice fiore, non sapeva resistere alla tentazione di battezzarlo col proprio nome.

La pallida rosa si sarebbe chiamata Glover. La sola giustificazione che trovava a ciò era che lui non aveva figli. E quello era il solo modo che avesse scovato per non far morire il suo patronimico.

John posò il fiore in un vaso a stelo e lo portò verso la serra. Guardò la facciata bianca della sua casa di campagna, felice, dopo anni di lavoro, di vivere lì una meritata pensione. Il grande giardino accoglieva la primavera in tutto il suo splendore. Ma, in mezzo a tanta bellezza, la sola donna che egli avesse amato, con la stessa pudicizia con cui era vissuto, gli mancava. Un giorno, Yvonne lo avrebbe raggiunto nel Kent.

*

Antoine fu svegliato dai bambini. Chino sulla balaustra della scala, guardò giù in salotto. Louis ed Emily si erano preparati una colazione che divoravano con grande appetito, seduti ai piedi del divano. Il programma di cartoni animati era appena cominciato: altrettanti minuti di tranquillità per lui. Evitando di farsi scorgere, fece un passo indietro, già pensando al supplemento di sonno che gli si offriva. Prima di tornarsene sotto le lenzuola, entrò nella stanza di Mathias e guardò il letto intatto. Dal salotto, le risate di Emily arrivavano fino al piano di sopra. Antoine buttò all'aria le lenzuola, prese il pigiama appeso all'attaccapanni del bagno e lo posò in bella vista sulla sedia. Chiuse la porta in silenzio e tornò nei suoi appartamenti.

*

Senza giacca, non aveva con sé né portafogli né cellulare; preoccupato, Mathias si frugava nelle tasche dei calzoni in cerca di soldi per pagare il conto che il cameriere gli porgeva. Sentì con la punta delle dita una banconota. Sollevato, porse le venti sterline al ragazzo aspettando il resto.

Il giovane gli restituì quindici monete e ricuperò il giornale, domandando a Mathias se le notizie erano buone. Questi, alzandosi, rispose che lui leggeva soltanto il tamil: l'hindi era ancora un po' ostico per lui.

Era ora di rientrare, Audrey doveva già essere ad aspettarlo a casa. Mathias ripercorse la strada da cui era venuto, fino a capire, al primo incrocio, che si era perso inesorabilmente. Girando su se stesso in cerca di un nome di strada o di un edificio noto, capì che, essendo arrivato lì di notte, una volta guidato da Audrey, un'altra dal taxi, non aveva alcuna possibilità di trovare la casa.

Si sentì vincere dal panico e chiamò in aiuto un passante. L'uomo, elegante, aveva una barba bianca e un turbante magistralmente annodato sulla fronte. Se mai il Peter

Sellers di *Hollywood Party* aveva un fratello, Mathias se lo trovava davanti.

Mathias cercava una casa di tre piani con la facciata in mattoni rossi; l'uomo lo invitò a guardarsi attorno. Le strade adiacenti erano tutte bordate di case in mattoni rossi, e, come in molte città inglesi, tutte assolutamente identiche.

«*I am so lost*», annunciò Mathias, sconfortato.

«*Oh, yes, sir*» rispose l'uomo mangiandosi le «r», «*don't worry too much, we are all lost in this big world...*»

Gli dette una pacca amichevole sulla spalla e proseguì per la sua strada.

*

Antoine dormiva pacifico, quantomeno fino a quando due palle di cannone piombarono sul suo letto. Louis gli tirava il braccio sinistro, Emily il destro.

«Papà non c'è?» domandò la bambina.

«No», rispose Antoine raddrizzandosi, «è andato al lavoro molto presto stamattina, oggi tocca a me occuparmi dei mostri.»

«Lo so», riprese Emily. «Sono andata a vedere nella sua stanza, non ha nemmeno rifatto il letto.»

Emily e Louis chiesero il permesso di andare in bicicletta sul marciapiede, giurando di non scenderne e di essere molto prudenti. Le auto passavano soltanto di rado in quella stradina, Antoine diede l'autorizzazione. E, mentre loro scendevano le scale di corsa, lui infilò il pigiama e andò a prepararsi la colazione. Poteva sorvegliarli dalla finestra della cucina.

*

Solo in mezzo al quartiere di Brick Lane, con il poco denaro che gli restava in tasca, Mathias si sentiva davvero perso. All'angolo della strada, una cabina telefonica gli apriva le braccia. Lui vi si precipitò dentro e posò le monete sull'apparecchio, prima di introdurne febbrilmente una nella fessura. Come ultima risorsa, compose il solo numero londinese che avesse imparato a memoria.

*

«Ma, scusa, puoi spiegarmi cosa diavolo ci fai a Brick Lane?» domandò Antoine, versandosi una tazza di caffè.

«Dunque, sentimi bene, amico mio, non è proprio il momento di farmi questo genere di domande, ti chiamo da una cabina che non mangia da sei mesi e mi ha divorato tre monete di colpo per farmi dire soltanto buongiorno, e non me ne restano molte.»

«Non mi hai detto buongiorno, mi hai detto 'Ho bisogno di te'», riprese Antoine, imburrando lentamente una fetta di pane, «ma ti ascolto...»

Non sapendo cosa dire, Mathias gli chiese, rassegnato, se poteva passargli sua figlia.

«No, non posso, è fuori in bici con Louis. Sai mica dov'è finita la marmellata di ciliegie?»

«Sono nella merda, Antoine», confessò Mathias.

«Cosa posso fare per te?»

Mathias si voltò nella cabina, giusto per constatare che davanti alla porta s'era formata una vera e propria fila indiana.

«Niente, non puoi fare niente», mormorò, rendendosi conto della situazione in cui si trovava.

«Allora perché mi chiami?»

«Per niente, un automatismo... Di' a Emily che sono trattenuto al lavoro e baciala da parte mia.»

Mathias posò la cornetta.

*

Seduta sul marciapiede, Emily si teneva il ginocchio sbucciato e già dei lacrimoni le imperlavano le guance. Una donna attraversava la strada per andarle in aiuto. Louis corse verso casa. Si avventò sul padre e gli tirò con tutta la forza i calzoni del pigiama.

«Vieni, presto, Emily è caduta!»

Antoine si precipitò dietro il figlio e risalì la strada di corsa.

Poco lontano, la donna, accanto a Emily, agitava le braccia, urlando scandalizzata a chi aveva orecchie per intenderla:

«Ma, insomma, dov'è la mamma?»

«Eccola, la mamma!» disse Antoine, arrivando al suo fianco.

La donna guardò, perplessa, il pigiama scozzese di Antoine, alzò gli occhi al cielo e se ne andò senza dir nulla.

«Tra quindici giorni partiamo per una caccia ai fantasmi!» urlò Antoine, mentre la donna si allontanava. «Avrò pure il diritto d'indossare una tenuta di circostanza, no?»

*

Mathias era seduto su una panchina e tamburellava sui listelli dello schienale. Una mano gli si posò sulla nuca.

«Cosa fai?» domandò Audrey. «Aspetti da molto?»

«No, passeggiavo», rispose Mathias.

«Solo soletto?»

«Be', sì, solo soletto, perché?»

«Sono tornata all'appartamento, non rispondevi, non avevo le chiavi per entrare, mi sono preoccupata.»

«E perché mai? Il tuo amico reporter non se ne va solo soletto in Tagikistan? Potrò passeggiare in Brick Lane senza che chiamino la redazione di *Chi l'ha visto?*»

Audrey lo guardò sorridendo.

«Da quant'è che ti sei perso?»

# X

Fasciato il ginocchio di Emily, dimenticate le lacrime grazie alla promessa di una colazione dove tutti i dolci sarebbero stati permessi, Antoine salì a fare la doccia e a vestirsi. Dall'altra parte della scala, l'appartamento era silenzioso. Antoine entrò nella stanza da bagno e sedette sul bordo della vasca, guardandosi nello specchio. La porta cigolò sui cardini, il musetto di Louis faceva capolino.

«Cos'è quella faccina?» domandò Antoine.

«Stavo per farti la stessa domanda», rispose Louis.

«Non mi dirai che sei venuto spontaneamente a farti la doccia?»

«Sono venuto a dirti che, se sei triste, possiamo parlarne: il tuo miglior amico sono io, non è Mathias.»

«Non sono triste, caro, sono soltanto un po' stanco.»

«Anche mamma dice che è stanca quando riparte per i suoi viaggi.»

Antoine guardò il figlio che lo squadrava dalla porta.

«Entra, vieni qui», mormorò.

Louis si avvicinò e suo padre lo prese tra le braccia.

«Vuoi fare un vero favore a tuo padre?»

E, poiché Louis assentiva col capo, Antoine gli bisbigliò all'orecchio: «Non crescere troppo in fretta».

*

Per completare il servizio di Audrey, bisognava attraversare la città e recarsi a Portobello. Per iniziativa di Mathias, che non aveva ritrovato il portafogli nella tasca della giacca, avevano deciso di prendere l'autobus. La domenica, il mercato era chiuso e soltanto gli antiquari in fondo alla strada avevano alzato le serrande; Audrey non mollava la telecamera, Mathias la seguiva, non perdendo mai occasione di fotografarla con la piccola macchina digitale che aveva preso in prestito dalla borsa dell'attrezzatura di lei. Nel primo pomeriggio, sedettero ai tavolini all'aperto del ristorante Mediterraneo.

*

Antoine risalì Bute Street a piedi. Entrò nel negozio di Sophie e le chiese se voleva passare il pomeriggio con lui. La giovane fioraia declinò l'invito, la strada era molto animata e lei aveva ancora molti mazzi di fiori da preparare.

Yvonne correva dalla cucina ai tavoli all'esterno che erano quasi tutti occupati; alcuni clienti già si spazientivano perché non riuscivano a ordinare.

«Tutto bene?» domandò Antoine.

«No, tutto male», rispose Yvonne. «Hai visto la gente? Tra una mezz'ora ci sarà il pienone. Mi sono alzata alle sei per andare a comprare dei salmoni freschi che volevo servire come piatto del giorno e non posso cuocerli perché si è guastato il forno.»

«La lavastoviglie funziona?» domandò Antoine.

Yvonne lo guardò in modo strano.

«Fidati di me», riprese Antoine, «e tra dieci minuti potrai servirlo, il tuo piatto del giorno.»

E, quando le domandò se aveva dei sacchetti a chiusura ermetica, Yvonne non fece altre domande, aprì un cassetto e gli dette quello che voleva.

Antoine raggiunse i bambini che l'aspettavano davanti al bancone. S'inginocchiò per consultarsi con loro: Emily accettò subito la sua proposta, Louis pretese un indennizzo in moneta sonante. Antoine gli fece notare che era un po' troppo giovane per fare ricatti, il figlio gli rispose che si trattava di un normale baratto. La promessa di una sculacciata sistemò la questione tra i due. I bambini sedettero a un tavolo della sala da pranzo, Antoine entrò in cucina, infilò un grembiule e uscì subito, taccuino alla mano, per andare a prendere le ordinazioni all'aperto. Quando Yvonne gli chiese cosa faceva con precisione, lui le suggerì con un tono che non ammetteva repliche di andare a occuparsi della cucina, mentre lui pensava al resto. Aggiunse che aveva già avuto la sua parte di mercanteggiamenti per quel giorno. I salmoni sarebbero stati pronti in dieci minuti.

*

Posò la macchina digitale sul tavolo e schiacciò il pulsante dell'autoscatto. Poi invitò Audrey a chinarsi verso di lui perché fossero entrambi inquadrati dall'obbiettivo. Divertito dalle loro contorsioni, il cameriere si offrì di scattare lui la foto. Mathias accettò di buon grado.

«Abbiamo proprio l'aria di due turisti, tu e io», disse Audrey, dopo aver ringraziato il cameriere.

«Stiamo visitando la città, no?»

«Si può dire così», replicò lei, versandosi il vino.

Mathias le tolse la bottiglia di mano e la servì.

«È una rarità, un uomo galante. Non mi hai parlato una sola volta di tua figlia», gli fece notare Audrey.

«Sì, è vero», rispose Mathias, abbassando la voce.

Audrey notò l'espressione che era cambiata sul suo viso.

«È affidata a te?»

«Vive con me.»

«Bellissimo nome, Emily. Dov'è in questo momento?»

«Con Antoine, il mio miglior amico, l'hai incrociato in libreria ma probabilmente non te ne ricordi. È un po' grazie a lui che ti ho rivista in quel cortile a scuola.»

Il cameriere portò il dessert ordinato da Audrey e un caffè per Mathias. La ragazza irrorò la fetta di torta con la crema di marroni.

«E non sai nemmeno», riprese Mathias, «che all'inizio ho creduto che tu fossi la maestra di Louis.»

«Pardon?»

«L'insegnante del figlio di Antoine!»

«Buffa idea: perché?»

«È un po' complicato da spiegare», rispose Mathias, intingendo il dito nella crema.

«E la sua maestra è più carina di me?» domandò Audrey con aria sbarazzina.

«Oh, no!»

«Tua figlia e Louis vanno d'accordo?»

«Come fratello e sorella.»

«Quando la rivedi?» domandò Audrey.

«Stasera», rispose Mathias.

«Capita a fagiolo», disse lei, cercando una sigaretta nella borsetta. «Stasera devo mettere un po' d'ordine nelle mie cose.»

«Lo dici come se avessi l'intenzione di buttarti sotto un treno domattina.»

«Buttarmici sotto, no; salirci sopra, sì.»

Si voltò per ordinare un caffè al cameriere.
«Parti?» domandò Mathias con una voce che aveva perso ogni sicurezza.
«Non parto, torno a casa; insomma, immagino che sia la stessa cosa.»
«E quando contavi di dirmelo?»
«Adesso.»
Girava meccanicamente il cucchiaino nella tazza, Mathias interruppe il suo gesto.
«Non hai messo lo zucchero», le disse, togliendole il cucchiaino di mano.
«Parigi è a sole due ore e quaranta di viaggio. E poi anche tu puoi venire a trovarmi, no? Insomma, se ti va.»
«Certo che mi va. E mi andrebbe ancora di più che tu non partissi, che potessimo rivederci in settimana. Non ti avrei invitata a cena lunedì, la data sarebbe stata troppo vicina, avrei corso il rischio di spaventarti, o di starti troppo addosso, ma ti avrei proposto martedì; tu avresti risposto che quel martedì purtroppo eri impegnata; allora avremmo deciso di rivederci mercoledì. Mercoledì sarebbe stato perfetto per entrambi. Certo, la prima parte della settimana ci sarebbe sembrata interminabile, la seconda un po' meno perché ci saremmo rivisti durante il week end. D'altronde, domenica prossima avremmo pranzato a questo stesso tavolo, diventato nel frattempo il nostro tavolo.»
Audrey posò le labbra su quelle di Mathias.
«Sai cosa dovremmo fare adesso?» mormorò. «Approfittare di questa domenica, dato che siamo seduti al nostro tavolo e abbiamo ancora tutto un pomeriggio soltanto per noi.»
Ma Mathias era assolutamente incapace di sentire ciò che Audrey gli aveva proposto. Lui sapeva che il *suo* po-

meriggio sarebbe stato velato di tristezza. Finse di divertirsi per il modo di camminare di un passante. Per quanto lei gli fosse seduta accanto, dopo l'annuncio della sua partenza Audrey gli mancava già. Guardò le nuvole sopra di loro.

«Credi che pioverà?» domandò.

«Non lo so», rispose Audrey.

Mathias si voltò e fece un cenno al cameriere.

*

«Avete chiesto il conto?» domandò Antoine.

«Da questa parte», rispose un cliente che agitava la mano all'altra estremità dei tavoli.

Antoine portava tre piatti in equilibrio sull'avambraccio, raccolse i coperti in disordine e passò uno straccio sul tavolo con un'abilità impressionante. Dietro di lui, Sophie aspettava per prendere il posto di coloro che se ne andavano.

«Sembra che lei ami proprio il suo mestiere», disse la ragazza sedendosi.

«Sono al settimo cielo!» esclamò un Antoine raggiante, presentandole il menu.

«Puoi dire ai bambini di venire qui con me?»

«Come piatto del giorno, abbiamo dell'ottimo salmone al vapore. Se mi permette un consiglio, si tenga un po' di posto per il dessert, la nostra crème caramel è indimenticabile.»

E Antoine tornò in sala.

*

Mathias frugava nella giacca, sempre in cerca del portafogli: invano. Audrey lo rassicurò, sicuramente l'aveva dimenticato a casa. D'altronde, non gliel'aveva visto tirare fuori nemmeno una volta; aveva sempre pagato con denaro preso dalla tasca. Mathias era comunque inquieto e terribilmente imbarazzato dalla situazione.

Da quando si conoscevano non aveva mai voluto che fosse lei a offrire e Audrey era ben contenta di poterlo infine fare, rammaricandosi, anzi, che fosse soltanto per pagare un dolce e qualche caffè. Lei aveva conosciuto un sacco di uomini che pretendevano di «fare alla romana».

«Ne hai conosciuti così tanti?» domandò Mathias.

«Toglimi un dubbio, non sarai un po' geloso?»

«Nemmeno un po', e poi Antoine dice sempre: essere gelosi significa non dare la propria fiducia all'altro, è ridicolo e degradante.»

«È Antoine che lo dice, o sei tu che lo pensi?»

«Be', un pochino geloso lo sono», concesse, «ma soltanto il necessario. Se uno non è geloso, significa che non è molto innamorato.»

«E hai molte altre teorie sulla gelosia?» domandò ironicamente Audrey alzandosi.

Risalirono a piedi Portobello Road. Audrey teneva Mathias sottobraccio. Per lui, ogni passo che li avvicinava alla fermata dell'autobus li allontanava anche l'uno dall'altra.

«Ho un'idea», disse. «Fermiamoci su questa panca, il quartiere è bello, non abbiamo bisogno di molte cose, non ci muoviamo più di qui.»

«Vuoi dire che ce ne stiamo qui, immobili?»

«Esattamente.»

«Per quanto tempo?» domandò Audrey sedendosi.

«Tutto il tempo che vogliamo.»

Si era alzato il vento, lei rabbrividì.

«E quando arriverà l'inverno?»

«Ti stringerò un po' più forte.»

Audrey si chinò verso di lui per suggerirgli un'idea migliore. Correndo per prendere l'autobus che compariva in lontananza, avrebbero potuto raggiungere la stanza di Brick Lane in mezz'ora al massimo. Mathias la guardò, sorrise e si rimise in cammino.

L'autobus a due piani accostò alla fermata. Audrey salì sulla piattaforma posteriore, Mathias rimase sul marciapiede. Dal suo sguardo, lei capì e fece un cenno al controllore perché non desse ancora il segnale di partenza. Mise un piede a terra.

« Sai », gli disse all'orecchio, « ieri era tutto meno che un fiasco. »

Mathias non rispose, Audrey gli posò una mano sulla guancia e gli accarezzò le labbra.

« Soltanto due ore e quaranta per Parigi », gli ricordò. « Va', stai tremando. »

Quando l'autobus si allontanò, Mathias agitò la mano e aspettò che Audrey fosse scomparsa.

Tornò a sedersi sulla panchina della piazzetta di Westbourne Grove e guardò passare una coppia d'innamorati. Frugandosi in tasca, in cerca delle monete che gli restavano per rientrare, trovò un bigliettino.

*Anche tu mi sei mancato per tutto il pomeriggio. Audrey.*

# XI

La giornata stava terminando. Sophie accompagnò Antoine e i bambini fino alla porta di casa. Louis avrebbe voluto che lei lo aiutasse a fare i compiti, ma la ragazza gli spiegò che anche lei aveva dei compiti da fare.

«Non vuoi rimanere?» insisté Antoine.

«No, vado a casa, sono stanca.»

«È davvero utile aprire di domenica?»

«Sto cercando di incassare in anticipo per poter chiudere per qualche giorno.»

«Vai in vacanza?»

«Soltanto il fine settimana.»

«Dove?»

«Non so ancora, è una sorpresa.»

«L'uomo delle lettere?»

«Sì, l'uomo delle lettere, come lo chiami tu: vado a raggiungerlo a Parigi e poi mi porta da qualche parte.»

«E non sai dove?» insisté Antoine.

«Se lo sapessi, non sarebbe più una sorpresa.»

«Mi racconterai, al ritorno?»

«Forse. Non ti sapevo così curioso.»

«Scusa la mia indiscrezione», riprese, piccato, Antoine. «Dopotutto, di cosa m'immischio? Da sei mesi faccio Cyrano scrivendo parole d'amore al posto tuo, ma non vedo perché questo dovrebbe darmi il diritto di condividere qualche buona notizia! Ah, ma, nel momento in cui si parte per il fine settimana, mi raccomando: non domandare niente, Antoine; approfitta anzi della mia assenza per riempire la stilografica perché al mio rientro, qualora avessi una botta di nostalgia o un momento di sconforto, ti sarò riconoscente se vorrai riprendere la penna e buttar giù un'altra lettera che lo farà innamorare un po' di più, tanto perché m'inviti di nuovo a passare con lui un fine settimana di cui non ti dirò un bel niente!»

Le braccia incrociate sul petto, Sophie squadrava Antoine.

«Finito?»

Antoine non rispose, si fissava la punta delle scarpe e l'espressione del suo viso lo faceva somigliare come una goccia d'acqua a suo figlio. Sophie non riusciva a mantenersi seria. Lo baciò sulla fronte e si avviò lungo la strada.

*

La sera pervadeva Westbourne Grove. Una giovane con un cappotto troppo grande per la sua taglia venne a sedersi sulla panchina davanti alla fermata dell'autobus.

«Ha freddo?» gli domandò.

«No, sto benissimo», rispose Mathias.

«Si direbbe proprio il contrario.»

«Ci sono domeniche così.»

«Ne ho conosciute molte», gli confidò la giovane, alzandosi.

«Buonasera», disse Mathias.

«Buonasera», rispose la ragazza.

Lui la salutò con un cenno del capo, lei fece lo stesso e

salì sull'autobus appena arrivato. Mathias la guardò partire, domandandosi dove l'aveva già vista.

*

Dopo cena, i bambini s'erano addormentati sul divano, sfiniti dal pomeriggio al parco. Antoine li aveva messi a letto portandoli in braccio. Tornato in salotto, approfittò del momento di quiete. Notò il portafogli di Mathias, dimenticato nella ciotola che fungeva da portaoggetti. Lo aprì e tirò lentamente l'angolo di una foto che sporgeva. Su quel ritratto stropicciato dagli anni, Valentine sorrideva tenendosi le mani posate sulla pancia tonda; testimonianza di un'altra epoca. Antoine rimise a posto la foto.

*

Yvonne entrò nella doccia e aprì il rubinetto. L'acqua prese a scorrerle sul corpo. Antoine l'aveva tolta dalle peste, e le capitava di domandarsi cos'avrebbe fatto se non ci fosse stato lui. Ripensò ai salmoni cotti al vapore della lavastoviglie e si mise a ridere da sola. Un attacco di tosse calmò subito l'ardore della sua ridarella. Sfinita ma di buon umore, chiuse l'acqua, infilò un accappatoio e andò a sdraiarsi sul letto. La porta in fondo al corridoio s'era appena chiusa. La ragazza cui lei aveva prestato la stanza in fondo al pianerottolo doveva essere rientrata. Yvonne non sapeva molto di lei, ma era solita fidarsi del proprio istinto. Quella ragazza aveva giusto bisogno di una spintarella per non soccombere. E, dopotutto, lei aveva il suo tornaconto: la presenza della ragazza la confortava; da quando John non aveva più la libreria, il peso della solitudine si faceva sentire sempre più spesso.

*

Enya si tolse il cappotto e si stese sul letto. Prese le banconote dalla tasca dei jeans e le contò. Era stata una giornata proficua, le mance dei clienti del ristorante di Westbourne Grove dove aveva fatto un lavoro supplementare le avrebbero fornito di che vivere per tutta la settimana. Il padrone era stato contento di lei e le aveva proposto di tornare a lavorare il prossimo fine settimana.

Buffo destino, quello di Enya. Dieci anni prima, i membri della sua famiglia non erano sopravvissuti alla carestia di un'estate senza raccolto. Una giovane dottoressa francese l'aveva raccolta in un campo di fortuna.

Una notte, aiutata dalla dottoressa, s'era nascosta in un camion che di lì a poco si sarebbe rimesso sulla pista. Allora era cominciato il lungo esodo che, per mesi, l'avrebbe portata verso il Nord, scappando dal Sud. I suoi compagni di strada non erano compagni di sventura, ma di speranza, quella di scoprire un giorno cos'era l'abbondanza.

A Tangeri aveva attraversato il mare. Altro paese, altre valli, i Pirenei. Un passatore le rivelò che, un tempo, pagavano suo nonno per fare il percorso inverso, la storia cambiava, ma non la sorte degli uomini.

Un amico le aveva detto che, al di là della Manica, avrebbe trovato ciò che cercava da sempre: il diritto di essere libera e di essere quello che era. Sulle terre di Albione, gli uomini di tutte le etnie, di tutte le religioni vivevano in pace nel rispetto dell'altro, e stavolta lei s'imbarcò a Calais, nascosta sotto il carrello di un treno. E quando, stremata, si lasciò cadere sulle traversine delle ferrovie inglesi, seppe che il suo esodo era finito.

Stasera, felice, si guardava attorno. Un letto stretto ma lenzuola pulite, un piccolo scrittoio con un bel mazzo di fiordalisi che rallegravano la stanza, una finestrella attraverso la quale, sporgendosi un po', lei poteva vedere i tetti del quartiere. La stanza era molto graziosa, la donna che l'ospitava discreta e le giornate che viveva avevano, da poco in qua, parvenze primaverili.

*

Audrey cercò di infilare le videocassette tra due maglioni e tre magliette che aveva appallottolato. Le cose comprate qui e là in quel mese londinese stentavano a trovare posto in valigia.

Raddrizzandosi, si guardò attorno per controllare un'ultima volta di non aver dimenticato niente. Non aveva voglia di cenare, le sarebbe bastato un tè e, anche se sentiva arrivare l'insonnia, bisognava provare a dormire. Domani, quando fosse arrivata alla Gare du Nord, sarebbe stata soltanto all'inizio della sua giornata. Doveva infatti andare a consegnare le registrazioni in sala di regia, partecipare alla riunione di redazione del pomeriggio, e forse, se il suo servizio fosse stato messo in programma a breve scadenza, anche visionare subito i nastri in sala di montaggio. Entrando in cucina, dette un'occhiata alla sigaretta schiacciata nel portacenere. Il suo sguardo si spostò verso il tavolo e i due bicchieri rosati dal vino rosso secco. Prese una tazza dal lavandino e guardò il bordo, domandandosi dove Mathias avesse posato le labbra. La portò con sé nella stanza per metterla in fondo alla valigia.

*

Il salotto era in penombra. Mathias chiuse la porta d'ingresso con la maggior lentezza possibile e si diresse a passo felpato verso la scala. Non appena ebbe posato il piede sul primo gradino, la lampada del tavolino d'ingresso si accese. Lui si voltò e scoprì Antoine, seduto in poltrona. Avanzò sino a lui, prese la bottiglia d'acqua posata sul tavolino basso e la vuotò d'un fiato.

«Se uno di noi due deve innamorarsi di nuovo, il primo sarò io!» disse Antoine.

«Fa' pure quel che vuoi, amico mio», rispose Mathias posando la bottiglia.

Furioso, Antoine si alzò.

«No, non faccio quel che voglio, e non cominciare a confondermi. Se io m'innamorassi sarebbe già un tradimento, figuriamoci *tu*!»

«Calmati! Credi che, dopo aver fatto tutto il possibile per abbattere questo muro, quando finalmente condivido la vita quotidiana di mia figlia, mentre vivo la gioia dei nostri due figli che d'altronde non ho mai visto così felici... credi davvero che potrei correre il rischio di rovinare tutto?»

«Assolutamente sì!» rispose Antoine, convinto.

Cominciò a camminare su e giù e, con un gesto circolare, abbracciò la stanza.

«Vedi, tutto ciò che è attorno a te è esattamente come lo volevi tu. Volevi bambini che ridessero: ridono; volevi rumore in casa: non si sente altro; hai avuto perfino la televisione mentre si cena, dunque ascoltami bene: per una volta nella vita, per una piccolissima volta, rinuncerai al tuo egoismo e ti assumerai le tue scelte. Ovvero: se stai per innamorarti di una donna, dacci subito un taglio!»

«Trovi che io sia egoista?» domandò Mathias in tono mesto.

«Lo sei più di me», rispose Antoine.

Mathias lo guardò a lungo e, senza aggiungere altro, si diresse verso le scale.

«Attento», riprese Antoine alle sue spalle, «non farmi dire ciò che non ho detto... Non ho niente in contrario se te la scopi!»

Arrivato sul pianerottolo, Mathias si fermò di botto per voltarsi.

«Sì, ma non mi va di sentirti parlare così di lei.»

Dal fondo della scala, Antoine gli puntò addosso un dito accusatore.

«Te l'ho fatta! Sei innamorato, ecco la prova: adesso la lasci!»

La porta della stanza di Mathias sbatté dietro di lui, quelle delle stanze di Emily e di Louis si chiusero molto più discretamente.

*

Il treno era bloccato nella stazione di Ashford da trenta minuti e il controllore s'era sentito in dovere di svegliare i passeggeri che non se ne fossero resi conto per informarli dall'altoparlante che il treno... era bloccato nella stazione di Ashford.

Il messaggio era d'importanza tanto più «vitale» in quanto il capotreno in persona aggiunse che non era in grado di dire quando il convoglio sarebbe ripartito, causa un problema di circolazione nel tunnel.

«Ho insegnato fisica per trent'anni, e vorrei proprio che mi spiegassero come si può avere un problema di circolazione su vie parallele e a senso unico; a meno che il conducente del treno che ci precede non si sia fermato in mezzo al tunnel per andare a fare pipì...» borbottò la vecchia signora seduta davanti ad Audrey.

Audrey, che aveva fatto studi letterari, fu tratta d'impiccio dal cellulare che trillò. Era la sua miglior amica, si rallegrava del suo ritorno. Audrey le parlò del suo giro londinese, e in particolare dei fatti che avevano cambiato il corso della sua vita, negli ultimi giorni... Come aveva fatto Elodie a indovinare?... Sì!... aveva conosciuto un uomo... diversissimo da ogni altro. Per la prima volta dopo lunghi mesi, dopo la sua separazione da colui che le aveva straziato il cuore facendo le valigie una mattina, ritrovava la voglia di amare. Le lunghe stagioni di lutto amoroso erano quasi svanite nell'arco di un fine settimana. Elodie aveva ragione... quella era la magia della vita... bastava essere pazienti, la primavera finiva sempre col tornare. Non appena si fossero viste... ahimè, forse non quella sera, rischiava di lavorare fino a tardi... sì... le avrebbe raccontato tutto... Ogni momento trascorso in compagnia di... Mathias... era un bel nome, no? Sì, era un bell'uomo... Sì, Elodie l'avrebbe adorato, colto, gentile... No, non era sposato... Sì, divorziato... ma ai nostri giorni, tra i single, trovarne uno non più sposato era già un bel colpo... Come aveva indovinato?... Sìììì, non si erano lasciati un momento per due giorni... l'aveva conosciuto nel cortile di una scuola, no, in una libreria, insomma nei due posti insieme... le avrebbe raccontato tutto, promesso, ma il treno ripartiva e lei vedeva già l'ingresso del tunnel... Pronto?... Pronto?

Commossa, Audrey guardò il cellulare che teneva nel palmo della mano, ne accarezzò il display sorridendo e lo rimise in tasca. La professoressa di fisica sospirò e poté infine voltare la pagina del suo libro. Era la ventisettesima volta che rileggeva la stessa riga.

*

Mathias spinse la porta del locale di Yvonne e le chiese se poteva sedersi fuori a bere un caffè.

«Te lo porto subito», disse Yvonne, premendo l'interruttore della macchina espresso.

Le sedie erano ancora impilate l'una sull'altra, Mathias ne prese una e si sedette comodamente al sole. Yvonne gli posò la tazza davanti, sul tavolo rotondo.

«Vuoi un cornetto?»

«Due», disse Mathias. «Hai bisogno di una mano per sistemare i tavoli?»

«No, se metto le seggiole adesso, i clienti faranno come te e io non avrò più pace in cucina. Antoine non c'è?»

Mathias bevve il caffè d'un fiato.

«Me ne fai un altro?»

«Tutto bene?» domandò Yvonne.

*

Seduto alla scrivania, Antoine guardava la posta elettronica. Una piccola busta era appena apparsa sulla parte inferiore del monitor.

*Scusami d'averti abbandonato questo fine settimana, pranziamo da Yvonne alle tredici. Il tuo amico Mathias.*

Rispose digitando il testo seguente:

*E tu scusa per ieri sera, ci vediamo alle tredici da Yvonne.*

Dopo aver aperto la libreria, Mathias accese il suo vecchio Macintosh, lesse il messaggio di Antoine e rispose:

*D'accordo per le tredici, ma perché dici «E tu»?*

Nello stesso momento, nella sala d'informatica dell'Istituto francese, Emily e Louis spegnevano il computer da cui avevano appena inviato i messaggi.

*

La sponda di Calais s'allontanava, l'Eurostar filava a trecentocinquanta chilometri l'ora sui binari francesi. Il cellulare di Audrey si mise a trillare e, non appena lei rispose, la vecchia signora che le stava seduta davanti posò il libro.

La madre di Audrey era così felice del ritorno di sua figlia... Audrey aveva una voce diversa... non quella che lei le sentiva di solito... inutile nascondergliele: doveva aver conosciuto qualcuno: l'ultima volta che le aveva sentito quel tono Audrey le annunciava il suo idillio con Romain... Sì, Audrey ricordava benissimo com'era finita la sua storia con Romain, e anche tutte le sere passate al telefono a piangere nella cornetta. Sì... gli uomini erano tutti uguali... Chi era quel nuovo ragazzo?... Ma ovvio che sapeva che c'era un nuovo ragazzo... non l'aveva partorita lei?... In effetti c'era stato un incontro, ma no, non aveva perso la testa... in ogni modo, tutt'altra cosa rispetto alla storia con Romain, e grazie tante per questo rigirare il coltello nella piaga, casomai si stesse cicatrizzando... Ma sì, la ferita era chiusa... Non era quello che intendeva dire, giusto nel caso che... No, non parlava con Romain da almeno sei mesi... a parte una volta il mese scorso per una valigia dimenticata alla quale, a quanto pareva, lui teneva più che alla sua dignità...

Be', dunque non si trattava di Romain ma di Mathias... Sì, era un bel nome... Libraio... Sì, era anche un bel mestiere... No, non sapeva se un libraio guadagnava bene, ma il denaro non era importante, nemmeno lei guadagnava bene, e «ragione di più» non era la risposta che si aspettava da sua madre...

E poi, se non era per gioire insieme, tanto valeva cambiare argomento di conversazione... Sì, lui abitava a Londra, e sì, Audrey sapeva che lì la vita era cara, ci aveva appena passato un mese... Sì, un mese era sufficiente, mamma mi sfinisci... Ma noooo che non aveva intenzione di trasferirsi in Inghilterra, lo conosceva da due giorni soltanto... no, da cinque giorni... No, non era andata a letto con lui la prima sera... Sì, era vero che all'epoca di Romain lei aveva voluto andare a vivere con lui a Madrid dopo quarantott'ore, ma quello non era necessariamente l'uomo della sua vita... per il momento soltanto un uomo formidabile... Sì, si sarebbe visto col tempo e no, non c'era da preoccuparsi per il suo lavoro, lei si stava battendo da cinque anni per avere un giorno una trasmissione tutta sua, non era il caso di mandare tutto a monte, adesso, soltanto perché aveva conosciuto un libraio a Londra! Sì, l'avrebbe chiamata non appena fosse arrivata a Parigi, anche lei la baciava.

Audrey rimise in tasca il cellulare e tirò un lungo sospiro. La vecchia signora davanti a lei riprese il libro e tornò subito a posarlo.

«Scusi se m'intrometto in cose che non mi riguardano», disse, dandosi un colpetto agli occhiali sulla punta del naso, «parlava dello stesso uomo in entrambe le conversazioni?»

E poiché Audrey, esterrefatta, non rispondeva, continuò con un mormorio:

«E poi non vengano a dirmi che passare in questo tunnel non ha alcun effetto sull'organismo!»

*

Da quando s'erano seduti ai tavolini all'aperto, non avevano scambiato una sola parola.

«Pensi a lei?» domandò Antoine.

Mathias prese un pezzo di pane dal cestino e lo intinse nel vasetto della senape.

«La conosco?»
Mathias addentò il pane e masticò lentamente.
«Dove l'hai incontrata?»
Stavolta, Mathias prese il bicchiere e lo vuotò d'un fiato.
«Sai, puoi parlarmene», riprese Antoine.
Mathias posò il bicchiere sul tavolo.
«Prima mi dicevi tutto...» continuò Antoine.
«Prima, come dici tu, non avevamo adottato le tue regole del cavolo.»
«Sei stato tu a dire che non si portavano donne in casa, io ho detto soltanto niente babysitter.»
«Era un altro livello d'interpretazione, Antoine! Senti, stasera torno a casa nostra, se è questo che vuoi sapere.»
«Non faremo un tragedia perché ci siamo imposti qualche regola di vita, comunque. Sii gentile, fa' un piccolo sforzo, è importante per me.»
Yvonne stava portando due insalate, tornò in cucina alzando gli occhi al cielo.
«Sei felice, almeno?» riprese Antoine.
«Parliamo d'altro?»
«Benissimo, di cosa?»
Mathias frugò nella tasca della giacca e ne cavò quattro biglietti aerei.
«Sei andato a ritirarli?» domandò Antoine il cui volto s'era illuminato.
«Come vedi...!»
Di lì a cinque giorni, dopo aver preso i bambini all'uscita della scuola, sarebbero corsi all'aeroporto e la sera stessa avrebbero dormito in Scozia.
Alla fine del pranzo, i due amici erano riconciliati. Quantunque... Mathias precisò ad Antoine che darsi delle regole non era di alcuna utilità se poi non si cercava di infrangerle.

Erano i primi giorni della settimana e toccava dunque ad Antoine andare a prendere Emily e Louis a scuola, Mathias avrebbe fatto la spesa uscendo dalla libreria, avrebbe preparato la cena e Antoine avrebbe messo a letto i bambini. A dispetto di qualche battibecco, la vita della casa era organizzata alla perfezione...

*

La sera, Antoine ricevette una chiamata urgente da McKenzie. Il prototipo dei tavoli che aveva disegnato per il ristorante era appena arrivato in ufficio. Al progettista pareva che il modello si addicesse in tutto e per tutto allo stile di Yvonne, ma preferiva comunque sentire un altro parere. Antoine promise che si sarebbe interessato della cosa arrivando in ufficio l'indomani mattina, ma McKenzie insisté: il fornitore poteva fabbricare le quantità richieste nei tempi e ai costi stabiliti, a condizione che l'ordinazione gli venisse fatta quella sera... Andare e tornare avrebbe richiesto ad Antoine mezz'ora al massimo.

Mathias non era ancora rientrato, Antoine fece promettere ai bambini di stare attentissimi durante la sua assenza. Era formalmente vietato aprire la porta a chicchessia, rispondere al telefono a meno che non fosse lui a chiamare – cosa che fece ridere Emily... come se si potesse sapere chi chiamava prima di aver alzato la cornetta –; era ugualmente vietato avvicinarsi alla cucina, inserire o disinserire apparecchi elettrici, affacciarsi alla balaustra delle scale, toccare questo e quello... e fu necessario che Emily e Louis sbadigliassero in coro per interrompere la litania di un padre che avrebbe comunque giurato sul suo onore di non essere il tipo che si preoccupa.

Non appena suo padre fu uscito, Louis si fiondò in cucina, salì su uno sgabello, prese due bicchieroni dalla mensola e li passò a Emily prima di scendere. Poi aprì il frigorifero, prese due bottigliette di acqua tonica, rimise le lattine nell'ordine in cui le lasciava sempre Antoine (le Coca Cola rosse a sinistra, le Fanta arancioni in mezzo e le Perrier verdi a destra). Le cannucce si trovavano nel cassetto sotto il lavandino, le crostatine all'albicocca erano nella scatola dei biscotti, e il vassoio per trasportare il tutto davanti alla tele era posato sul piano da lavoro. Tutto sarebbe stato perfetto se soltanto lo schermo non avesse rifiutato d'accendersi.

Dopo esame minuzioso dei cavi, si imputò la disfunzione alle pile del telecomando. Emily sapeva dove trovarne di uguali... nella radiosveglia di suo padre. Salì di sopra a tutta velocità, posando appena la mano sulla ringhiera della scale. Entrando in camera, fu attratta da una piccola macchina fotografica digitale posata sul comodino. Di sicuro un acquisto per le vacanze in Scozia. Curiosa, la prese e schiacciò tutti i pulsanti. Sul display sfilarono le prime foto che suo papà doveva aver scattato per provare l'apparecchio. Sulla prima, si vedevano soltanto due gambe e un pezzo di marciapiede, sulla seconda l'angolo di una bancarella del mercato di Portobello, sulla terza bisognava girare la macchina perché il lampione diventasse dritto... Ciò che sfilava sullo schermo era quasi privo d'interesse, quantomeno fino alla trentaduesima posa, la sola, del resto, col soggetto inquadrato a dovere... In essa si vedeva una coppia seduta in un ristorante all'aperto che si baciava davanti all'obbiettivo...

*

Dopo cena – Emily non aveva aperto bocca, a tavola –, Louis salì nella stanza della sua miglior amica e scrisse sul suo diario che la scoperta della macchina fotografica era stata un trauma tremendo per lei, e che comunque era la prima volta che suo padre le mentiva. Un momento prima di addormentarsi, Emily aggiunse a margine che era la seconda... dopo la mazzata di Babbo Natale.

# XII

Yvonne chiuse la porta della sua stanza e guardò l'orologio. Avanzando nel corridoio, sentì i passi di Enya che usciva dalla sua camera.

«Sei davvero graziosa stamattina», disse voltandosi.

Enya la baciò sulla guancia.

«Ho una buona notizia.»

«Mi dici qualcosa di più?»

«Ieri sono stata convocata all'Ufficio immigrazione.»

«Ah! Ed è una buona notizia?» domandò Yvonne, preoccupata.

Yvonne guardò il permesso di lavoro che Enya le mostrava con orgoglio. Prese la ragazza tra le braccia e la strinse a sé.

«E se festeggiassimo davanti a una tazza di caffè?» propose Yvonne.

Imboccarono la scala a chiocciola che scendeva in sala. Arrivata in fondo ai gradini, Yvonne guardò attentamente la ragazza.

«Dove hai comprato quel soprabito?» domandò, perplessa.

«Perché?» chiese di rimando Enya.

«Perché ho un amico che ne aveva uno uguale. Era il

suo cappotto preferito. Quando mi ha detto che l'aveva perso, avrei voluto ricomprarglielo, ma questo modello non si fa più da anni.»

Enya sorrise, si tolse il soprabito e lo porse a Yvonne. Quest'ultima le chiese quanto voleva, Enya rispose che era un regalo che lei le faceva con grande piacere. L'aveva trovato su un attaccapanni, un giorno in cui la fortuna le aveva sorriso.

Yvonne entrò in cucina e aprì la porta dell'armadio a muro che fungeva da guardaroba.

«Andrà in brodo di giuggiole», disse, felice, appendendo l'indumento a una gruccia. «Non lo lasciava mai.»

Prese due grandi tazze dalla mensola sopra il lavandino, versò due dosi di caffè nel filtro della caffettiera italiana e accese un fiammifero. Il bruciatore del fornello a gas s'inazzurrò subito.

«Senti che profumo meraviglioso?» disse Yvonne, fiutando l'aroma che pervadeva il locale.

*

Dopo il pugno allo stomaco della macchina fotografica, Emily aveva suggerito un'idea. Ogni mercoledì, Louis e lei avrebbero fatto colazione faccia a faccia con i loro rispettivi padri. Poiché Louis adorava i *nem*, loro due maschietti sarebbero andati nel ristorante tailandese all'inizio di Bute Street, lato numeri pari; lei e suo padre sarebbero andati da Yvonne, lato numeri dispari, dato che lei, Emily, andava matta per la crème caramel.

Dietro il banco, Yvonne asciugava dei bicchieri, sorvegliando Mathias con la coda dell'occhio. Emily si sporse sul piatto del padre per attirarne l'attenzione.

«In Scozia sarebbe meglio dormire in tenda: potremmo metterci tra delle rovine e saremmo sicuri di vedere dei fantasmi.»

«Benissimo», mormorò Mathias, digitando un messaggio sul cellulare.

«La notte accenderemo dei falò e tu farai la guardia.»

«Sì, sì», disse Mathias, gli occhi inchiodati al display.

«Là le zanzare pesano due chili», riprese Emily tamburellando con le dita sul tavolo. «Dato che ti adorano, con due punture sarai dissanguato!»

Yvonne arrivò al loro tavolo per servirli.

«D'accordo, cara», rispose Mathias.

E, mentre la padrona tornava in cucina senza dire una parola, Emily riprese la conversazione con la massima serietà.

«E poi farò il mio primo salto con l'elastico buttandomi dall'alto di una torre.»

«Un attimo, cuoricino mio, rispondo a questo messaggio e sono da te.»

Le dita di Mathias volteggiavano sui pulsanti della tastiera.

«È bello, ci buttano giù e poi tagliano la fune», riprese Emily.

«Cosa c'è come piatto del giorno?» domandò Mathias, assorto dalla lettura del messaggio che era appena arrivato sul display.

«Insalata di lombrichi.»

Mathias posò infine il cellulare sul tavolo.

«Scusami un momento, vado a lavarmi le mani», disse alzandosi.

Mathias baciò la figlia sulla fronte e si diresse verso il fondo della sala. Dal bancone, Yvonne non s'era persa niente della scena. Si avvicinò a Emily e guardò con occhi di rimprovero il purè di patate della casa che Mathias non aveva ancora toccato. Dette un'occhiata fuori dalla finestra e le fece un sorriso. Emily capì cosa le suggeriva e sorrise a sua volta. Si alzò, prese il proprio piatto e, sotto l'occhio vigile di Yvonne, attraversò la strada.

Mathias si guardava nello specchio appeso sopra il lavandino. A preoccuparlo non era il fatto che Audrey avesse messo fine al loro scambio di messaggi: era in sala di montaggio e lui capiva benissimo che avesse altro da fare... Anch'io sono occupato, pranzo con mia figlia, siamo tutti molto occupati... in ogni modo, se lavora sulle immagini di Londra, è giocoforza che pensi a me... magari il suo tecnico l'ha rimproverata, mi pare di vederlo: musone e geloso... Ho un pessimo aspetto oggi... Bello che abbia scritto che ha voglia di vedermi... non è il tipo di donna che dice cose che non pensa... Forse dovrei andare a tagliarmi i capelli...

Seduti in un separè, Antoine e Louis attaccavano una seconda porzione di *nem*. La porta del ristorante si aprì, Emily entrò e andò a sedersi con loro. Louis non fece alcun commento e si limitò ad assaggiare il purè della sua miglior amica.

«È sempre al telefono?» domandò Antoine.

E, come suo solito, Emily rispose di sì con la testa.

«Sai, anch'io lo trovo inquieto in questo momento, non preoccuparti. Capita spesso ai grandi, passa sempre», disse Antoine in tono rassicurante.

«Perché, tu pensi che noi non siamo mai preoccupati?» lo rimbeccò Emily, sgraffignando un *nem* dal vassoio.

*

Mathias uscì dalla toilette fischiettando. Emily non c'era più. Davanti a lui, sul tavolo, il cellulare era piantato nel bel mezzo del purè. Sbalordito, si voltò e incrociò lo sguardo accusatore di Yvonne, che gli indicò la porta del ristorante tailandese.

*

Diretta al conservatorio di musica, Emily camminava a grandi passi, senza rivolgere una parola al padre che pure faceva del suo meglio per essere perdonato. Ammetteva di essere stato poco presente durante il pranzo e prometteva che non sarebbe più successo. E poi, capitava anche a lui di parlare a una figlia che non lo ascoltava, per esempio quando lei disegnava. Crollasse il mondo, non alzava la testa dal foglio. Di fronte all'occhiata assassina che Emily gli lanciò, Mathias riconobbe che il suo paragone non era calzante. Per farsi perdonare, quella sera sarebbe rimasto accanto al suo letto fino a quando lei si fosse addormentata. All'ingresso del corso di chitarra, Emily si alzò sulle punte dei piedi per baciare Mathias. Gli domandò se la mamma sarebbe venuta presto a trovarla e chiuse la porta.

Di ritorno alla libreria, dopo essersi occupato di due clienti, Mathias si mise al computer e si collegò con il sito internet di Eurostar.

*

L'indomani, quando Antoine arrivò in ufficio, McKenzie gli sottopose il fascicolo del ripristino del ristorante, su cui aveva lavorato tutta la notte. Antoine aprì i fogli e se li stese davanti. Esaminò il progetto, piacevolmente sorpreso dal lavoro del suo collaboratore. Senza perdere la sua identità, il locale ammodernato risultava elegantissimo. Soltanto quando consultò il capitolato d'oneri tecnici e il preventivo, nascosto sul fondo della cartella, Antoine rischiò di strozzarsi. Convocò subito il progettista. McKenzie, mogio mogio, ammise d'aver forse calcato un po' troppo la mano.

«Pensa davvero che, trasformando il suo ristorante in reggia principesca, Yvonne crederà che abbiamo usato materiali di ricupero?» urlò Antoine.

Secondo McKenzie, niente era troppo bello per Yvonne.

«E ricorda che il suo capolavoro dev'essere realizzato in due giorni?»

«Ho pensato a tutto», rispose McKenzie, entusiasta.

Tutti gli elementi sarebbero stati prefabbricati in falegnameria e una squadra di dodici posatori, pittori ed elettricisti sarebbero stati sul posto il sabato perché tutto fosse finito la domenica.

«E anche il nostro studio sarà finito domenica», concluse Antoine, sconsolato.

Il costo di una simile impresa era proibitivo. I due uomini non si rivolsero la parola per il resto della giornata. Antoine aveva appeso il progetto alla parete del suo ufficio. Matita in mano, camminava avanti e indietro, andando dalla finestra ai disegni, e dai disegni al computer. Quando non disegnava, calcolava le possibili economie sul budget. Quanto a McKenzie, era seduto al suo posto di lavoro e lanciava attraverso la parete a vetri continue occhiate ad Antoine, corrucciate come se quest'ultimo avesse insultato la regina d'Inghilterra.

A fine pomeriggio, Antoine chiese l'aiuto di Mathias. Doveva rincasare tardi, Mathias sarebbe dovuto andare a prendere i bambini a scuola occupandosi di loro anche la sera.

«Avrai cenato fuori, o vuoi che ti prepari qualcosa per quando torni?»

«Lo stesso piatto freddo dell'ultima volta sarebbe magnifico.»

«Vedi che nella vita a due a volte c'è del buono?» concluse Mathias, riattaccando.

A metà nottata, Antoine finiva i disegni di un progetto diventato realistico. Gli restava soltanto da convincere il padrone della falegnameria con cui lavorava ad accogliere tutte le modifiche e sperare che lui accettasse di spalleggiarlo in quell'avventura. I lavori dovevano cominciare entro due settimane, tre al massimo; quel sabato, lui avrebbe preso la macchina nelle prime ore del mattino e gli avrebbe fatto visita con i disegni definitivi. Il laboratorio si trovava a tre ore da Londra: sarebbe stato di ritorno prima di notte. Mathias avrebbe badato a Louis ed Emily. Felice d'aver trovato una soluzione, Antoine lasciò l'ufficio e tornò a casa.

Troppo stanco per mandar giù la minima cosa, entrò nella sua stanza e crollò sul letto. Si addormentò ancora vestito.

*

La mattina era gelida, e gli alberi si piegavano sotto gli assalti del vento. S'erano tirati di nuovo fuori i cappotti messi via ai primi annunci di primavera e Mathias, sommando gli incassi della settimana, pensava alla temperatura che ci sarebbe stata in Scozia. La partenza per le vacanze si avvicinava e l'impazienza dei bambini diventava ogni giorno più tangibile. Entrò una cliente, sfogliò tre libri dopo averli tolti da uno scaffale e uscì abbandonandoli su un tavolo. «Chi me l'ha fatto fare di lasciare Parigi per venire a stabilirmi in questo quartiere francese?» mugugnò Mathias, rimettendo i libri a posto.

*

Antoine aveva bisogno di un buon caffè, qualcosa che gli permettesse di tenere gli occhi aperti. La notte era stata brevissima e il lavoro che l'aspettava in studio non gli lasciava il tempo di riposarsi.

Risalendo Bute Street a piedi, entrò rapidamente nella libreria di Mathias e lo informò che quel sabato doveva recarsi in provincia: lui avrebbe dovuto badare a Louis. «Impossibile!» aveva esclamato Mathias: non poteva chiudere il negozio.

«Un po' per uno: i bambini non hanno giorno di chiusura», replicò Antoine, stremato, andandosene.

Trovò Sophie nel Coffee Shop.

«Come va la vita tra voi due?» domandò la ragazza.

«Alti e bassi, come in tutte le coppie.»

«Ti ricordo che non siete una coppia...»

«Si vive sotto lo stesso tetto, ciascuno finisce col trovare il suo posto.»

«Credo che sia a causa di frasi come questa che preferisco essere single», replicò Sophie.

«Sì, ma non lo sei...»

«Hai una brutta faccia, Antoine.»

«Ho lavorato tutta la notte al progetto di Yvonne.»

«E come procede?»

«Comincerò i lavori il fine settimana successivo al nostro ritorno dalla Scozia.»

«I bambini non parlano d'altro che delle vostre vacanze. Ci sarà un bel vuoto, qui, quando sarete partiti.»

«Hai l'uomo delle lettere, il tempo passerà più in fretta.»

Sophie abbozzò un sorriso.

«Si direbbe proprio che ti irrita il fatto che io parta...» disse poi, soffiando sul tè bollente.

«Ma no, perché pensi una cosa simile? Se tu sei felice, sono felice anch'io.»

Il cellulare di Sophie vibrava sul tavolo, lei lo prese e riconobbe sul display il numero della libreria.

«Ti disturbo?» domandò la voce di Mathias.

«Mai...»

«Ho un immenso favore da chiederti, ma devi promettermi di non dire niente ad Antoine.»

«Certamente!»

«Parli in modo strano!»

«Certo, sono felicissima.»

«Sei felicissima di cosa?»

«Prenderò il treno alle nove, arriverò per l'ora di pranzo.»

«Ce l'hai davanti?»

«Precisamente!»

«Ah, merda...»

«A chi lo dici!»

Incuriosito, Antoine guardava Sophie.

«Puoi badare ai bambini per mio conto, sabato?» proseguì Mathias. «Antoine deve andare fuori città e io devo fare qualcosa di vitale importanza.»

«Ahimè, stavolta sarà impossibile, ma un altro giorno con piacere.»

«Vai via questo fine settimana?»

«Eh già...»

«Be', capisco che ti disturbo, ti lascio», bisbigliò Antoine alzandosi.

Sophie lo agguantò per il polso e lo fece rimettere a sedere. Coprì il microfono con la mano e promise che avrebbe attaccato di lì a un minuto.

«Capisco che ti metto in imbarazzo», borbottò Mathias. «Vedrò di trovare un'altra soluzione; non dirgli niente, promesso?»

«Giuro! Prova a sentire la tua vicina, non si sa mai.»

Mathias riattaccò, e Sophie tenne ancora per qualche secondo il telefonino all'orecchio.

«Ti bacio anch'io, a prestissimo.»

«Era l'uomo delle lettere?» domandò Antoine.

«Vuoi un altro caffè?»

«Non capisco perché non me lo dici, è chiaro che era lui.»

«Ma cosa può importartene?»

Antoine assunse un'aria di superiorità.

«Niente, ma prima ci si diceva tutto...»

«Ti rendi conto che hai fatto la stessa osservazione al tuo coinquilino?»

«Quale osservazione?»

«'Prima ci si diceva tutto'... ed è ridicolo.»

«Perché, ti parla di noi? Ah, che faccia tosta...»

«Non volevi che ci dicessimo tutto...?»

Sophie lo baciò sulla guancia e tornò a lavorare. Al momento di varcare la soglia del suo studio, Antoine vide Mathias precipitarsi da Yvonne.

*

«Ho bisogno di te!»

«Se hai fame, è un po' presto», rispose Yvonne uscendo dalla cucina.

«Parlo seriamente.»

«Ti ascolto», disse lei togliendosi il grembiule.

«Puoi badare ai bambini sabato? Dimmi di sì, ti supplico!»

«Desolata, ma sabato faccio festa.»

«Chiudi il ristorante?»

«No, ho delle cose da fare e chiederò alla ragazza che ospito di occuparsi del locale; tu non dire niente, è una sorpresa. Prima, però, voglio metterla alla prova stasera e domani.»

«Dev'essere estremamente importante, se abbandoni i tuoi fornelli. Dove vai?»

«Forse io ti domando perché vuoi che mi occupi dei bambini?»

«Sono proprio fortunato, non c'è che dire... Sophie parte, Antoine se ne va in provincia, tu non so dove e di me non frega niente a nessuno.»

«Sono contenta di vedere che adesso apprezzi la tua vita londinese.»

«Non capisco proprio dove sia il rapporto», rantolò Mathias.

«Vediamo, prima passavi i fine settimana solo soletto e non ti lagnavi più di tanto, ora noto con piacere che, se ci assentiamo, ti manchiamo... Vedo che cambi...»

«Yvonne, devi aiutarmi, è una questione di vita o di morte.»

«Di giovedì, trovare una babysitter che sia libera sabato... sei ottimista... Be', ora togliti di qui, ho da lavorare, vedrò se riesco a trovare una soluzione.»

Mathias baciò Yvonne.

«Non dire niente ad Antoine... Conto su di te!»

«Hai bisogno che qualcuno badi ai bambini per tornare a un'asta di libri antichi?»

«Una cosa del genere. Sì...»

«Allora forse mi sono sbagliata, non cambi più di tanto.»

A fine pomeriggio, Mathias ricevette una chiamata da Yvonne: forse aveva trovato la perla rara. Ex direttrice scolastica, Danièle aveva le sue fisse, ma era assolutamente affidabile. D'altronde, voleva tassativamente vedere il padre prima di accettare di badare ai bambini. L'indomani, sarebbe venuta a fargli visita in libreria e, se si fossero intesi, lei avrebbe assicurato la sua presenza nel fine settimana. Mathias domandò se Danièle era discreta. Yvonne non si degnò nemmeno di rispondere. Danièle era una delle sue tre migliori amiche, non avrebbe mai tradito nessuno...

«Pensi che s'intenda di fantasmi?» domandò Mathias.

«Pardon?»

«No... niente, chiedevo...»

Davanti al portone della scuola, Mathias era così contento che dovette costringersi ad assumere la sua aria più seria quando la campanella suonò.

Di ritorno alla libreria, Emily fu la prima ad accorgersi che c'era qualcosa che non andava. Per cominciare, suo padre non aveva spiccicato parola da quando erano lì, poi, per quanto sembrasse assorto nella lettura, lei sapeva benissimo che fingeva: prova ne era che leggeva la stessa pagina da dieci minuti. Mentre Louis sfogliava un fumetto, seduto su uno sgabello, lei aggirò la cassa e andò a sedersi sulle ginocchia di Mathias.

«Sei preoccupato?»

Mathias posò il libro e guardò sua figlia con aria smarrita.

«Non so proprio come dirvelo.»

Louis abbandonò la lettura per tendere l'orecchio.

«Credo che dovremo rinunciare alla Scozia», annunciò gravemente Mathias.

«Ma perché?» domandarono in coro i bambini, affranti.

«È un po' colpa mia: quando ho prenotato le escursioni, non ho precisato che portavamo dei bambini.»

«E con questo? Non è mica un delitto!» replicò Emily, già scandalizzata. «Perché non ci vogliono?»

«C'erano delle regole cui non avevo badato.»

«Quali?» domandò stavolta Louis.

«Accettano i bambini, ma a patto che abbiano qualche nozione di fantasmologia; in caso contrario, vengono meno le condizioni di sicurezza e gli organizzatori non intendono assumersi rischi.»

«Basta leggere dei libri...» rispose Emily. «Ne avrai, qui, no?»

«Partiamo fra tre giorni, temo che non facciate in tempo a mettervi in pari.»

«Papà, devi trovare una soluzione!» gridò la bambina.

«Fai presto tu! Non penso ad altro da quando mi sono svegliato! Credi che non abbia fatto niente? Ho passato la mattinata a cercare di trovarla, la tua soluzione.»

«E l'hai trovata o no?» domandò Louis, che non stava più nella pelle.

«Forse ne ho una, ma non so...»

«Dilla comunque!»

«Se riuscissi a scovare un docente di fantasmologia, voi accettereste di seguire un corso intensivo per tutta la giornata di sabato?»

La risposta fu un sì unanime. Louis ed Emily corsero a cercare due quaderni a spirale – a quadrettini –, dei pennarelli e delle matite colorate, nel caso che vi fossero state delle attività manuali e pratiche.

«Ah, un'ultima cosa», annunciò Mathias in tono molto solenne. «Antoine vi vuole così bene che si preoccupa per niente, dunque non una parola di tutto questo deve arrivare alle sue orecchie. Dunque, operazione 'Zitti e mosca': se lui viene a sapere che gli organizzatori hanno delle riserve a proposito della sicurezza, manda tutto a monte. Deve restare rigorosamente una cosa fra di noi.»

«Ma sei sicuro che dopo il corso di fantasmologia ci lasceranno venire?» domandò Louis.

«Fatti descrivere da mia figlia l'efficacia di cui ho dato prova quando siamo andati a vedere i dinosauri.»

«Siamo in ottime mani, te lo giuro», disse Emily in tono perentorio. «Dopo l'exploit del planetario, tutti mi vogliono come capoclasse.»

Quella sera, Antoine non vide le strizzate d'occhio complici che si scambiavano Mathias e i bambini. In casa, avevano pensato loro a tutto. Antoine trovava che la vita in famiglia fosse sempre più piacevole.

Quanto a Mathias, non ascoltava una parola dei complimenti che gli faceva Antoine. La sua mente era altrove. Gli restava ancora un ultimo particolare importante da mettere a punto con l'amica di Yvonne. Poi avrebbe potuto organizzare anche lui la sua giornata di sabato.

*

Seduta al bancone Enya scorreva, penna in mano, le pagine delle offerte di lavoro. Yvonne le servì un caffè e le chiese qualche istante d'attenzione. La ragazza chiuse il giornale. Yvonne aveva bisogno che Enya le facesse un favore.

«Mi daresti una mano nel ristorante, oggi? Ti pagherò, naturalmente.»

Enya si diresse verso il guardaroba.

« È lei che fa un favore a me », disse.

Enya, che sapeva dove si trovava il vestiario, infilò subito un grembiule e cominciò a mettere i coperti in sala. Per la prima volta dopo molti anni, Yvonne poté finalmente passare tutta la mattinata in cucina. Non appena la porta del locale si apriva, lasciava i fornelli per scoprire che Enya aveva già preso, se non già servito, le ordinazioni. La ragazza maneggiava la macchina del caffè con abilità, apriva e richiudeva subito i frigoriferi del bar, da vera professionista. Alla fine del servizio, Yvonne aveva preso una decisione. Enya aveva tutte le carte in regola per sostituirla sabato. Era amabile con i clienti, sapeva mettere al loro posto, senza fare scenate, coloro che si mostravano scortesi e, colmo del sollievo, era riuscita perfino a distogliere l'attenzione di McKenzie che, peraltro, non sembrava al meglio della forma. Mathias, venuto a prendere un caffè, s'era fermato a fare due chiacchiere con la nuova cameriera. Era sicuro d'averla già incontrata da qualche parte... se era per rimorchiarla, gli disse Yvonne a quattr'occhi, le sue avance erano un po' superate; già ai suoi tempi gli uomini ricorrevano a pretesti idioti per attaccare discorso. Mathias giurò sul suo onore che non era così: era davvero sicuro d'aver già incontrato Enya...

Yvonne lo interruppe per indicargli l'ora all'orologio a pendolo: di lì a poco aveva appuntamento con Danièle. Mathias tornò in libreria.

Del suo passato di direttrice scolastica, Danièle aveva serbato un'aria autoritaria e una distinzione incontestabile. Entrò nella libreria, scosse l'ombrello sullo zerbino, prese una rivista nell'espositore dei giornali e decise di studiare Mathias prima di presentarsi. Un metodo che aveva adottato durante tutta la sua carriera. Al rientro dalle vacanze, studiava gli atteggiamenti dei genitori nel cortile della scuola e spesso scopriva più cose sul loro conto che ascoltandoli alle riunioni di classe. Diceva sempre: «La vita non offre mai una seconda possibilità di fare una prima impressione». Quando ritenne di saperne abbastanza, si presentò a Mathias e annunciò di essere stata mandata da Yvonne. Lui portò Danièle nel retrobottega per rispondere a tutte le domande che lei riteneva opportuno porgli.

Sì, Emily e Louis erano entrambi adorabili e molto educati... No, nessuno aveva problemi con l'autorità parentale. Sì, era la prima volta che lui si rivolgeva a una babysitter... Antoine era contrario... Chi era Antoine? Il suo miglior amico... e il padrino di Emily. Sì, la mamma lavorava a Parigi... E, sì, era un peccato che fossero separati... per i bambini, naturalmente... ma l'importante era che ai piccini non mancasse l'amore... No, non erano troppo viziati... Sì, erano ottimi allievi, molto studiosi. La maestra di Emily la trovava piuttosto brava in matematica... Quella di Louis? Sfortunatamente, lui, Mathias, si era perso l'ultima riunione a scuola... No, non era arrivato in ritardo, un bambino era salito su un albero e lui aveva dovuto soccorrerlo... Sì, strana storia, ma nessuno s'era fatto male ed era questo l'essenziale... No, i bambini non seguivano diete particolari; sì, mangiavano dolciumi, ma nei limiti del ragionevole! Emily seguiva delle lezioni di chitarra... non c'era da preoccuparsi, il sabato non studiava...

Vedendo che Mathias si mangiava le unghie, Danièle non riuscì a rimanere seria ancora a lungo. L'aveva torturato a sufficienza: adesso, avrebbe avuto di che ridacchiare in abbondanza con Yvonne, quando le avesse descritto quella conversazione come s'erano ripromesse.

«Perché ride?» domandò Mathias.

«Non so se mi è cominciata quando lei ha cercato di giustificarsi sui dolciumi o con la storia dell'albero. D'accordo, basta con le scempiaggini: dato che Louis è figlio di Antoine, immagino che Emily sia figlia sua, vero?»

«Lei conosce Antoine?» domandò Mathias, terrorizzato.

«Sono una delle tre migliori amiche di Yvonne, ci capita di parlare di voi, ogni tanto; quindi, sì, conosco Antoine. Stia tranquillo: sono una tomba!»

Mathias affrontò la questione del compenso, ma il piacere di passare la giornata con Emily e Louis per la signora era più che sufficiente. Per l'ex direttrice scolastica, non avere nipotini era una carognata che non avrebbe perdonato tanto facilmente a suo figlio.

Mathias poteva godersi il suo sabato con l'animo in pace. Danièle avrebbe trovato il modo di far trascorrere ai bambini una giornata emozionante. Emozionante?... Forse Mathias aveva un modo per renderla indimenticabile!

*

Danièle giudicò l'idea sensazionale! Inculcare ai bambini qualche nozione di storia sui luoghi che avrebbero visitato in vacanza le sembrava sensatissimo. Lei conosceva bene la Gran Bretagna e aveva visitato più volte le Highlands, ma cosa intendeva esattamente Mathias con «lezioni di fantasmologia»? Mathias si diresse verso una mensola per prendere alcuni libri dalle rilegature spesse: *Leggende dei Tartan*, *I laghi stregati*, *Tiny MacTimid*, *I fantasmini viaggiano in Scozia*.

«Con questi, lei sarà imbattibile!» disse, posando la pila davanti alla donna.

La accompagnò alla porta della libreria.

«Omaggio della ditta! E, mi raccomando, non dimentichi la piccola interrogazione scritta alla fine della giornata...»

Danièle uscì per strada, le braccia cariche; incrociò Antoine.

«Bella vendita!» esclamò questi, entrando in libreria.

«Posso fare qualcosa per te?» domandò Mathias con aria innocente.

«Parto all'alba, domani; hai un programma per i bambini?»

«Ho già pensato a tutto», rispose Mathias.

*

La sera, Mathias faceva una fatica del diavolo a rimanere seduto a tavola. Con la scusa di prendere un maglione – faceva freschino in casa, no? – andò a leggere un messaggio di Audrey: *Lavoro tutto il fine settimana in sala di montaggio*. Più tardi, tornando nella sua stanza – non era la sua radiosveglia quella che si sentiva suonare di sopra? – apprese che Audrey doveva rimontare tutte le sequenze della loro gitarella londinese: *Il mio tecnico si strappa i capelli, tutte le inquadrature sono storte*. E dieci minuti dopo, chiuso nel bagno, comunicò ad Audrey il suo stupore: *Ti giuro che nel visore della telecamera era tutto perfetto!!!*

*

La serata volgeva al termine. Yvonne lanciò un sospirone di sollievo chiudendo la porta alle spalle degli ultimi clienti. Dietro il bancone, Enya lavava dei bicchieri.

«Dev'essere stata una buona serata, no?» domandò la ragazza.

«Trenta coperti, non male per un venerdì sera; è rimasto qualcosa del piatto del giorno?»

«Tutto sparito.»

«Allora è una buona serata. Domani te la caverai benissimo», disse Yvonne, sparecchiando i tavoli in sala.

«Domani?»

«Mi prendo un giorno libero, ti affido il ristorante.»

«Davvero?!»

«Non mettere i bicchieri a stelo su quella mensola: vibrano quando la macchina del caffè è accesa... Troverai da fare i resti nel tiretto del registratore di cassa. Domani sera, ricordati di portare l'incasso in camera tua, non mi piace lasciarlo qui, non si sa mai.»

«Perché mi dà tutta questa fiducia?»

«Perché non dovrei?» domandò di rimando Yvonne, spazzando il pavimento.

La giovane cameriera le si accostò per toglierle la scopa di mano.

«Gli interruttori sono nello sportello dietro di te, vado a coricarmi.»

Yvonne salì le scale ed entrò nella sua stanza. Fece una rapida toilette e si stese sul letto. Sotto le lenzuola, ascoltava i rumori in sala. Enya aveva appena rotto un bicchiere. Yvonne sorrise e spense la luce.

*

Antoine si mise a letto contemporaneamente ai bambini: la sua notte sarebbe stata breve. Quanto a Mathias, si chiuse nella sua stanza e continuò a scambiarsi messaggi con Audrey. Verso le undici, la ragazza lo avvisò che scendeva per la pausa caffè. I distributori automatici di bevande erano nel sottosuolo e lui non avrebbe potuto più raggiungerla telefonicamente. Gli disse anche che aveva una voglia matta di essere tra le sue braccia. Mathias aprì l'armadio e posò tutte le camicie che possedeva sul letto. Dopo alcune prove, ne scelse una bianca con colletto all'italiana, quella che gli stava meglio.

*

Sophie chiuse la valigetta posata sulla sedia. Prese il biglietto ferroviario, ricontrollò l'ora di partenza ed entrò nella stanza da bagno. Si avvicinò allo specchio per studiarsi la pelle del viso, tirò fuori la lingua e fece una smorfia. Infilò una maglietta appesa all'attaccapanni dietro la porta e tornò in camera. Dopo aver puntato la sveglia, si stese sul letto, spense la luce e pregò perché il sonno non tardasse a venire. L'indomani voleva avere un bell'aspetto e, soprattutto, niente occhiaie.

*

Occhiali sulla punta del naso, Danièle era china sul suo quadernone a spirale. Prese la riga ed evidenziò in giallo il titolo del capitolo che aveva appena ricopiato. Il tomo secondo delle *Leggende scozzesi* era in bella mostra sulla sua scrivania, e lei recitò a voce alta il terzo paragrafo della pagina aperta davanti a sé.

*

Emily aprì lentamente la porta. Attraversò il pianerottolo in punta di piedi e grattò alla porta di Louis. Il bambino apparve in pigiama. A passo felpato, scesero le scale dandosi la mano. Una volta in cucina, Louis socchiuse lo sportello del frigorifero per fare un po' di luce. Prendendo tutte le precauzioni possibili e immaginabili, i bambini prepararono la tavola della colazione. Mentre Emily riempiva un bicchiere di succo d'arancia e allineava le scatole di cereali davanti al piatto, Louis si mise alla scrivania del padre e posò le dita sulla tastiera del computer. Era il momento più pericoloso della missione, ed egli chiuse gli occhi pigiando il tasto STAMPA e pregando con tutte le forze che la stampante non svegliasse i loro padri. Aspettò qualche minuto e poi prese il foglio dal cassetto della macchina. Il testo gli sembrava perfetto. Piegò il foglio a metà perché stesse dritto sulla tavola e lo porse a Emily. Un'ultima occhiata per controllare che tutto fosse a posto e i due bambini tornarono subito a coricarsi.

# XIII

Le cinque e mezzo. Il cielo sopra South Kensington era rosa pallido, il sole sorgeva. Enya chiuse la finestra e tornò a letto.

*

La sveglia segnava le cinque e quarantacinque, Antoine prese un grosso maglione nell'armadio e se lo mise sulle spalle. Prese la borsa ai piedi dello scrittoio, l'aprì per controllare che il suo fascicolo fosse completo. I disegni erano al loro posto, le piantine anche; chiuse la patta della borsa e scese le scale. Arrivando in cucina, scoprì che la colazione lo aspettava. Aprì il foglio posato davanti al piatto amorevolmente preparato per lui e lesse il biglietto. *Sii molto pruddente e non superare i limiti di velocità, metti la cintura (anche se siedi dietro). Ti ho prepparato un termoss per il viaggio. Ti aspettiamo per cena e ricordati di portare un regallino ai bambini, è una cosa che gli fa sempre piacere quando torni da un viaggio. Un bacio. Mathias.* Molto commosso, Antoine prese il termos, pescò le chiavi dalla ciotola all'ingresso e uscì di casa. L'Austin Healey era parcheggiata in fondo alla strada. C'era aria di primavera, il cielo era sgombro, il viaggio sarebbe stato piacevole.

*

Sophie si stiracchiò entrando in cucina. Si preparò una tazza di caffè e guardò l'ora all'orologio del forno a microonde. Erano le sei, doveva sbrigarsi se non voleva perdere il treno. Esitò su cosa indossare guardando i vestiti nell'armadio e decise che i jeans e una camicetta sarebbero andati benissimo.

*

Le sei e mezzo. Yvonne chiuse la porta che dava sul cortile posteriore. Una valigetta in mano, si mise gli occhiali da sole e risalì Bute Street diretta alla stazione della metropolitana di South Kensington. C'era luce alla finestra della stanza di Enya. La ragazza era sveglia, lei poteva partire tranquilla, quella piccina conosceva il mestiere, e poi, in ogni modo, sempre meglio così che rimanere chiusi per tutta la giornata.

*

Danièle guardò l'orologio, erano le sette in punto e lei amava la precisione: schiacciò il pulsante del campanello. Mathias la fece entrare e le propose una tazza di caffè. La caffettiera era sul piano di lavoro, le tazze erano nello scolapiatti e lo zucchero nello sportello sopra l'acquaio. I bambini dormivano. Il sabato in genere si svegliavano verso le nove, lei aveva davanti due ore tutte per sé. Mathias infilò un impermeabile, si aggiustò il colletto della camicia davanti allo specchio dell'ingresso, mise un po' d'ordine nella sua zazzera e ringraziò ancora mille volte la donna. Sarebbe stato di ritorno al più tardi verso le sette di sera. La segreteria telefonica era in funzione, lei non doveva rispondere, men che meno se a chiamare fosse stato Antoine; se lui, Mathias, avesse avuto bisogno di parlarle, avrebbe fatto due squilli, riattaccato e richiamato subito. Mathias uscì di casa, risalì la via di corsa e, in Old Brompton Road, chiamò un taxi.

Sola nel vasto salotto, Danièle aprì la sua cartella e ne cavò due quaderni Clairefontaine: sulla copertina dell'uno c'era disegnato un fantasmino azzurro; su quella dell'altro, un fantasmino rosso.

*

Attraversando Sloane Square, ancora deserta a quell'ora mattutina, Mathias guardò l'orologio; sarebbe arrivato a Waterloo giusto in tempo.

*

L'uscita della metropolitana sboccava davanti all'ingresso del ponte di Waterloo. Yvonne salì sulla scala mobile. Attraversò la strada e guardò i finestroni del St Vincent Hospital. Erano le sette e trenta, aveva ancora un po' di tempo davanti a sé. Sulla strada, un taxi nero filava a velocità sostenuta verso la stazione.

*

Le otto. Valigetta in mano, Sophie chiamò il taxi che le stava passando davanti. «Waterloo International», disse chiudendo la portiera. Il *black cab* risalì Sloane Avenue. La città era smagliante; tutt'attorno a Eaton Square, magnolie, mandorli e ciliegi erano in fiore. La grande spianata del palazzo della regina si popolava di turisti che aspettavano il cambio della guardia. La parte più bella del tragitto cominciava nel momento in cui l'auto imboccava Birdcage Walk. Allora, bastava voltare la testa per vedere a pochi metri di distanza gli aironi grigi che becchettavano i prati curatissimi di St James Park. Una giovane coppia camminava già lungo un viale; tenuta per mano tra i due, una bambina veniva addestrata, di salto in salto, a fare passi da gigante. Sophie si chinò verso il vetro di separazione per dire qualcosa all'autista; al semaforo successivo, l'auto cambiò direzione.

*

«E la partita di cricket? Non c'era la finale, oggi?» domandò Yvonne.

«Non ti ho chiesto il permesso di accompagnarti, me l'avresti rifiutato», rispose John alzandosi.

«Non mi sembra utile che tu passi la mattinata ad aspettare. I pazienti non hanno il diritto di essere accompagnati.»

«Non appena avremo i risultati, e sono sicuro che saranno confortanti, ti porterò a mangiare al parco e poi, se saremo ancora in tempo, andremo ad assistere alla partita che si gioca questo pomeriggio.»

Erano le otto e un quarto, Yvonne presentò la sua convocazione allo sportello delle accettazioni. Un'infermiera arrivava verso di lei spingendo una sedia a rotelle.

«Se fate di tutto perché si abbia l'impressione d'essere

malati, come potete pretendere che si stia meglio? » mugugnò Yvonne, rifiutando di prendere posto nella poltrona.

L'infermiera era spiacente, ma l'ospedale non ammetteva eccezioni alla regola. Le compagnie di assicurazione esigevano che tutti i pazienti circolassero a quel modo. Rabbiosa, Yvonne cedette.

« Perché sorridi? » domandò a John.

« Perché mi rendo conto che, per la prima volta nella vita, sei costretta a fare ciò che ti si dice di fare... E vedere questo valeva tutte le finali di cricket del mondo. »

« Sai che mi pagherai centuplicata questa battuta? »

« Anche moltiplicata per mille, ci guadagnerò sempre », disse John ridendo.

L'infermiera portò via Yvonne. Non appena John fu solo, il sorriso svanì dal suo volto. Inspirò profondamente e spostò la sua alta figura verso le panche della sala d'attesa. L'orologio a muro segnava le nove, la mattinata sarebbe stata lunga.

*

Tornando a casa, Sophie aprì la valigia e sistemò le sue cose nell'armadio. Infilò il camice bianco e uscì. Camminando verso il negozio, digitò un messaggio sul telefonino: *Impossibile venire questo fine settimana, bacia papà e mamma per me, tua sorella che ti vuole tanto bene*. Schiacciò il tasto INVIA.

*

Le nove e trenta. Seduto accanto al finestrino, Mathias guardava sfilare la campagna inglese. Dall'altoparlante, una voce annunciava l'imminente entrata in galleria.

«Non sente niente alle orecchie quando si passa sotto il mare?» domandò Mathias alla passeggera seduta di fronte a lui.

«Sì, un piccolo ronzio. Faccio avanti e indietro una volta la settimana e conosco persone che vanno incontro a conseguenze molto più serie!» rispose la vecchia signora riprendendo a leggere.

*

Antoine mise la freccia e lasciò la M1; la strada che seguiva la costa era la parte del viaggio che lui preferiva. A quella velocità, sarebbe arrivato alla falegnameria con una mezz'ora di anticipo. Prese il termos del caffè dal sedile del passeggero, lo incastrò tra le gambe e svitò il tappo con una mano, stringendo il volante con l'altra. Si portò il termos alle labbra e sospirò.

«Che idiota, è succo d'arancia!»

Un Eurostar filava in lontananza. Tra meno di un minuto sarebbe scomparso nel tunnel che passava sotto la Manica.

*

Bute Street era ancora tranquilla. Sophie aprì le grate della vetrina. A pochi metri da lei, Enya portava fuori i tavoli. Sophie le rivolse un sorriso. Enya sparì nella sala e ne uscì pochi istanti dopo con una tazza in mano.

«Stia attenta, brucia», disse, tendendo un cappuccino a Sophie.

«Grazie, molto gentile. Yvonne non c'è?»

«Si è presa il giorno di riposo», rispose Enya.

«Me l'aveva detto, chissà dove ho la testa. Non le dica che oggi mi ha vista, non è il caso.»

«Non ho messo zucchero, non sapevo se lei ne prende», disse Enya tornando al lavoro.

In negozio, Sophie passò la mano sul piano di lavoro su cui tagliava i fiori. Lo aggirò e si abbassò per prendere la scatola che conteneva le lettere. Ne scelse una in mezzo al fascio e rimise a posto il bauletto. Seduta sul pavimento, nascosta dietro il banco, leggeva sottovoce e i suoi occhi si velarono. Che stupida, bisognava davvero provare gusto nel farsi del male. E dire che era soltanto sabato. La sua giornata peggiore di solito era la domenica. Capitava che la solitudine fosse così dilagante che, strano paradosso, lei non trovava né la forza né il coraggio di andare a cercare un po' di conforto dai suoi. Certo, avrebbe potuto rispondere all'invito di suo fratello. Non rinunciare ancora una volta. Sarebbe andato a prenderla alla stazione, come previsto.

Sua cognata e sua nipote le avrebbero fatto mille domande lungo il tragitto. E, arrivata nella casa dei genitori, quando suo padre o sua madre le avessero domandato come andava la vita, lei probabilmente sarebbe scoppiata in lacrime. Come dire loro che da tre anni non dormiva tra le braccia di un uomo? Come spiegare che la mattina, a colazione, le capitava di sentirsi morire guardando la tazza? Come descrivere loro il peso dei suoi passi quando la sera tornava a casa? Unico momento di tregua, le vacanze, quando andava a trovare degli amici; ma le vacanze finivano sempre e la solitudine riprendeva allora i suoi diritti. Sicché, piangere per piangere, tanto valeva che lo facesse lì, almeno nessuno la vedeva.

E, anche se quella vocina le diceva che era sempre in tempo per prendere il treno, a che pro? L'indomani, rientrando, sarebbe stato ancora peggio. Per questo aveva preferito disfare la valigia, ed era meglio così.

*

La fila di viaggiatori che aspettavano sul marciapiede della Gare du Nord non finiva più di allungarsi. Tre quarti d'ora dopo essere sceso dall'Eurostar, Mathias saliva finalmente a bordo di un taxi. Da quando c'erano dei lavori in corso nei pressi della stazione, gli spiegò il tassista, i suoi colleghi non volevano più andarci. Arrivare e ripartire diventava un'impresa, un periplo surreale. Tutti erano ormai concordi nel pensare che l'autore del piano di circolazione della città doveva vivere lontano da Parigi oppure che era un personaggio uscito da un romanzo di Orwell. L'autista era interessato all'evoluzione della circolazione nel centro di Londra da quando era stato introdotto il pagamento di un pedaggio, a Mathias invece interessava soltanto l'ora, ben visibile sul cruscotto. A giudicare dagli ingorghi su boulevard Magenta, non avrebbe raggiunto tanto presto lo spiazzo della torre Montparnasse.

*

L'infermiera fermò la poltrona davanti alla riga a terra. Yvonne aveva un'espressione innocente.

«Bene, adesso posso alzarmi?»

Sicuramente, pensò John, il personale ospedaliero non sentirà la sua mancanza... Ma si sbagliava: la ragazza baciò Yvonne su ambo le guance. Disse che da anni non rideva così tanto. Il momento in cui Yvonne le aveva cantate al caposervizio Gisbert sarebbe rimasto scolpito per sempre nella sua memoria e in quella dei suoi colleghi. Anche in pensione avrebbe continuato a ridere descrivendo la faccia del suo capo quando Yvonne gli aveva domandato se era dottore in medicina o in scemenza.

« Cosa ti hanno detto? » domandò John sottovoce.

« Che dovrai sopportarmi ancora qualche anno. »

Yvonne mise gli occhiali per studiare la nota delle spettanze che l'impiegato aveva fatto scivolare sotto lo sportello.

« Mi dica, questa somma non andrà nelle tasche del dottore che si è occupato di me? »

L'impiegato la rassicurò su questo punto e rifiutò l'assegno che lei gli porgeva. La sua onestà gli vietava d'incassare una seconda volta la cifra richiesta per i suoi esami. Il signore alle sue spalle aveva già saldato.

« Perché l'hai fatto? » domandò Yvonne uscendo dall'edificio.

« Tu non hai la copertura assistenziale e questi esami ti mandano in rovina. Faccio quello che posso, cara Yvonne, e tu non mi lasci molti modi di occuparmi di te, così, per una volta che avevi le spalle girate, ne ho subdolamente approfittato. »

Lei si alzò in punta di piedi per baciarlo teneramente sulla fronte.

« Allora approfittane ancora un po' e portami a pranzo, ho una fame da lupo. »

*

I primi clienti di Enya si sedettero a un tavolo esterno. La coppia consultò il menu del giorno e domandò se il piatto che avevano preso la settimana precedente era sempre disponibile. Si trattava di un delizioso salmone cotto al vapore, servito su un letto d'insalata.

*

A duecento chilometri da lì, un'Austin Healey passava sotto il portico in mattoni di una grande falegnameria. Antoine parcheggiò nel cortile e raggiunse la reception a piedi. Il proprietario lo accolse a braccia aperte e lo precedette nel suo ufficio.

*

Decisamente, gli dèi non erano con lui. Dopo aver affrontato i tormenti della circolazione, Mathias si era perso in mezzo all'immensa spianata della stazione Montparnasse. Un cortese custode della torre gli indicò la strada da prendere. Gli studi televisivi erano proprio sul lato opposto rispetto al punto in cui si trovava. Doveva risalire rue de l'Arrivée e boulevard Vaugirard, voltare a sinistra in boulevard Pasteur e imboccare allée de la 2ème Division Blindée che avrebbe trovato sempre alla sua sinistra. Di corsa, ci sarebbe arrivato in dieci minuti. Mathias fece una breve sosta per comprare un mazzo di rose da un ambulante abusivo e arrivò finalmente all'ingresso degli studi. Un agente della sicurezza gli chiese di fornire le sue generalità e cercò su un registro il numero della sala di regia. Ottenuta la comunicazione, informò un tecnico che Audrey era attesa all'ingresso.

Audrey indossava i jeans e una casacchina che evidenziava graziosamente la curva del seno. Le sue guance s'imporporarono non appena vide Mathias.

«Cosa ci fa qui?» domandò.

«Passeggiavo.»

«È una bella sorpresa, ma, ti supplico, nascondi quei fiori. Ci guardano tutti», bisbigliò.

«Vedo soltanto due, tre tipi dietro il vetro.»

«I due, tre tipi in questione sono il caporedattore, il direttore del giornale e una giornalista che è la più grande pettegola di tutte le televisioni di Francia; dunque, ti prego, sii discreto. Altrimenti dovrò sorbirmi le loro battutine per quindici giorni.»

«Hai un momento libero?» domandò Mathias nascondendo i fiori dietro la schiena.

«Vado ad avvertire che mi assento per un'oretta, aspettami al bar, ti raggiungo subito.»

Mathias la guardò entrare nel portico. Dietro la vetrata, si vedeva lo studio televisivo da cui si trasmetteva in diretta l'edizione del telegiornale dell'una. Mathias si avvicinò un poco, il volto del presentatore gli era familiare. Audrey si voltò per fargli gli occhiacci, indicando col dito l'uscita. Rassegnato, Mathias obbedì e fece dietrofront.

Audrey lo raggiunse in fondo al viale, dove lui l'aspettava su una panchina; alle sue spalle, su un campo della Ville de Paris si stavano giocando tre partite di tennis. Audrey prese le rose e gli sedette accanto.

«Sono bellissime», disse, baciandolo.

«Sta' attenta, abbiamo tre agenti dei servizi di spionaggio dietro di noi che giocano una partita a tennis con tre tipi del controspionaggio.»

«Mi spiace per poco fa, ma tu non hai idea di cosa c'è là.»

«Uno studio televisivo, magari?»

«Non voglio mischiare la mia vita privata al lavoro.»

«Capisco», borbottò Mathias guardando i fiori che Audrey s'era posata sulle ginocchia.

«Mi tieni il broncio?»

«No, ho preso il treno all'alba stamattina e non so se ti rendi conto di quanto io sia felice di vederti.»

«Lo sono anch'io», disse lei baciandolo di nuovo.

«Non mi piacciono le storie d'amore in cui ci si deve nascondere. Se provo dei sentimenti per te, voglio poter dirlo a tutti. Voglio che la gente che mi sta accanto condivida la mia felicità.»

«Ed è così?» domandò Audrey sorridendo.

«Non ancora... ma succederà. E poi non capisco cosa ci sia di buffo. Perché ridi?»

«Perché hai detto 'storia d'amore' e questo mi fa davvero piacere.»

«Dunque, sei comunque un pochino felice di vedermi?»

«Scemo! Per quanto io lavori per una rete televisiva libera, come dici tu, non sono libera di disporre del mio tempo.»

Mathias prese Audrey per mano e la portò verso i tavoli di un bar all'aperto.

«Abbiamo lasciato i fiori sulla panchina!» disse Audrey rallentando il passo.

«Lasciali là, sono brutti, li ho comprati sul piazzale della torre. Avrei voluto regalarti un vero bouquet, ma sono partito molto prima che Sophie aprisse.»

E, poiché Audrey non parlava più, Mathias aggiunse:

«Un'amica fioraia di Bute Street... Vedi che anche tu sei un po' gelosa?»

*

Un cliente era appena entrato in negozio, Sophie si rassettò il camice.

«Buongiorno, sono venuto per la stanza», disse l'uomo, stringendole la mano.

«Quale stanza?» domandò Sophie, sorpresa.

Pur avendo l'aria di un esploratore, il giovane sembrò di colpo perso. Spiegò che era arrivato quella mattina dall'Australia e che faceva scalo a Londra prima di ripartire, l'indomani, per la costa orientale del Messico. Aveva prenotato attraverso internet, aveva perfino pagato un anticipo, e quello era proprio l'indirizzo che figurava sulla sua prenotazione. Sophie poteva constatarlo di persona.

«Ho rose selvatiche, eliantemi, peonie, la stagione del resto è appena cominciata e sono splendidi, ma non ho ancora stanze da affittare», rispose Sophie ridendo di gusto. «Credo proprio che lei si sia fatto buggerare.»

Sconcertato, l'uomo posò la valigia accanto a una custodia che, a giudicare dalla forma, proteggeva una tavola da surf.

«Conosce per caso un posto economico dove io possa dormire stasera?» domandò con un accento che tradiva le sue origini australiane.

«C'è un bellissimo albergo qui vicino. Risalendo la strada, lo troverà sull'altro lato di Old Brompton Road, al numero 16.»

Il giovane la ringraziò calorosamente e riprese le sue cose.

«È vero che le sue peonie sono magnifiche», disse uscendo.

*

Il padrone della falegnameria studiava i disegni. A ogni buon conto, il progetto di McKenzie sarebbe stato difficile da realizzare entro i termini previsti. Le modifiche di Antoine semplificavano notevolmente il lavoro del laboratorio, il legno non era ancora stato consegnato e dunque non sarebbe stato un problema sostituire l'ordine precedente. L'accordo fu suggellato da una stretta di mano. Antoine poteva andare a visitare la Scozia in tutta serenità. Il sabato successivo al suo ritorno, un camion avrebbe portato i mobili nel ristorante di Yvonne. I posatori a bordo dello stesso camion si sarebbero messi subito all'opera e la domenica sera tutto sarebbe stato pronto. E adesso potevano anche andare a parlare degli altri progetti in corso: un pranzo per due era prenotato in una rinomata trattoria situata a soli dieci chilometri da lì.

*

Mathias guardò l'orologio. Già le due!

«Se restassimo ancora un po' a questo tavolo?» domandò, allegro.

«Ho un'idea migliore», disse Audrey, tirandolo per la mano.

Lei abitava in un miniappartamento in un grattacielo davanti al porto di Javel. Prendendo la metropolitana, non avrebbero impiegato più di un quarto d'ora ad arrivarci. Mentre lei chiamava la redazione per annunciare il suo ritardo e Mathias telefonava per cambiare la prenotazione del suo treno di ritorno, la soprelevata correva sulle rotaie. Il treno si fermò lungo il marciapiede della stazione Bir-Hakeim. Loro scesero di corsa le grandi scale metalliche e accelerarono il passo sul lungofiume di Grenelle. Quando arrivarono sullo spiazzo che cingeva il grattacielo, Mathias, senza fiato, si chinò in avanti, le mani sulle ginocchia. Si alzò per contemplare l'edificio.

«A che piano?» domandò, ansimante.

L'ascensore s'innalzava verso il ventisettesimo piano. La cabina era opaca e Mathias aveva occhi soltanto per Audrey. Entrando nel miniappartamento, lei andò fino alla vetrata che sovrastava la Senna. Tirò la tenda per proteggere Mathias dalle vertigini e gliene procurò altre togliendosi la casacchina; poi fece scivolare i jeans lungo le gambe.

*

I tavoli all'aperto si stavano svuotando. Enya correva dall'uno all'altro. Incassò il conto di un australiano e accettò volentieri di custodirgli la tavola da surf. Bastava che lui l'appoggiasse contro una parete dell'office. Il ristorante quella sera era aperto e lui poteva passare a riprendersela fino alle dieci. Gli indicò la strada che il giovane le chiedeva e tornò subito al lavoro.

*

John baciò la mano di Yvonne.

«Quanto tempo?» domandò, accarezzandole la guancia.

«Te l'ho detto, morirò centenaria.»

«E i medici? Loro cos'hanno detto?»

«Le solite stupidaggini.»

«Che dovresti riguardarti, magari?»

«Sì, qualcosa del genere, nel loro gergo, sai; per capirli...»

«Ritirati dagli affari e viene da me nel Kent.»

«Ah, quanto a questo, se dessi retta a te, mi accorcerei davvero la vita. Sai benissimo che non posso lasciare il mio ristorante.»

«Oggi l'hai fatto...»

«John, se il mio locale dovesse chiudere dopo la mia

morte, morirei una seconda volta. E poi tu mi ami come sono, è per questo che io ti amo.»

«Soltanto per questo?» domandò John in tono beffardo.

«No, anche per le tue grandi orecchie. Andiamo al parco, non perdiamoci la tua finale.»

Oggi, però, a John importava poco e niente del cricket. Prese un po' di pane dal cestino, pagò il conto e prese Yvonne sottobraccio. La portò verso il lago, insieme avrebbero nutrito le oche che già schiamazzavano al loro avvicinarsi.

*

Antoine ringraziò il suo ospite. Stavano tornando entrambi alla falegnameria. Antoine avrebbe spiegato al capo operaio alcuni particolari dei disegni. Di lì a un paio d'ore avrebbe potuto riprendere la via del ritorno. In ogni modo, non c'era alcuna ragione di affrettarsi, dal momento che i bambini erano con Mathias.

*

Audrey accese una sigaretta e tornò a sdraiarsi contro Mathias.

«Mi piace il sapore della tua pelle», disse accarezzandogli il petto.

«Quando tornerai?» domandò lui dando una tirata.

«Fumi?»

«Ho smesso», rispose Mathias tossicchiando.

«Perderai il treno.»

«Significa che devi tornare allo studio?»

«Se vuoi che venga a trovarti a Londra, devo finire di montare quel servizio, e ci manca ancora un bel po'.»

«Le riprese erano davvero così brutte?»

«Peggio che brutte, sono costretta a rovistare negli archivi; mi domando perché mai eri così ossessionato dalle mie ginocchia. In pratica, hai filmato soltanto quelle.»

«Colpa di quel mirino, non mia», rispose Mathias vestendosi.

Audrey gli disse di non aspettarla, lei avrebbe approfittato del fatto di essere a casa per cambiarsi e prepararsi uno spuntino come cena. Per ricuperare il tempo perso, avrebbe lavorato tutta la notte.

«Era davvero tempo perso?» domandò Mathias.

«No, ma tu, tu sei davvero scemo», rispose lei baciandolo.

Mathias era già sul pianerottolo, Audrey l'osservò a lungo.

«Perché mi guardi così?» domandò lui, premendo il pulsante di chiamata dell'ascensore.

«Non c'è nessun altro nella tua vita?»

«Sì, mia figlia...»

«Allora fila via!»

E la porta si chiuse sul bacio che lei gli aveva appena mandato.

*

«A che ora hai il treno?» domandò Yvonne.

«Dato che non vuoi che andiamo a casa tua, e dato che il Kent secondo te è ancora troppo lontano, cosa ne diresti di dormire in un albergo?»

«Tu e io in albergo? John, ma lo sai quanti anni abbiamo?»

«Ai miei occhi tu non hai età, e quando sono con te non ne ho nemmeno io. Io ti vedrò sempre e soltanto con il volto della ragazza che un giorno è entrata nella mia libreria.»

«Sei proprio il solo! Ti ricordi la nostra prima notte?»

«Ricordo che hai pianto come una fontana.»

«Ho pianto perché tu non mi avevi nemmeno toccata.»

«Non l'ho fatto perché tu avevi paura.»

«Ed è proprio perché tu l'avevi capito che ho pianto, imbecille.»

«Ho prenotato una suite.»

«Intanto andiamoci a cena, nel tuo albergo di lusso, poi vedremo...»

«Posso cercare di ubriacarti?»

«Credo che tu lo faccia da quando ti conosco», disse Yvonne stringendogli la mano.

*

Cinque e trenta. L'Austin Healey filava su strade secondarie. Il Sussex era una regione magnifica. Antoine sorrise, in lontananza un Eurostar era fermo in aperta campagna. I passeggeri a bordo erano ancora lontani dalla loro destinazione, mentre lui sarebbe stato a Londra in un paio d'ore...

*

Cinque e trentadue. Il controllore aveva annunciato un ritardo di un'ora sull'orario previsto. Mathias avrebbe voluto chiamare Danièle per informarla. Non c'era ragione che Antoine arrivasse prima di lui, ma era preferibile prepararsi un buon alibi. La campagna era magnifica, ma sfortunatamente per lui lungo i binari il suo cellulare non aveva campo.

«Odio le vacche», disse guardando dal finestrino.

*

La giornata volgeva al termine. Sophie mise i petali staccati nell'apposito cassetto. Ne spargeva sempre una manciata o due nei suoi bouquet. Chiuse le grate del negozio, si tolse il camice e uscì dal retro. L'aria era fresca, ma la luce ancora troppo bella per rincasare. Enya la invitò a scegliersi un tavolo fra quelli liberi, e ce n'erano molti. Nella sala del ristorante, un uomo dall'aria da esploratore perduto cenava solo soletto. Sophie rispose al suo sorriso, esitò un momento e poi fece cenno a Enya che andava a sedersi al tavolo del giovanotto. Aveva sempre sognato di visitare l'Australia, avrebbe avuto mille domande da fare.

*

Le otto. Il treno entrava finalmente nella stazione di Waterloo. Mathias si precipitò sul marciapiede e fece di corsa il tapis roulant, urtando tutti coloro che lo intralciavano. Arrivò primo alla stazione dei taxi e promise all'autista una mancia sostanziosa se lo avesse lasciato a South Kensington entro mezz'ora.

*

L'orologio del cruscotto segnava le otto e dieci, Antoine esitò e svoltò in Bute Street. Le grate del negozio di fiori erano ovviamente chiuse, dato che Sophie quel fine settimana era in viaggio. Il braccio posato sulla poltrona vuota del passeggero, Antoine fece marcia indietro e riprese la strada di Clareville Grove. C'era un posto libero proprio davanti a casa. Parcheggiò e ricuperò dal baule i due modellini che il capo operaio gli aveva preparato: l'uccello in legno per Emily, l'aereo per Louis. Mathias non avrebbe potuto rimproveragli di aver dimenticato di portare dei regalini per i piccoli.

Quando entrò in salotto, Louis gli saltò al collo. Emily alzò appena la testa, stava terminando un disegno con «zia Danièle».

*

Sophie aveva mangiato l'antipasto a Sidney, tagliato la sogliola a Perth, e si gustava una crème caramel visitando Brisbane. Era deciso, un giorno sarebbe andata in Australia. Bob Walley non avrebbe potuto, ahimè, farle da guida per molto. Il suo giro del mondo già l'indomani l'avrebbe portato in Messico. Un villaggio turistico in riva al mare gli aveva promesso un impiego da istruttore di vela per sei mesi. Poi, non sapeva, la vita guidava i suoi passi. Sognava l'Argentina, secondo i suoi mezzi avrebbe raggiunto il Brasile, il Panamá. La costa occidentale degli Stati Uniti sarebbe stata la prima tappa del viaggio che avrebbe fatto l'anno dopo. Aveva appuntamento con degli amici la primavera successiva per inseguire la grande onda.

«Dove esattamente sulla costa occidentale?» domandò Sophie.

«Da qualche parte tra San Diego e Los Angeles.»

«Ha delle destinazioni precise», ironizzò Sophie, ridendo di gusto. «Come fa a ritrovarsi, con i suoi amici?»

«Con il passaparola, finiamo sempre col sapere dove incontrarci. Il mondo dei surfisti è una piccola famiglia.»

«E dopo?»

«San Francisco, passaggio obbligatorio sotto il Golden Gate con una vela, poi cercherò un cargo che accetti di imbarcarmi e filerò verso le Hawaii.»

Bob Walley contava di rimanere almeno due anni nel Pacifico: c'erano così tanti atolli da scoprire... Al momento di chiedere il conto, Enya disse al giovane surfista di non dimenticare la tavola che lui le aveva affidato. Lo aspettava contro il muro, all'ingresso dell'office.

«Non hanno voluto custodirgliela in albergo?» domandò Sophie.

«Avevo parlato di una stanza a buon mercato...» rispose Bob, con un certo imbarazzo.

Per continuare il viaggio, doveva tirare la cinghia al massimo. Non poteva spendere per il letto di una notte ciò che gli avrebbe permesso di vivere quasi un mese in Sudamerica. Ma Sophie non doveva preoccuparsi. Il tempo era bello, i parchi di Londra magnifici e lui adorava dormire sotto le stelle. C'era abituato.

Sophie ordinò due caffè. Un esploratore australiano che partiva per il Messico e che sarebbe tornato soltanto il secolo successivo... Non preoccuparsi che passasse la notte all'addiaccio?... Voleva dire non conoscerla! D'un tratto si sentiva responsabile d'averlo indirizzato male quella mattina; era comunque un po' colpa sua se quel bel giovane non aveva potuto trovare da dormire a un prezzo ragionevole... Che bella la fossetta che aveva in mezzo al mento... Per togliermi il senso di colpa e soltanto per togliermi il senso di colpa... Incredibile come s'incava quando lui sorride... E che belle mani... Se soltanto sorridesse ancora una volta, un'altra volta sola... Bisogna soltanto farsi un po' di coraggio... Dopotutto, non dev'essere così difficile dirlo...

«Lei non conosce la zona e si capisce, ma a Londra può venire a piovere da un momento all'altro... soprattutto di notte... e, quando piove, piove davvero forte...»

Sophie fece scivolare di soppiatto il conto sulle ginocchia, l'appallottolò e lo buttò sotto il tavolo. Fece cenno a Enya che sarebbe passata a pagarlo l'indomani.

*

Un po' più tardi, mentre Bob Walley cedeva il passo a Sophie entrando nel suo appartamento, John Glover faceva lo stesso con Yvonne sulla soglia della suite che aveva prenotato al Carlton, e, quando Mathias infilò la chiave nella serratura di casa, fu Antoine ad aprirgli la porta. Antoine che aveva appena accompagnato Danièle al taxi...

*

Le immagini sfilavano a ritroso a tutta velocità. Audrey schiacciò un bottone al banco di montaggio per interrompere la corsa del nastro. Sullo schermo, riconobbe l'ex officina elettrica, con le quattro gigantesche ciminiere. Sul piazzale, microfono in mano, lei sorrideva; il suo volto era completamente sfocato, ma lei lo ricordava benissimo: sorrideva. Lasciò la poltrona e decise che era ora di scendere a bersi un caffè bollente. La notte sarebbe stata lunga.

*

In piedi davanti al lavandino, Mathias asciugava i piatti. Accanto a lui, Antoine, grembiule allacciato in vita e guanti di gomma, sfregava energicamente un mestolo con la spugnetta.

«Non rovini il legno con la parte ruvida?» domandò Mathias.

Antoine lo ignorò. In tutta la sera non aveva detto una parola. Dopo cena, Emily e Louis, avendo percepito l'aria di temporale, avevano preferito mettersi in disparte a ripassare le lezioni del giorno; prima di andar via, Danièle aveva dato loro dei compiti da fare.

«Sei psicorigido!» urlò Mathias, posando un piatto sullo scolatoio.

Antoine schiacciò il pedale della pattumiera e vi buttò prima il mestolo e poi la spugnetta. Si abbassò per prenderne una nuova in un armadietto.

«D'accordo, ho infranto la tua regola sacrosanta!» proseguì Mathias alzando le braccia al cielo. «Ho avuto bisogno di assentarmi due ore nel tardo pomeriggio, soltanto due misere orette, e mi sono permesso di rivolgermi a un'amica di Yvonne per badare ai bambini, dov'è la tragedia?... Per giunta loro l'adorano.»

«Una babysitter!» bofonchiò Antoine.

«Stai lavando un contenitore usa-e-getta!» disse Mathias.

Antoine si tolse il grembiule e lo buttò a terra appallottolato.

«Ti ricordo che avevamo detto...»

«Avevamo detto che ci saremmo divertiti, non che saremmo stati perennemente in gara con Mastrolindo.»

«Tu non rispetti niente!» esclamò Antoine. «Avevamo fissato tre regole, tre piccolissime regole...»

«Quattro!» puntualizzò Mathias a botta pronta, «e non ho acceso un solo sigaro in casa; dunque, per piacere… E poi mi hai rotto, me ne vado a letto anch'io. Ah, saranno proprio delle belle vacanze! »

« Questo non c'entra con le vacanze. »

Mathias salì le scale e si fermò sull'ultimo gradino.

« Sentimi bene, Antoine, a partire da ora cambio la regola. Agiremo come una coppia normale; se occorre, ci rivolgeremo di nuovo a una babysitter », concluse entrando in camera.

Solo dietro il banco, Antoine si tolse i guanti e guardò i bambini seduti per terra a gambe incrociate. Emily aveva in mano un paio di forbici, Louis prese la colla. Scrupolosamente, incollarono le foto ritagliate sui quaderni e paragonarono i loro collage.

« Cosa state facendo, con precisione? » domandò Antoine.

« Un resoconto della vita in famiglia! » risposero Emily e Louis nascondendo il loro lavoro.

Antoine ebbe un momento d'esitazione.

« È ora di andare a dormire, domani sveglia all'alba per partire per la Scozia. Su, tutti a letto. »

Emily e Louis non si fecero pregare e sistemarono le loro cose. Dopo aver rimboccato le coperte al figlio, Antoine spense la luce e aspettò qualche istante nella penombra.

« Il vostro resoconto sulla vita in famiglia… me lo farete comunque leggere, prima di darlo alla maestra. »

Entrando in bagno, s'imbatté in Mathias che, già in pigiama, si lavava i denti.

« E, per giunta, ti faccio notare che ho pagato io la babysitter! » aggiunse questi posando il bicchiere sulla mensola.

Salutò Antoine e uscì. Cinque secondi dopo, Antoine riapriva la porta per urlare in corridoio:

«La prossima volta pagati anzi delle lezioni di francese: il tuo biglietto di stamattina era pieno di errori d'ortografia!»

Ma Mathias era già chiuso nella sua stanza.

*

Gli ultimi clienti se n'erano andati. Enya chiuse la porta e spense il neon della vetrina. Pulì la sala, si assicurò che le sedie fossero in linea con i tavoli e tornò verso l'ingresso. Verificò un'ultima volta che tutto fosse in ordine e tornò dietro al bancone per svuotare la cassa come le aveva chiesto Yvonne. Fatti i conti, separò l'incasso dalle mance e mise le banconote in una busta. L'avrebbe nascosta sotto il materasso per consegnarla a Yvonne al suo ritorno. Fece per chiudere il cassetto del registratore di cassa, ma era bloccato; insinuò la mano e sentì qualcosa che s'era incastrato sul fondo. Era un vecchissimo portafogli di pelle consunta. Punta da curiosità, Enya lo aprì. Vi trovò un foglio di carta ingiallita.

*7 agosto 1943*

*Figlia mia, mio tenero amore,*

*È l'ultima lettera che ti scrivo. Tra un'ora mi fucileranno. Me ne andrò a testa alta, fiero di non aver parlato. Non preoccuparti per la grande sventura che ci coglie, io morirò soltanto una volta, ma i farabutti che mi spareranno moriranno ogni volta che la storia li nominerà. Io ti lascio in eredità un nome di cui sarai fiera.*

*Volevo raggiungere l'Inghilterra, invece insanguinerò il cortile di una prigione di Francia, ma per te come per quest'ultima le vostre libertà valevano la mia vita. Ho combat-*

*tuto per un'umanità migliore e confido nel fatto che tu realizzerai i sogni che io non farò più.*

*Qualunque cosa tu intraprenda, non desistere mai, la libertà degli uomini ha questo prezzo.*

*Mia piccola Yvonne, ripenso al giorno in cui ti ho portata sulla grande ruota. Eri così bella nel vestitino a fiori! Puntavi il dito sui tetti di Parigi. Ricordo la promessa che avevi fatto. Prima che mi arrestassero, avevo messo via per te in una cassetta di sicurezza un po' di denaro risparmiato; ti servirà. Adesso so che i sogni non hanno prezzo, ma ciò ti aiuterà forse comunque un po' a realizzare il tuo, quando io non ci sarò più. Metto la chiave in questo portafogli, tua madre saprà guidarti dove occorre.*

*Sento i passi che arrivano, non ho paura, se non per te.*

*Ecco, sento la chiave che gira nella serratura della mia cella e io sorrido, pensando a te, figlia mia. Giù in cortile, legato al palo, dirò il tuo nome.*

*Anche se muoio, non ti lascerò mai. Nella mia eternità, tu sarai la mia ragione d'esser stato.*

*Realizza te stessa, sei la mia gloria e il mio orgoglio.*

*Tuo papà che ti ama*

Confusa, Enya piegò la lettera e la rimise a posto. Chiuse il cassetto e spense le luci della sala. Quando salì le scale, le parve che dietro di lei gli scalini di legno cigolassero sotto i passi di un padre che non aveva mai lasciato veramente la figlia.

# XIV

Ognuno s'era incaricato di svegliare il padre dell'altro. Louis saltava a piedi uniti sul letto di Mathias ed Emily aveva tolto bruscamente il piumino da quello di Antoine. Un'ora dopo, a furia di urla e reprimende – Mathias non trovava i biglietti, Antoine non era sicuro d'aver chiuso il rubinetto del gas –, il taxi si dirigeva infine verso l'aeroporto di Gatwick. Bisognò attraversare il terminal di corsa per riuscire a imbarcarsi – ultimi – prima della chiusura dei cancelli. Il Boeing 737 della British Midland atterrò in Scozia all'ora di colazione. Mathias aveva pensato, arrivando a Londra, che cercare di parlare in inglese sarebbe stato per lui un inferno, ma il suo incontro con l'addetto al noleggio di auto dell'aeroporto di Edimburgo gli rivelò che fino a quel momento aveva conosciuto soltanto il purgatorio.

«Non capisco una parola di quello che dice 'sto qua. Una macchina è una macchina, no? Potrei giurare che ha una caramella in bocca!» imprecò Mathias.

«Lascia fare a me, ci penso io», disse Antoine spingendolo da parte.

Mezz'ora dopo, la Kangoo verde-mela imboccava l'autostrada M9 in direzione nord. Quando superarono la città di Linlithgow, Mathias promise un gelato da sei palline al primo dei tre che fosse riuscito a pronunciarne il nome. Dopo essersi persi aggirando Falkirk, arrivarono sul far del buio nella splendida città di Airth, il cui castello sovrasta il fiume Forth. Quella notte avrebbero dormito lì.

Il maggiordomo che li accolse era tanto affascinante quanto orrendo. Il volto pieno di cicatrici, portava una benda sull'occhio sinistro. La sua voce stridula era in netto contrasto con la sua aria di vecchio corsaro. Su richiesta insistente dei bambini e a dispetto dell'ora tarda, accettò volentieri di far visitare loro le parti comuni. Emily e Louis scalpitarono di gioia quando l'uomo aprì le porte di due passaggi segreti che partivano dal salone. Uno permetteva di raggiungere la biblioteca, l'altro le cucine. Portandoli verso l'ultimo piano del torrione, spiegò con la massima serietà che le suite numero 3, 9 e 23 erano più fresche delle altre durante la notte, cosa più che normale dato che erano abitate dai fantasmi. Conformemente alle prenotazioni ricevute, del resto, aveva tenuto libere le ultime due, ciascuna con due letti.

Antoine si chinò all'orecchio di Mathias.

«Toccalo!»

«Ma cosa dici?»

«Ti dico di toccarlo, voglio soltanto controllare che sia vero.»

«Hai bevuto?»

«Guarda che faccia ha... Chi ti dice che non sia uno spettro? Sei stato tu a voler venire qui, arrangiati, fa' come ti pare, sfioralo appena, ma voglio vedere con i miei occhi che la tua mano non gli passa attraverso il corpo.»

«Sei ridicolo, Antoine.»

«Ti avverto, non muovo più un passo se non lo fai.»

«Come vuoi...»

E, approfittando della penombra che regnava in fondo al corridoio, Mathias pizzicò velocemente la natica del maggiordomo che subito sobbalzò.

«Ecco, adesso sei contento?» bisbigliò Mathias.

Interdetto, l'uomo si voltò per fissare a lungo i due compari col solo occhio che gli restava.

«Forse preferite che mettiamo i bambini nella stessa stanza e voi due nell'altra?»

Sentendo trapelare una certa ironia dalla domanda, Mathias, accentuando i toni gravi della voce, confermò subito che ogni padre avrebbe dormito col proprio figlio.

Di ritorno nell'atrio, Antoine si avvicinò a Mathias.

«Posso parlarti solo un minuto?» bisbigliò, portandolo in disparte.

«Cos'altro c'è?»

«Rassicurami, le storie di fantasmi sono una burla? Non credi che questo posto sia davvero infestato?»

«E tu, su una seggiovia sopra le piste, mi domandi se in montagna c'è davvero la neve?»

Antoine tossicchiò e tornò dal maggiordomo.

«A conti fatti, staremo tutti nella stessa stanza, un letto grande per i bambini, un altro per noi, ci stringeremo. E poi, come ha detto lei, fa molto freddo, così eviteremo di ammalarci!»

Emily e Louis erano euforici, le vacanze cominciavano proprio bene. Dopo la cena in sala da pranzo, davanti al camino dove crepitava un fuoco di legna, tutti decisero di coricarsi. Mathias fece strada sulle scale del torrione. La suite che occupavano era magnifica. Due grandi letti a baldacchino, di legno cesellato e ornati di tendaggi rossi, fronteggiavano le finestre che davano sul fiume. Emily e Louis si addormentarono appena spenta la luce. Mathias cominciò a ronfare a metà di una frase. Al primo grido di una civetta, Antoine si appiccicò a lui e non si mosse più per tutta la notte.

*

L'indomani mattina, una colazione abbondante fu servita loro prima della partenza. Già l'auto filava verso la tappa successiva. Ebbero tutto il pomeriggio per visitare il castello di Stirling. L'impressionante edificio era stato costruito su rocce vulcaniche. La guida raccontò loro la storia di Lady Rose. Questa donna bella e inquietante doveva il suo soprannome al colore dell'abito di seta che portava sempre il suo fantasma quando lo si scorgeva.

Alcuni dicevano che fosse Maria, regina di Scozia incoronata nel 1543 nella vecchia cappella, altri preferivano credere che si trattasse di una vedova sconsolata, in cerca dell'ombra del marito, ucciso in terribili combattimenti durante l'assedio condotto da Edoardo I per impadronirsi del castello nel 1304.

I luoghi erano infestati anche dallo spettro di Lady Grey, moglie dell'intendente di Maria Stuarda che salvò quest'ultima da morte certa strappandole di dosso i vestiti che avevano preso fuoco. A ogni apparizione di Lady Grey, nel castello avveniva una disgrazia.

«Quando penso che avremmo potuto trascorrere le vacanze al Club Méditerranée!» borbottò Antoine a questo punto della visita.

Emily gli impose di tacere, non sentiva più quel che diceva la guida.

D'altronde, quella sera, si sarebbe dovuto tendere l'orecchio per ascoltare i passi misteriosi che echeggiavano dai contrafforti. Erano quelli di Margherita Tudor che, ogni notte, aspettava il ritorno del marito Giacomo IV, dato per scomparso nei combattimenti contro gli eserciti di suo cognato Enrico VIII.

«Capisco che lei l'abbia perduto, come raccapezzarsi con tutti quei numeri?» esclamò Mathias.

Stavolta fu Louis a richiamarlo all'ordine.

*

La mattina seguente, Louis ed Emily erano più impazienti che mai. Quel giorno avrebbero visitato il castello di Glamis, ritenuto uno dei luoghi più belli e stregati di Scozia. Il custode era raggiante nell'accoglierli, la guida in carica era malata, ma lui ne sapeva molto di più. Di stanza in corridoio, e di corridoio in torrione, il vecchio dalla schiena curva spiegò loro che la regina madre aveva abitato lì da bambina. C'era tornata per dare alla luce l'incantevole principessa Margaret. La storia del castello risaliva però alla notte dei tempi, era stato anche la dimora del più infame dei re di Scozia, Macbeth!

Le pietre, lì, ospitavano una ridda di fantasmi.

Approfittando di una pausa – le scale della torre dell'orologio avevano stremato le gambe della loro guida –, Mathias si scostò dal gruppo. Con sua grande disperazione, si accorse che il cellulare non aveva campo. L'ultimo messaggio che era riuscito a inviare a Audrey risaliva a due giorni prima. Diretti verso altre stanze, vennero a sapere che lì si poteva vedere lo spettro di un giovane servo, morto di freddo nei fossati, nonché quello di una donna senza lingua che strisciava nei corridoi sul far della sera. Il più grande dei misteri era però quello della stanza scomparsa. Dall'esterno del castello, se ne vedeva perfettamente la finestra, ma dall'interno nessuno riusciva a trovarne l'accesso. La leggenda raccontava che il conte di Glamis stava giocando a carte in compagnia di amici e aveva rifiutato d'interrompere la partita quando l'orologio della torre aveva annunciato l'arrivo della domenica. Uno straniero con indosso una cappa nera s'era allora unito ai giocatori. Quando un servo era arrivato col cibo, aveva scoperto il suo padrone intento a giocare con il diavolo in mezzo a un cerchio di fuoco. La stanza era stata murata e se ne era perso per sempre l'ingresso. Ma la guida aggiunse, concludendo la visita, che quella sera, dalla loro camera, avrebbero potuto sentire il rumore delle carte distribuite.

Di ritorno nei viali del parco, Antoine fece una confessione: non ne poteva più di quelle storie di spettri e non era il caso che un giovane servo congelato gli portasse il vassoio col cibo, qualora lui avesse avuto la malaugurata idea di chiamare il *room service* durante la notte; per non parlare, poi, di una donna senza lingua come vicina di pianerottolo...

Furioso, Louis obiettò che lui, suo padre, non sapeva niente di niente di fantasmi, e, siccome Antoine proprio non capiva cosa intendesse dire, Emily arrivò alla riscossa.

«Spettri e fantasmi non sono la stessa cosa. Se ti fossi minimamente informato, sapresti che esistono tre categorie di fantasmi: i luminosi, i soggettivi e gli oggettivi, e che, anche se possono metterti addosso una fifa matta, sono tutti inoffensivi; gli spettri, invece, come li chiami tu facendo confusione, quelli sono dei morti viventi e sono cattivi. Dunque, come vedi, non puoi metterli insieme, perché non sono la stessa cosa!»

«Sentite, ectoplasmi o cataplasmi, io stasera dormo in un Holiday Inn! E poi, potrei sapere da quando in qua siete esperti di fantasmi, tutt'e due?» rispose Antoine, guardando i bambini.

Mathias intervenne subito.

«Non vorrai lamentarti perché i bambini sono istruiti, adesso!»

Mathias tormentava il cellulare in fondo alla tasca dell'impermeabile. In un albergo moderno, avrebbe avuto più possibilità di fare una chiamata: doveva soccorrere il suo amico, adesso o mai più. Annunciò ai due bambini che, quella sera, ciascuno avrebbe avuto una stanza per sé. Anche se i letti dei castelli scozzesi erano immensi, lui non dormiva più bene da quando divideva il suo con Antoine... le guide potevano dire quello che volevano sul freddo: lui aveva avuto un caldo bestiale nelle ultime notti.

E quando si avviarono verso l'auto, camminando davanti a Louis ed Emily che non volevano darsi per vinti, i fantasmi del posto avrebbero potuto sentire una strana conversazione...

«Sì, ti giuro che mi stai attaccato... Prima ti muovi in continuazione e poi ti appiccichi!»

«No che non mi appiccico!... In compenso, tu russi!»

«Ah, questa poi mi sorprende, nessuna donna mi ha mai detto che russo.»

«Ah, davvero, e a quando risale la tua ultima notte con una donna? Già Caroline Leblond diceva che russavi.»

«Ma sta' zitto!»

*

La sera, mentre prendevano le stanze all'Holiday Inn, Emily chiamò la mamma per raccontarle della giornata al castello. Valentine era felicissima di sentire la sua voce. Certo che le mancava, baciava la sua foto tutte le sere prima di addormentarsi, e in ufficio guardava sempre il disegnino che Emily le aveva infilato nel portadocumenti. Sì, anche per lei il tempo non passava; sarebbe venuta presto, forse addirittura quel fine settimana, dopo il suo ritorno dalla Scozia. Bastava che le passasse suo papà, dato che era lì accanto, e avrebbe organizzato tutto con lui. Doveva partecipare a un seminario sabato, ma avrebbe preso direttamente il treno uscendo. Promesso, sarebbe andata a prenderla domenica mattina e avrebbero passato la giornata loro due da sole... Sì, come quando vivevano insieme. Ora lei doveva pensare soltanto ai bei castelli e godersi quelle splendide vacanze che le offriva suo padre... E Antoine... sì... naturalmente!

Mathias parlò con Valentine e ripassò il telefono alla figlia. Quando Emily riattaccò, Mathias fece cenno ad Antoine di guardare di soppiatto Louis. Il bambino s'era seduto solo soletto davanti alla televisione, fissando lo schermo... ma l'apparecchio era spento.

Antoine prese il figlio in braccio e gli fece un sacco di coccole, coccole che contenevano l'amore di quattro braccia insieme.

*

Approfittando del fatto che Antoine faceva il bagno ai bambini, Mathias tornò alla reception, con la scusa di aver dimenticato il maglione nella Kangoo.

Nell'atrio riuscì, a forza di gesticolare e balbettare, a farsi capire dal portiere. Purtroppo, l'albergo possedeva un solo computer, nell'ufficio contabilità, e i clienti non potevano accedervi per inviare della posta elettronica. In compenso, l'impiegato si offrì molto amabilmente di inviare una e-mail per suo conto, non appena il proprietario dell'albergo avesse voltato le spalle. Pochi minuti dopo, Mathias gli consegnò un testo scarabocchiato su un pezzo di carta.

All'una di notte, Audrey riceveva la seguente e-mail:

*Sono partato in Scossa con i bambini, torna sabato prossima, impassibile comunicare conte. Mi manci tontissimo. Matthiew.*

E l'indomani mattina, mentre Antoine era già al volante della Kangoo, i bambini seduti dietro con le cinture allacciate, il centralinista attraversò il parcheggio dell'albergo di corsa per consegnare una busta a Mathias.

*Caro Matthiew,*

*Mi preoccupavo anch'io di non poterti parlare, spero che tu faccia un bel viaggio, amo moltissimo la Scossa e gli Scossoni. Verrò a trovarti presto, anche tu mi manci... mattissimo.*

*Tua Hepburn.*

Felice, Mathias piegò il foglio e se lo mise in tasca.

«Cos'era?» domandò Antoine.

«Una copia del conto dell'albergo.»

«Ah, io pago e la ricevuta la danno a te!»

«Tu non puoi detrarla dalle tasse, io sì! E poi smettila di parlare e guarda la strada, secondo la carta, devi prendere la prossima a destra... *Destra*, ho detto, perché vai a sinistra?»

«Perché hai la cartina alla rovescia, coglione!»

*

L'auto saliva verso nord, diretta alle Highlands; si sarebbero fermati nello splendido paesino di Speyside, famoso per le distillerie di whisky, e dopo pranzo sarebbero andati a visitare il celebrato castello di Cawdor. Emily raccontò che era superinfestato, in primo luogo da un ectoplasma misterioso tutto vestito di seta viola, poi dal celebre John Campbell di Cawdor e, infine, dalla tristissima donna senza mani. Apprendendo chi era il terzo abitante del posto, Antoine inchiodò e l'auto partì in una scivolata di oltre cinquanta metri.

« Cosa ti prende? »

« Dovete scegliere, e subito! O si pranza o si va a vedere la donna coi moncherini, ma io non faccio entrambe le cose! Quando è troppo è troppo! »

I bambini scossero il capo, astenendosi da ogni altro commento. Si prese una decisione all'unanimità: Antoine era esentato dalla visita, li avrebbe aspettati in albergo.

Appena arrivati, Emily e Louis corsero verso il negozio di souvenir, lasciando Antoine e Mathias soli al tavolo.

« Ciò che mi affascina è che da tre giorni dormiamo in posti che sono l'uno più angosciante dell'altro e pare che tu ci provi gusto! Stamattina, durante la visita al castello avevi un'età mentale di quattro anni », disse Antoine.

« A proposito di gusto », replicò Mathias leggendo il menu, « vuoi prendere il piatto del giorno? È sempre bene assaggiare le specialità locali. »

« Dipende... Cos'è? »

« Haggis. »

« Non so proprio che roba sia, ma vada per l'haggis », disse Antoine alla padrona che prendeva le ordinazioni.

Dieci minuti dopo, la donna gli posò davanti una pancia di pecora ripiena e Antoine cambiò parere. Due uova al tegamino sarebbero andate benissimo, non aveva più molta fame. Alla fine del pranzo, Mathias e i bambini partirono per la loro visita, lasciando solo Antoine.

Al tavolo accanto al suo, un giovane e la sua compagna facevano progetti per il futuro. Tendendo l'orecchio, Antoine capì che il suo vicino era architetto come lui e che, solo a tavola, si annoiava a morte: due buone ragioni per attaccare discorso.

Si presentò e l'uomo gli domandò se era francese, come gli era parso d'indovinare. Antoine non doveva offendersi, il suo inglese era perfetto, ma, essendo vissuto lui stesso alcuni anni a Parigi, non gli era difficile identificare la leggera inflessione.

Antoine adorava gli Stati Uniti e volle sapere da quale città venivano: anche lui aveva riconosciuto il loro accento.

La coppia era originaria della costa occidentale, viveva a San Francisco e si stava godendo delle meritate vacanze.

« È venuto in Scozia per vedere fantasmi e scheletri? » domandò Antoine.

« No, per questo ho tutto l'occorrente a casa, mi basta aprire gli armadi », rispose il giovane, guardando la compagna.

Costei, a mo' di risposta, gli assestò un calcio sotto il tavolo.

Lui si chiamava Arthur, lei Lauren, e percorrevano l'Europa seguendo quasi alla lettera l'itinerario raccomandato da una coppia di loro vecchi amici, Georges Pilguez e la sua compagna, che erano tornati entusiasti dal viaggio che avevano fatto l'anno prima. Del resto, proprio nel corso di quel viaggio si erano sposati in Italia.

« E anche voi siete venuti qui per sposarvi? » domandò Antoine, punto da curiosità.

« No, non ancora », rispose la splendida giovane.

« Però festeggiamo un altro lieto evento », riprese il suo vicino. « Lauren è incinta, aspettiamo un figlio per la fine dell'estate. Non bisogna dirlo: per il momento è un segreto. »

« Non voglio che lo sappiano al Memorial Hospital, Arthur! » disse Lauren.

Si rivolse ad Antoine e si confidò.

« Sono appena passata di ruolo, preferisco evitare che

nei corridoi si cominci a parlare di assenteismo. È comprensibile, no? »

« È stata nominata caposervizio l'estate scorsa e il suo mestiere la ossessiona un po' », riprese Arthur.

La conversazione si prolungò: la giovane dottoressa aveva la battuta pronta come nessuno; Antoine era meravigliato dalla complicità che la legava al suo compagno. Quando i due si scusarono – avevano molta strada da fare –, Antoine si congratulò con entrambi per il bambino e promise loro d'essere discreto. Se mai un giorno avesse visitato San Francisco, sperava di non avere alcun motivo per recarsi al Memorial Hospital.

« Chi può dirlo? Creda a me... la vita ha molta più fantasia di noi! »

Accomiatandosi, Arthur gli dette il biglietto da visita, facendosi promettere che si sarebbe fatto vivo, se un giorno fosse andato in California.

*

Mathias e i bambini tornarono dalla loro escursione pomeridiana pazzi di gioia. Peccato che Antoine non fosse andato con loro: il castello di Cawdor era magnifico.

« Ti andrebbe di scoprire San Francisco l'anno prossimo? » domandò Antoine, quando si rimisero in viaggio.

« Gli hamburger non fanno per me », rispose Mathias.

« Nemmeno l'haggis fa per me, eppure sono qui. »

« Bah, allora vedremo l'anno prossimo. Non puoi andare un po' più veloce, stiamo facendo la muffa! »

L'indomani filarono verso sud e fecero una lunga sosta sulle rive del Loch Ness. Mathias scommise cento sterline che Antoine non avrebbe avuto il fegato d'immergere un piede nel lago, e vinse la scommessa.

Il venerdì mattina, le vacanze finivano già. All'aeroporto di Edimburgo, Mathias tempestò Audrey di messaggi. Ne mandò uno nascondendosi dietro un espositore di giornali, altri due dalla toilette dov'era dovuto tornare a prendere una borsa « dimenticata » ai piedi del lavandino, un quarto mentre Antoine passava il controllo dei bagagli, un quinto stando alle sue spalle, mentre scendevano la passerella che portava all'imbarco, e un ultimo mentre Antoine sistemava i giubbotti dei bambini negli scomparti dei bagagli. Audrey era felice di saperlo di ritorno, aveva una voglia matta di vederlo, sarebbe venuta presto.

Nell'aereo che li riportava a casa, Antoine e Mathias litigarono – come all'andata – per decidere chi doveva sedersi vicino all'oblò.

Ad Antoine non piaceva sentirsi incastrato in fondo alla fila, Mathias gli ricordava che lui soffriva di vertigini.

« Nessuno soffre di vertigini in aereo, è arcinoto, racconti palle », sbraitò Antoine, sedendosi controvoglia.

« Quando guardo la punta dell'ala, a me vengono! »

« Allora ti basta non guardarla: in ogni modo, mi spieghi che interesse c'è a guardare la punta di un'ala? Hai paura che si stacchi? »

« Non ho paura di un bel niente! Sei tu che hai paura che l'ala si stacchi, per questo non vuoi sederti vicino all'oblò. Chi è che stringe i pugni quando c'è una turbolenza? »

*

Di ritorno a Londra, Emily riassunse alla perfezione l'amicizia che legava i due uomini. Scrisse sul suo diario che Antoine e Mathias erano assolutamente identici... ma in momenti molto diversi, e stavolta Louis non aggiunse nulla a margine.

# XV

Nell'ufficio del direttore del giornale, quel venerdì mattina, Audrey apprese una notizia che la rese folle di gioia. La redazione della rete, soddisfatta del suo lavoro, aveva deciso di dare maggior rilievo al suo servizio. Per completare il reportage, doveva recarsi nella città di Ashford, dove si era insediata parte della comunità francese. Per realizzare le interviste, la cosa migliore era andare a conoscere le famiglie il sabato mattina all'uscita dalle scuole. Audrey ne avrebbe approfittato anche per rifare alcune delle riprese inutilizzabili a causa di un problema di cui il direttore non capiva niente. In tutta la sua carriera non aveva mai sentito parlare di un «mirino che falsa le inquadrature», ma c'era una prima volta per tutto... Un cameraman professionista l'avrebbe raggiunta a Londra. Lei aveva giusto il tempo di correre a casa a fare la valigia: il suo treno partiva di lì a tre ore.

*

La porta della libreria s'era aperta, ma Mathias non aveva ritenuto opportuno lasciare il retrobottega; a quell'ora della giornata la maggior parte dei clienti che aspettavano l'ora di uscita dei bambini dalla scuola entravano da lui per sfogliare qualche rivista e uscivano dopo pochi minuti senza aver acquistato nulla. Soltanto quando sentì una voce dal timbro leggermente rauco domandare se aveva un Lagarde e Michard sull'Ottocento lasciò cadere il libro che aveva in mano e si precipitò di là.

Si guardarono, ciascuno sorpreso della gioia di ritrovare l'altro; una sorpresa che per Mathias era assoluta. Prese Audrey tra le braccia e stavolta fu lei ad avere quasi le vertigini. Quanto tempo poteva fermarsi?... Perché parlare già di partenza quand'era appena arrivata?... Perché il tempo gli era sembrato lunghissimo... Quattro giorni soltanto... erano pochi. Lei aveva nella tasca dell'impermeabile la chiave dell'appartamento di Brick Lane... Sì, lui avrebbe trovato qualcuno che badasse a Emily, ci avrebbe pensato Antoine. Antoine? L'amico con cui era andato in vacanza... ma basta chiacchiere! Era così felice di vederla, voleva sentire la sua, di voce... Lei doveva confessargli una cosa, si vergognava un po'... ma con tutte le difficoltà che aveva avuto a comunicare con lui mentre era in Scozia... non era facile dirlo... oh, ma tanto valeva ammetterlo: aveva finito col credere che lui fosse sposato, che le mentisse... tutti quei messaggi che arrivavano sempre prima di cena, e, subito dopo, quei silenzi che si protraevano per tutta la serata... era dispiaciuta, colpa delle ferite del passato... Certo che lui non se la prendeva... al contrario, adesso era tutto chiaro, era molto meglio quando le cose erano chiare. Certo che Antoine sapeva di loro due, in viaggio Mathias non aveva mai smesso di parlargli di lei... E lui moriva dalla voglia di conoscerla... forse non quel fine settimana, dato che avevano il tempo contato... voleva passarlo tutto con lei soltanto. Audrey sarebbe tornata verso sera, adesso aveva appuntamento a Pimlico con un cameraman che doveva accompagnarla ad Ashford. Ahimè, sì, si sarebbe assentata l'indomani e forse anche domenica, era vero, avrebbero avuto soltanto due giorni, tolti quelli... E bisognava proprio che andasse via di corsa, era già in ritardo. No, non poteva accompagnarla lui ad Ashford, la rete aveva preteso un operatore professionista... Non c'era ragione di fare quella faccia, il suo collega era sposato e stava per diventare padre... Doveva lasciarla andare, o sarebbe mancata all'appuntamento... Anche lei voleva baciarlo ancora. Si sarebbero rivisti al bar d'Yvonne... verso le otto.

*

Audrey salì su un taxi e Mathias si precipitò al telefono. Antoine era in riunione, ma bastava che McKenzie lo avvertisse di far cenare i bambini e gli raccomandasse di non aspettarlo. No, niente di grave; un amico parigino di passaggio a Londra gli aveva fatto la sorpresa di entrare nella sua libreria. La moglie lo aveva appena lasciato e pretendeva l'affido dei figli. Era un uomo distrutto: Mathias doveva occuparsi di lui, quella sera. Sì, aveva pensato di portarlo a casa, ma non era una buona idea... per via dei bambini. McKenzie era assolutamente d'accordo con Mathias, sarebbe stata una pessima idea! Era sinceramente dispiaciuto per l'amico di Mathias, che cosa triste... E, a proposito di bambini, come l'avevano presa quelli del suo amico?

«Senta, McKenzie, stasera glielo domando e domani la richiamo per metterla al corrente!»

McKenzie tossicchiò nell'apparecchio e promise di trasmettere il messaggio. Mathias riattaccò per primo.

*

Audrey arrivò all'appuntamento in ritardo. Il cameraman ascoltò ciò che si aspettava da lui e domandò se poteva sperare di tornarsene a casa la sera stessa.

Audrey non era più desiderosa di lui di dormire ad Ashford, ma il lavoro lo esigeva. Presero appuntamento per l'indomani sul marciapiede della stazione, alla partenza del primo treno.

Di ritorno nel quartiere, andò da Mathias. Nella libreria c'erano tre clienti; dalla strada, lei gli indicò che lo aspettava da Yvonne.

Audrey andò a sedersi al bancone.

«Le tengo un tavolo?» domandò Yvonne.

Audrey non sapeva se avrebbe cenato lì. Preferiva aspettare al bar. Ordinò da bere. Il ristorante era deserto e Yvonne si avvicinò per conversare con lei e ammazzare la noia.

«Lei è la giornalista che fa le inchieste su di noi...» disse Yvonne. «Per quanto si ferma, stavolta?»

«Soltanto pochi giorni.»

«Allora mi raccomando: questo fine settimana non si perda la grande festa dei fiori a Chelsea», disse Sophie che si era appena seduta accanto a lei.

L'evento, che aveva luogo soltanto una volta l'anno, presentava le creazioni dei maggiori floricoltori e vivaisti del paese. Si sarebbero potute vedere e acquistare nuove varietà di rose e di orchidee.

«La vita sembra meravigliosa da questa parte della Manica», disse Audrey.

«Dipende tutto dalla persona», le fece eco Yvonne, «però devo ammettere che, quando uno si è fatto la sua tana nel quartiere, non ha più una gran voglia di uscirne.»

Yvonne aggiunse, con grande gioia di Sophie, che con l'andar del tempo gli abitanti di Bute Street erano diventati una specie di grande famiglia.

«In ogni caso, pare che formiate una bella banda di amici», riprese Audrey guardando Sophie. «Vivete tutti qui da molto tempo?»

«Alla mia età, non si fanno più conti: Antoine ha aperto il suo studio qui un anno dopo la nascita del figlio, e l'arrivo di Sophie risale a poco tempo dopo, se la memoria non m'inganna.»

«Otto anni!» precisò Sophie bevendo dal bicchiere con la cannuccia. «E Mathias è l'ultimo arrivato», concluse.

Yvonne si rimproverava per averlo quasi dimenticato.

«È vero che è qui soltanto da poco», la scusò Sophie.

Audrey arrossì.

«Ha fatto una strana faccia, ho detto qualcosa...?» domandò Yvonne.

«No, niente di particolare. In verità, ho avuto occasione di intervistare anche lui, e mi ero fatta l'idea che vivesse in Inghilterra da sempre.»

«È arrivato il 2 febbraio, per la precisione», dichiarò Yvonne.

Non avrebbe mai potuto dimenticare quella data. Quel giorno, John era andato in pensione.

«Il tempo è relativo», aggiunse. «Mathias avrà la sensazione che il suo trasferimento risalga a molto più indietro nel tempo. Ha avuto un po' di delusioni sistemandosi qui.»

«Quali?» domandò con discrezione Audrey.

«Mi ucciderebbe se ne parlassi. Oh, e comunque è il solo a ignorare che lo sanno tutti.»

«Credo che tu abbia ragione, Yvonne, Mathias ti ucciderebbe!» la interruppe Sophie.

«Forse, ma tutti questi segreti di pulcinella mi irritano, e poi oggi ho voglia di esprimermi», riprese la padrona del locale versandosi un altro bicchiere di bordeaux. «Mathias non si è mai rimesso dalla separazione con Valentine... la madre di sua figlia. E, sebbene lui sia pronto a giurare il contrario, in gran parte è venuto a Londra per riconquistarla. Ma non ha avuto fortuna, Valentine si è fatta trasferire a Parigi nel momento stesso in cui lui metteva piede qui. Me ne vorrà ancor di più perché dico questo, ma penso che la vita gli abbia fatto un gran favore. Valentine non tornerà.»

«Adesso credo che te ne vorrà proprio», ripeté Sophie per togliere la parola a Yvonne. «Tutte queste storie non interessano sicuramente alla signorina.»

Yvonne guardò le due donne sedute nel suo bar e si strinse nelle spalle.

«Probabilmente hai ragione, e poi ho da fare.»

Prese il bicchiere e tornò verso l'office.

«Il succo di pomodoro lo offre la casa», annunciò allontanandosi.

«Sono spiacente», disse Sophie, imbarazzata. «Yvonne di solito parla pochissimo... salvo quando è triste. E, a guardare la sala, la serata non si annuncia animatissima.»

Audrey restò in silenzio. Posò il bicchiere sul banco.

«Non sta bene?» domandò Sophie. «È molto pallida.»

«Sono io a essere dispiaciuta, è colpa del treno, ho avuto la nausea per tutto il viaggio», rispose Audrey.

Doveva chiamare a raccolta tutte le sue forze per nascondere quel peso che adesso le opprimeva il petto. Non dipendeva dal fatto che Yvonne le avesse rivelato perché Mathias aveva lasciato Parigi. Nell'udire il nome Valentine, si era sentita proiettata nel cuore di un'intimità che non le apparteneva, e il morso era dolorosissimo.

«Devo avere una faccia terribile...» disse Audrey.

«No, sta già riprendendo colore», la rincuorò Sophie. «Venga con me, andiamo a fare due passi.»

La invitò a darsi una rinfrescata nel suo retrobottega.

«Ecco, adesso non si vede quasi più niente», disse Sophie. «Dev'esserci qualche virus nell'aria, anch'io sento un po' di nausea da stamattina.»

Audrey non sapeva come ringraziarla. Mathias entrò nel negozio.

«Sei qui? Ti ho cercata dappertutto.»

«Avresti dovuto cominciare da qui, io ci sono sempre», rispose Sophie.

Ma Mathias guardava Audrey.

«Ero venuta ad ammirare i fiori, aspettandoti», disse quest'ultima.

«Andiamo?» domandò Mathias. «Ho già chiuso la libreria.»

Sophie taceva, il suo sguardo passava da Audrey a Mathias e da Mathias ad Audrey. E, quando uscirono entrambi, non poté fare a meno di pensare che Yvonne aveva visto giusto. Se un giorno Mathias fosse venuto a conoscenza delle sue rivelazioni, avrebbe avuto davvero voglia di ucciderla.

Il taxi risaliva Old Brompton Road. All'incrocio con Clareville Grove, Mathias indicò la propria casa.

«Sembra grande», disse Audrey.

«Ha fascino.»

«Me la farai visitare, un giorno?»

«Sì, un giorno...» rispose Mathias.

Lei posò la testa contro il finestrino. Mathias le accarezzava la mano, Audrey era silenziosa.

« Sei sicura di non voler andare a cena? » domandò lui. « Hai un'aria strana. »

« Ho la nausea, ma passerà. »

Mathias propose di camminare un po', l'aria della sera le avrebbe fatto bene. Il taxi li lasciò lungo il Tamigi. Sedettero su una panchina, in fondo al molo. Davanti a loro, le luci dell'Oxo Tower si rispecchiavano nel fiume.

« Perché hai deciso di venire qui? » domandò Audrey.

« Perché, dopo il nostro fine settimana, ci sono tornato più volte. È un po' il nostro posto. »

« Non era questo che intendevo, ma non ha più importanza. »

« Cosa c'è che non va? »

« Niente, ti assicuro, mi sono passate per la mente un sacco di stupidaggini, ma adesso le ho scacciate. »

« Allora ti è tornato l'appetito? »

Audrey sorrise.

« Credi che un giorno potrai salire lassù? » domandò lei, alzando la testa.

All'ultimo piano, le finestre del ristorante erano illuminate.

« Un giorno, forse », rispose Mathias, trasognato.

Portò Audrey verso la via pedonale che costeggiava il fiume.

« Qual era il senso della tua domanda di prima? »

« Mi chiedevo perché eri venuto a vivere a Londra. »

« Immagino che fosse per incontrare te », rispose Mathias.

Entrando nell'appartamento di Brick Lane, Audrey portò Mathias verso la stanza. In un letto rifatto in fretta, trascorsero il resto della serata avvinti l'uno all'altro; più il tempo passava, più il ricordo di un brutto momento vissuto al bar di Yvonne si cancellava. A mezzanotte, Audrey aveva fame, il frigorifero era vuoto. Si vestirono a tutta velocità e scesero di corsa verso Spitalfields. Entrarono in uno di quei ristoranti aperti tutta la notte. La clientela era eterogenea. Seduti in fondo, accanto a un tavolo di musicisti, si unirono alla conversazione. E, mentre Audrey s'infiammava, sostenendo contro il parere di tutti che Chet Baker era stato un suonatore di tromba ben più grande di Miles Davis, Mathias se la mangiava con gli occhi.

I vicoli di Londra erano belli, quando lei camminava al suo braccio. Ascoltavano il rumore dei loro passi, giocavano con le ombre che si stiravano sull'asfalto alla luce di un lampione. Mathias accompagnò Audrey fino alla casa di mattoni rossi, si lasciò di nuovo trascinare su e se ne andò soltanto quando lei lo cacciò, a notte fonda: la ragazza prendeva il treno dopo poche ore e aveva davanti una giornata di lavoro intenso. Non sapeva quando sarebbe tornata da Ashford. L'avrebbe chiamato l'indomani: promesso.

Tornato a casa, Mathias trovò Antoine che lavorava alla scrivania.

«Cosa fai ancora in piedi?»

«Emily ha avuto un incubo, mi sono alzato per calmarla e non sono più riuscito a addormentarmi, così mi porto avanti col lavoro.»

«Sta bene?» domandò Mathias, preoccupato.

«Non ti ho detto che stava male, ti ho detto che ha avuto un incubo. Ve la siete cercata, con le vostre storie di fantasmi.»

«Di' un po', hai mica dimenticato perché siamo andati in Scozia, per caso?»

«Il prossimo fine settimana comincio i lavori da Yvonne.»

«Stai lavorando a quello?»

«Anche!»

«Mi fai vedere?» chiese Mathias, togliendosi la giacca.

Antoine aprì la cartella da disegno e stese i piani prospettici davanti al suo amico che si estasiò.

«Sarà magnifico; chissà come sarà contenta, lei!»

«Può esserlo davvero!»

«Sei sempre tu che paghi i lavori?»

«Non voglio che lei lo sappia, è chiaro?»

«Costerà molto?»

«Se non calcolo gli onorari dello studio, diciamo che ci perderò il guadagno di altri due cantieri.»

«E puoi permettertelo?»

«No.»

«Allora, perché lo fai?»

Antoine guardò a lungo Mathias.

«Non è quello che hai fatto tu stasera? Tirare su il morale di un amico che si è fatto piantare dalla moglie, mentre tu stesso soffri da morire per la tua separazione...»

Mathias non rispose, si chinò sui disegni di Antoine e guardò ancora una volta come sarebbe diventata la sala.

«Quante sedie in tutto?» domandò.

«Tante quanti sono i posti. Settantasei!»

«E quanto costa ogni sedia?»

«Perché?» domandò Antoine.

«Perché vorrei regalargliele io...»

«Perché non vai a fumarti un bel sigaro in giardino?» suggerì Antoine, prendendo Mathias per le spalle.

«Hai visto che ore sono?»

«Non metterti a invertire i ruoli: è l'ora migliore di tutte, sta per alzarsi il sole, andiamo?»

Seduto sul muretto, Antoine tirò fuori dalla tasca due Montecristo. Fiutò le fasce, prima di scaldare i sigari alla fiamma di un accendino. Quando ritenne che quello di Mathias fosse pronto, lo tagliò, glielo porse e cominciò a preparare il proprio.

«Chi era il tuo amico in ambasce?»

«Un certo David.»

«Mai sentito!» disse Antoine.

«Sei sicuro? Mi sorprende... Non ti ho mai parlato di David?»

«Mathias... hai del rossetto sulla bocca! Raccontami un'altra palla e faccio tirare su di nuovo la parete.»

*

Audrey dormì lungo tutto il tragitto. Arrivando ad Ashford, il cameraman dovette scuoterla per svegliarla prima che il treno entrasse in stazione. La giornata fu senza respiro, ma l'intesa tra i due molto cordiale. Quando l'uomo le chiese di togliersi la sciarpa che lo intralciava nella messa a fuoco, a lei venne una voglia matta di interrompere le riprese per buttarsi sul cellulare. Il telefono della libreria, però, continuava a dare il segnale di occupato: Louis aveva trascorso gran parte del pomeriggio nel retrobottega, seduto davanti al computer. Scambiava delle e-mail con l'Africa ed Emily gli correggeva tutti gli errori di ortografia. Per lei era un modo di placare l'impazienza che la rodeva ogni ora sempre di più, comprensibilmente...

...La sera, attorno al tavolo, annunciò la notizia. Sua mamma l'aveva chiamata: sarebbe arrivata a tarda notte e avrebbe alloggiato nell'albergo sull'altro lato di Bute Street. Sarebbe venuta a prenderla l'indomani mattina.

Sarebbe stata una domenica favolosa: l'avrebbero trascorsa insieme, loro due e basta.

Alla fine della cena, Sophie prese Antoine in disparte e si offrì di portare Louis alla festa dei fiori di Chelsea. Suo figlio aveva un gran bisogno di un po' di complicità femminile. Quando c'era suo padre, si confidava meno. Sophie leggeva negli occhi del bambino come in un libro aperto.

Colpito, Antoine la ringraziò. E poi cascava a fagiolo, ne avrebbe approfittato per passare la giornata in studio. In tal modo avrebbe ricuperato tutto il ritardo accumulato sul lavoro. Mathias non diceva niente. Dopotutto, che ciascuno organizzasse pure il proprio programmino dimenticandosi di lui, anche lui aveva il suo! Sempreché Audrey tornasse da Ashford... Il suo ultimo messaggio diceva: *Alla peggio, domani nel tardo pomeriggio.*

*

Antoine aveva lasciato la casa all'alba. Bute Street dormiva ancora quando entrò nello studio. Accese la caffettiera, spalancò le finestre e si mise all'opera.

Come promesso, Sophie passò a prendere Louis alle otto. Il bambino aveva insistito per mettersi il blazer, e Mathias, ancora barcollante per il sonno, aveva dovuto sforzarsi di fargli il nodo alla cravattina. La festa dei fiori di Chelsea aveva i suoi rituali ed era d'obbligo essere eleganti. Sophie aveva fatto ridere Emily a crepapelle, quand'era entrata in salotto col suo enorme cappello.

Non appena Louis e Sophie furono usciti, Emily salì a prepararsi. Anche lei voleva essere carina. Avrebbe messo una salopette blu, scarpe da tennis e la maglietta rosa; quand'era vestita così, sua madre diceva sempre che era graziosa da morire. Stavano suonando alla porta. Lei voleva continuare a pettinarsi; tanto peggio, avrebbe fatto aspettare un po' la mamma: dopotutto, lei l'aspettava da due mesi.

Mathias, capelli arruffati, accolse Valentine in accappatoio.

«Sexy!» disse lei, entrando.

«Pensavo che arrivassi più tardi.»

«Sono in piedi dalle sei e da allora giro in tondo per la stanza d'albergo. Emily è sveglia?»

«Si sta mettendo in ghingheri, ma *ssst*, io non ti ho detto niente, probabilmente si sta cambiando per la decima volta, non immagini in che condizioni è la stanza da bagno.»

«Quella bambina ha comunque preso due o tre cose da suo padre», disse Valentine ridendo. «Mi prepari un caffè?»

Mathias si diresse verso la cucina e si mise dietro il bancone.

«Bello, qui!» esclamò la donna guardandosi attorno.

«Antoine ha gusto... Perché ridi?»

«Perché è quello che dicevi di me agli amici che venivano a cena da noi», rispose Valentine sedendosi su uno sgabello.

Mathias riempì la tazza e la posò davanti a Valentine.

«Hai dello zucchero?» domandò la donna.

«Tu non ne metti», disse Mathias.

Valentine percorse la cucina con lo sguardo. Sulle mensole, ogni cosa era in ordine.

«È magnifico ciò che siete riusciti a fare insieme.»

«Prendi in giro?» domandò Mathias versandosi a sua volta un caffè.

«No, sono sinceramente colpita.»

«Te l'ho detto, è in gran parte merito di Antoine.»

«Forse, ma qui si respira allegria, e questo dev'essere in gran parte merito tuo.»

«Diciamo che faccio del mio meglio.»

«E, rassicurami: litigate, comunque, ogni tanto?»

«Antoine e io? Mai!»

«Ti ho chiesto di rassicurarmi!»

«D'accordo, un pochino tutti i giorni!»

«Credi che Emily ne abbia ancora per molto?»

«Cosa vuoi che ti dica... quella bambina ha comunque preso due o tre cose da sua madre!»

«Non hai idea di quanto mi manchi.»

«Sì. A me è mancata per tre anni.»

«È felice?»

«Lo sai benissimo: le telefoni tutti i giorni.»

Valentine si stiracchiò sbadigliando.

«Ne vuoi un'altra tazza?» domandò Mathias, voltandosi verso la caffettiera elettrica.

«Ne avrei bisogno, la mia notte è stata breve.»

«Sei arrivata tardi, ieri?»

«Non tardissimo, ma ho dormito molto poco... impaziente di vedere mia figlia. Sei sicuro che non posso salire a baciarla? È una tortura.»

«Se vuoi rovinarle il piacere, va' pure, altrimenti resisti e aspetti che scenda. Già ieri sera si preparava i vestiti...»

«In ogni caso, ti trovo davvero in forma, anche in accappatoio», disse Valentine, posando la mano sulla guancia di Mathias.

«Sto bene, Valentine, sto bene.»

Valentine giocherellava con uno zuccherino che faceva rotolare sul banco.

«Ho ripreso la chitarra, sai?»

«Buona cosa, ho sempre detto che non avresti dovuto smettere.»

«Pensavo che ieri saresti venuto a trovarmi in albergo, conoscevi la stanza...»

«Non farò più una cosa simile, Valentine...»

«Hai qualcuno?»

Mathias annuì.

«Ed è una cosa così seria da renderti fedele? Allora sei proprio cambiato... È fortunata, lei.»

Emily scese le scale a rotta di collo, attraversò il salotto e saltò al collo della mamma. Madre e figlia si abbracciavano in un vortice di baci, Mathias le guardava, e il sorriso che nasceva sulle sue labbra attestava che gli anni che passano non bastano sempre a cancellare i momenti scritti in due.

Valentine prese la figlia per mano. Mathias le accompagnò. Aprì la porta d'ingresso, ma Emily aveva dimenticato lo zainetto nella sua stanza. Mentre saliva a prenderlo, Valentine l'aspettò sulla scala esterna.

«Te la riporto verso le sei, va bene?»

«Per il picnic con tua figlia, decidi tu, ma sappi che io le taglio via i lati del pane. Be', ora che sei qui tu, fa' pure come vuoi... ma lei preferisce il pane senza crosta.»

Valentine accarezzò la guancia di Mathias.

«Rilassati, ce la caveremo, lei e io.»

E, sporgendosi da sopra la spalla di Mathias, disse a Emily di sbrigarsi.

«Muoviti, cara, stiamo perdendo tempo.»

Ma la piccola già la prendeva per mano, portandola verso il marciapiede.

Valentine tornò da Mathias e gli sussurrò all'orecchio: «Sono felice per te, te lo meriti, sei un uomo stupendo».

Mathias rimase per qualche istante sulla scala a guardare Emily e Valentine che si allontanavano lungo Clareville Grove.

Quando rientrò in casa, il cellulare suonava. Lo cercò dappertutto, senza trovarlo. Finalmente lo vide, posato sul davanzale della finestra, lo afferrò appena in tempo e riconobbe subito la voce di Audrey.

«Di giorno», disse lei in tono mesto, «la facciata è ancora più bella, e tua moglie è davvero splendida.»

La giovane giornalista che aveva lasciato Ashford all'alba per fare una sorpresa all'uomo di cui si era innamorata chiuse il telefonino e lasciò a sua volta Clareville Grove.

# XVI

Nel taxi che la riportava verso Brick Lane, Audrey pensava che forse la cosa migliore sarebbe stata non amare mai più. Poter cancellare tutto, dimenticare le promesse, sputare quel veleno dal sapore di tradimento. Quanti giorni e notti sarebbero occorsi, stavolta, per sanare la ferita? Soprattutto, adesso non bisognava pensare ai fine settimana a venire. Imparare di nuovo a controllare i battiti del cuore quando si crede di vedere l'altro a un angolo di strada. Non abbassare gli occhi se una coppia si bacia su una panchina davanti a voi. E non aspettare mai, mai più, che il telefono suoni.

Vietarsi d'immaginare la vita di colui che si è amato. Per carità, non vederlo ogni volta che chiudiamo gli occhi, non pensare alle sue giornate. Urlare che siamo fuori di noi stessi, che ci hanno ingannati.

Cosa sarà del tempo della tenerezza, delle mani che s'incrociavano quando si camminava insieme?

Nel retrovisore, l'autista vedeva la sua passeggera piangere.

«Tutto bene, signora?»

«No», rispose Audrey in preda ai singhiozzi.

Gli chiese se poteva fermarsi; il taxi si affiancò alla banchina pedonale. Audrey aprì la portiera e si buttò, piegata in due, su un parapetto. E, mentre si svuotava di tutto quel dolore, l'uomo che la accompagnava spense il motore e, senza dire una parola, andò a posarle un braccio goffo sulle spalle. Si limitò a offrirle una presenza. Quando gli parve che il grosso del temporale fosse passato, si rimise al volante, spense il tassametro e la portò fino a Brick Lane.

*

Mathias aveva infilato dei calzoni, una camicia e il primo paio di scarpe da ginnastica che gli era venuto sottomano. Era andato di corsa a Old Brompton Road, ma era arrivato troppo tardi. Perlustrava le strade di Brick Lane, che si somigliavano tutte. Non era quella, né quell'altra nella quale aveva appena svoltato, ancor meno quel vicolo cieco. A ogni incrocio urlava il nome di Audrey, ma nessuno si affacciava alle finestre.

Perso, tornò indietro verso il solo posto che conosceva, il mercato. Un cameriere lo salutò dai tavolini di un bar all'aperto, i viali erano gremiti di gente. Da due ore percorreva il quartiere. Come ultima risorsa, tornò a sedersi su una panchina che gli era familiare. D'un tratto, sentì una presenza alle sue spalle.

«Quando Romain mi ha lasciata, mi ha detto che mi amava ma che doveva vivere con sua moglie. Credi che il cinismo non abbia limiti?» domandò Audrey, sedendosi accanto a lui.

«Io non sono Romain.»

«Sono stata la sua amante per tre anni; trentasei mesi nell'attesa di una promessa che lui non ha mai mantenuto. Cosa c'è che non va in me, perché devo sempre innamorarmi di uomini che amano un'altra? Non ho più forza, Mathias. Non voglio mai più guardare l'orologio dicendomi che colui che amo è appena tornato a casa, si siede al tavolo di un'altra, le dice le stesse parole, fa come se io non esistessi... Non voglio mai più dirmi che ero soltanto un episodio, un'avventura che sarà servita a riavvicinarli, che grazie a me lui ha capito chi amava davvero... Ho perso così tanta dignità che ho finito addirittura con l'aver compassione di lei; te lo giuro, un giorno mi sono sorpresa a sentirmi in collera per le menzogne che lui doveva averle detto. Se lei l'avesse sentito, se avesse visto i suoi occhi, il suo desiderio, quando ci incontravamo di nascosto. Ce l'ho a morte con me stessa per essere stata così stupida. Non voglio mai più sentire la voce di quell'amica che crede di proteggerti e ti dice che anche l'altro s'è sbagliato, che forse era sincero; e soprattutto non voglio, no, non voglio sentirmi dire che è meglio così! Non voglio mai più una mezza vita. Ci ho messo mesi per tornare a credere che anch'io ne meritavo una intera.»

«Io non vivo con Valentine: è venuta soltanto a prendere la bambina.»

«Il peggio, Mathias, non è averla vista baciarti sulle scale, tu in accappatoio, lei, bella come io non sarò mai...»

«Non mi baciava, mi confidava una cosa che non voleva far sentire a Emily», la interruppe Mathias. «E se soltanto sapessi...»

«No, Mathias, il peggio è il modo in cui tu la guardavi.»

E, poiché lui taceva, Audrey lo schiaffeggiò.

Allora Mathias passò il resto del pomeriggio a dirle tutto della sua nuova vita, a parlarle dell'amicizia che lo legava ad Antoine, di tutte quelle differenze sulla quali erano riusciti a costruire una simile complicità. Lei lo ascoltava senza dir nulla, e ancora più tardi, quando le raccontò delle sue vacanze in Scozia, Audrey quasi ritrovò il sorriso.

Quella sera, preferiva stare da sola, era sfinita. Mathias capiva. Propose di andare a prenderla l'indomani, sarebbero andati a cena al ristorante. Audrey accettò l'invito, ma aveva un'altra idea in mente...

*

Quando Mathias arrivò a Clareville Grove, vide il taxi di Valentine sparire in fondo alla strada. Antoine e i bambini l'aspettavano in salotto, Louis aveva trascorso una giornata fantastica con Sophie. Emily era un po' malinconica, ma ritrovò tutta la tenerezza del mondo tra le braccia di suo padre. La serata fu consacrata a incollare le foto delle vacanze negli album. Mathias aspettò che Antoine fosse coricato, bussò alla porta della sua stanza ed entrò.

«Devo chiederti una piccola deroga eccezionale alla regola n. 2, tu non mi farai alcuna domanda e mi dirai di sì.»

# XVII

Un insolito silenzio regnava in casa. I bambini ripassavano le lezioni, Mathias apparecchiava, Antoine cucinava. Emily posò il libro sul tavolo e ripeté sottovoce la pagina di storia che aveva imparato a memoria. Esitando su un paragrafo, batté sulla spalla di Louis, scompostamente chino sul suo foglio.

«Subito dopo Enrico IV, chi c'è stato?» bisbigliò.

«Ravaillac!» rispose Antoine aprendo il frigorifero.

«Ah, no, davvero!» disse Louis, perentorio.

«Domanda a Mathias, vedrai!»

I due bambini si scambiarono un'occhiata di connivenza e risprofondarono subito nei quaderni. Mathias posò la bottiglia di vino che aveva aperto e si avvicinò ad Antoine.

«Cosa ci hai preparato di buono?» domandò in tono mellifluo.

Dal cielo giunse un tuono, una fitta pioggia si mise a battere ai vetri della casa.

«Pausa temporale!» disse Antoine.

*

Più tardi, Emily avrebbe confidato al suo diario che il cibo che suo padre detestava di più al mondo era il gratin di zucchine, e Louis avrebbe aggiunto a margine che, quella sera, suo padre aveva preparato il gratin di zucchine.

*

Suonarono alla porta, Mathias si guardò un'ultima volta nel piccolo specchio dell'ingresso e aprì ad Audrey.

«Entra, presto, sei fradicia.»

Lei si tolse l'impermeabile e lo porse a Mathias. Antoine si rassettò il grembiule e andò ad accoglierla a sua volta. Audrey era irresistibile nel suo vestitino nero.

Anche la tavola apparecchiata per tre era elegante. Mathias servì il gratin e la conversazione si avviò cordialmente. Giornalista nell'intimo, Audrey era solita condurre i dibattiti; per non parlare di sé, il modo migliore era fare molte domande agli altri, strategia tanto più efficace quando il vostro interlocutore non se ne rendeva conto. Alla fine della cena, se Audrey aveva appreso molte cose sull'architettura, Antoine avrebbe avuto delle difficoltà a definire il mestiere di giornalista-reporter indipendente.

Quando Audrey lo interrogò sulle loro vacanze in Scozia, Antoine le mostrò con piacere le foto. Si alzò, prese uno, poi due, poi tre album dalla libreria, prima di tornare a sedersi accanto a lei avvicinando la sedia.

E, di pagina in pagina, gli aneddoti che snocciolava si concludevano tutti con un'occhiata insistita al suo miglior amico e, invariabilmente, con le parole: «Vero, Mathias?»

E, anche se quest'ultimo lottava per reprimere la stizza, preferiva restare in disparte e non turbare la complicità che si andava stabilendo tra Antoine e Audrey.

Alla fine della cena, Emily e Louis ridiscesero, in pigiama, per salutare e fu impossibile rifiutare loro di restare a tavola. Emily sedette accanto ad Audrey e dette subito il cambio ad Antoine. Cominciò a commentare tutte le foto, scattate, queste, l'anno precedente in montagna. A quel tempo, spiegarono Emily e Louis a turno, papà e papà non vivevano ancora insieme, ma si riunivano tutti per le vacanze; salvo per quelle di Natale, che toccavano un anno su due, aggiunse la bambina.

Audrey sfogliava il terzo album, dalla cucina Mathias non la lasciava con gli occhi. Quando sua figlia aveva posato una mano sul braccio di Audrey, un sorriso gli aveva illuminato il volto, ne era certo.

«La sua cena era deliziosa», disse Audrey ad Antoine.

Lui la ringraziò e indicò subito una fotografia, incollata di sbieco.

«Quella è stata fatta un attimo prima che la barella portasse Mathias fuori dalla pista. Quello sotto il passamontagna rosso sono io, i bambini non erano inquadrati. In verità Mathias non s'era fatto niente, era stato soltanto un capitombolo.»

E, siccome Mathias si mangiava le unghie, Antoine ne approfittò per dargli una leggera pacca sulla mano.

«Be', non vorremo risalire alle vacanze dell'asilo», disse Mathias, esasperato, ricominciando a rodersi le unghie. Stavolta, Antoine gli tirò la manica.

«Mousse ai tre cioccolati e scorze d'arancia», annunciò Antoine sottovoce. «Di solito mi chiedono la ricetta, ma oggi non so cos'è successo, s'è sgonfiata», aggiunse, girando il mestolo nella ciotola.

Guardando la sua preparazione, aveva l'aria così dispiaciuta che Audrey intervenne.

«Avete del ghiaccio tritato?» domandò.

Mathias si alzò e riempì una tazza di cubetti.

«È tutto quello che c'è.»

Audrey avvolse i cubetti nel tovagliolo e li sbatté più volte sul piano di lavoro. Quando lo aprì, conteneva una neve densa che lei incorporò subito alla mousse. Dopo pochi giri di spatola, il dolce aveva ripreso consistenza.

«Ecco qua», disse, servendo i bambini, sotto gli occhi allibiti di Antoine.

«Dessert e a letto!» esclamò Mathias rivolto a Emily.

«Avevi promesso loro un film», s'intromise Antoine.

Emily e Louis erano già corsi verso il divano del salotto, Audrey continuava a servire la mousse al cioccolato.

«Non troppa per lui», disse Antoine. «La sera non digerisce bene.»

Antoine non prestava alcuna attenzione a Mathias che gli lanciava delle occhiatacce. Spostò la sedia per permettere a Audrey di passare.

«Lasci che l'aiuti», insisté lei, quando Antoine volle toglierle i piatti di mano.

«Dunque lei è sempre stata giornalista?» continuò Antoine, affabile, aprendo il rubinetto del lavandino.

«Dall'età di cinque anni», rispose Audrey ridendo.

Mathias si alzò, prese il canovaccio dalle mani di Audrey e le suggerì di andare in salotto. Lei si unì ai bambini sul divano. Non appena si allontanò, Mathias si chinò verso Antoine.

«E tu, scemo, sei sempre stato architetto?»

Continuando a ignorarlo, Antoine si voltò per osservare Audrey. Emily e Louis si erano rannicchiati contro di lei, l'inclinazione delle loro teste annunciava l'arrivo del sonno. Antoine e Mathias abbandonarono subito stoviglie e canovacci per andare a metterli a letto.

Audrey li guardò salire le scale, ciascuno portando in braccio il rispettivo angioletto dal volto addormentato. Quando arrivarono sul pianerottolo, nessun adulto vide la strizzata d'occhio complice che s'erano scambiati Louis ed Emily. I due padri ridiscesero pochi minuti dopo. Audrey aveva già rimesso l'impermeabile e aspettava in piedi in mezzo al salotto.

«Devo rientrare, è tardi», disse. «Grazie tante per questa serata.»

Mathias prese l'impermeabile dall'attaccapanni e annunciò ad Antoine che l'accompagnava.

«Sarei felice se un giorno mi desse la ricetta di quella mousse», riprese Audrey, baciando Antoine sulla guancia.

Scese i gradini esterni al braccio di Mathias e Antoine chiuse la porta di casa.

«Troveremo un taxi in Old Brompton Road», disse Mathias. «È stato bello, no?»

Audrey taceva, ascoltando i loro passi echeggiare nella strada deserta.

«Emily ti adora.»

Audrey annuì con un leggero movimento del capo.

«Ciò che voglio dire», aggiunse Mathias, «è che se tu e io...»

«Ho capito quel che volevi dire», lo interruppe Audrey.

Si fermò per guardarlo in faccia.

«Ho ricevuto una telefonata dalla mia redazione questo pomeriggio. Sono diventata titolare.»

«Ed è una buona notizia?» domandò Mathias.

«Ottima! Avrò finalmente la mia trasmissione settimanale... a Parigi», aggiunse, abbassando gli occhi.

Mathias la guardò intenerito.

«E immagino che tu lottassi da un po' per questo...»

«Dall'età di cinque anni...» rispose Audrey con un leggero sorriso.

«Complicata la vita, eh?» riprese Mathias.

«È fare scelte che è complicato», rispose Audrey. «Ritornerai a vivere in Francia?»

«Sei seria?»

«Cinque minuti fa, su quel marciapiede, stavi per dirmi che mi amavi, eri serio?»

«Certo che ero serio, ma c'è Emily...»

«Non chiedo altro che di amarla, Emily... ma a Parigi.»

Audrey alzò la mano, un taxi si affiancò a loro.

«E poi c'è la libreria...» mormorò Mathias.

Lei gli posò la mano sulla guancia e arretrò verso la carreggiata.

«È meraviglioso ciò che avete costruito, tu e Antoine. Sei molto fortunato, tu l'hai trovato, il tuo equilibrio.»

Salì a bordo e chiuse subito la portiera. Dal finestrino aperto, guardava Mathias: aveva l'aria così persa.

«Non telefonarmi, è già difficile così», disse Audrey in tono mesto. «Ho la tua voce sulla segreteria, l'ascolterò ancora per qualche giorno e poi prometto che la cancellerò.»

Mathias andò verso di lei, le prese la mano e la baciò.

«Dunque non potrò più vederti?»

«Sì», rispose Audrey. «Mi vedrai in televisione.»

La ragazza fece cenno all'autista e Mathias guardò il taxi sparire nel buio.

Tornò indietro per la strada deserta. Gli pareva di vedere ancora le tracce dei passi di Audrey sul marciapiede bagnato. Si appoggiò a un albero, si prese la testa tra le mani e si lasciò scivolare lungo il tronco.

Il salotto era illuminato soltanto da una piccola lampada posata sul tavolino rotondo. Antoine aspettava, seduto nella poltrona di pelle. Mathias era appena entrato.

«Confesso che prima ero contro, ma adesso...» esclamò Antoine.

«Ah, sì, adesso...» rispose Mathias lasciandosi cadere nella poltrona di fronte a lui.

«Ah, no, perché lei, davvero... lei è magnifica!»

«Be', bene, se ne sei convinto, tanto meglio!» replicò Mathias a denti stretti.

Si alzò e andò verso le scale.

«Mi domando se non le abbiamo fatto un po' paura...» riprese Antoine.

«Non domandartelo più!»

«Non avremo fatto comunque un po' 'coppia'?»

«Ma no, perché?» domandò Mathias alzando un po' la voce.

Si accostò ad Antoine e gli prese la mano.

«Manco per sogno! E poi, soprattutto, tu non hai fatto nulla per... Fa 'coppia' questo?» domandò, dandogli una pacca sul palmo. «Dimmi pure che non fa coppia», ripeté, colpendo di nuovo. «Lei è talmente magnifica che mi ha appena piantato.»

«Aspetta, non imputare tutto a me, anche i bambini hanno...»

«Chiudi il becco, Antoine!» disse Mathias allontanandosi verso la porta.

Antoine lo raggiunse e lo prese per un braccio.

«Ma cosa credevi? Che non sarebbe stato difficile per lei? Quand'è che la smetterai di vedere la vita soltanto con i tuoi occhietti?»

E, mentre gli parlava dei suoi occhi, li vide riempirsi di

lacrime. La sua rabbia sbollì subito. Antoine prese Mathias per le spalle e lasciò che sfogasse il suo dolore.

«Sono spiacente, amico mio, su, calmati», disse stringendolo a sé, «magari non è detta l'ultima parola...»

«È finita», disse Mathias uscendo di casa.

Antoine lasciò che si allontanasse. Il suo amico aveva bisogno di star solo.

Si fermò all'incrocio di Old Brompton Road, era lì che aveva preso un taxi l'ultima volta con Audrey. Poco lontano, passò davanti al laboratorio di un costruttore di pianoforti; Audrey gli aveva confidato che ogni tanto suonava e che sognava di poter riprendere le lezioni; ma, nel riflesso della vetrina, lui detestò la propria immagine.

I suoi passi lo portarono in Bute Street. Vide il raggio di luce sotto la saracinesca del ristorante di Yvonne, entrò nel vicolo e bussò alla porta di servizio.

*

Yvonne posò le carte sul tavolo.

«Scusate un momento», disse alle sue tre amiche.

Danièle, Colette e Martine borbottarono all'unisono. Se Yvonne lasciava il tavolo, perdeva automaticamente la mano.

«Hai gente?» disse Mathias entrando in cucina.

«Puoi giocare con noi, se vuoi... Conosci già Danièle, è un osso duro ma non fa altro che bluffare, Colette è un po' brilla e Martine è facile da battere.»

Mathias aprì il frigorifero.

«Hai qualcosa da mettere sotto i denti?»

«C'è dell'arrosto di stasera», rispose Yvonne osservando Mathias.

«Propenderei per un dolce... Mi farebbe bene, un po'

di zucchero. Non preoccuparti per me, troverò quel che mi farà felice qui dentro.»

«A giudicare dalla tua faccia, dubito che lo troverai nel mio frigo!»

Yvonne tornò in sala dalle sue amiche.

«Hai perso la mano, vecchia mia», disse Danièle raccogliendo le carte.

«Ha barato», annunciò Colette, versandosi un altro bicchiere di bianco.

«E io?» disse Martine, tendendo il bicchiere. «Qualcuno ti ha detto che non ho sete?»

Colette guardò la bottiglia, c'era ancora di che servire Martine. Yvonne prese le carte dalle mani di Danièle. Mentre le mescolava, le sue tre amiche volsero il capo verso la cucina. E, poiché la padrona di casa non batteva ciglio, si strinsero nelle spalle e si reimmersero nel gioco.

Colette tossicchiò, Mathias era appena entrato, sedette al loro tavolo e le salutò. Danièle gli porse d'autorità le carte.

«La posta quant'è?» domandò Mathias preoccupato, vedendo il denaro ammucchiato sul tavolo.

«Cento e non si parla!» rispose Danièle a botta pronta.

«Passo», annunciò subito Mathias buttando le carte.

Le tre amiche, che non avevano nemmeno avuto il tempo di guardare le loro, gli lanciarono un'occhiata assassina prima di passare a loro volta. Danièle ricompose il mazzo, lo fece tagliare a Martine e ridistribuì. Ancora un volta, Mathias spiegò a ventaglio e annunciò subito che passava.

«Magari tu preferiresti parlare...» suggerì Yvonne.

«Ah, no!» s'inalberò subito Danièle. «Per una volta che non blateri a ogni piè sospinto... si fa silenzio!»

«Non si rivolgeva a Martine, ma a lui!» s'intromise Colette, indicando Mathias col dito.

«Ebbe', non parla nemmeno lui!» riprese Martine. «Basta che io apra bocca e mi mangiate. Da tre giri di seguito, lui passa, dunque che parli puntando e faccia silenzio!»

Mathias prese il mazzo e distribuì le carte.

«Come invecchi male, mia cara», riprese Danièle rivolta a Martine. «Non si tratta di parlare durante la partita, ma di lasciar parlare lui! Non vedi che ha delle pene di cuore?»

Martine ordinò le sue carte e fece dondolare la testa.

«Ah, allora è un altro paio di maniche: se deve parlare, allora che parli, cosa vuoi che ti dica?»

Mise giù un tris d'assi e si prese il piatto. Mathias afferrò il bicchiere e lo vuotò d'un fiato.

«Ci sono persone che fanno due ore di viaggio insieme tutti i giorni per andare al lavoro!» disse parlando tra sé e sé.

Le quattro amiche si guardarono senza dire una parola.

«Parigi è sempre a due ore e quaranta», aggiunse Mathias.

«Ci sorbiamo i tempi di percorrenza tra tutte le capitali europee o giochiamo a poker?» tempestò Colette.

Danièle le dette una gomitata per farla tacere.

Mathias le guardò a una a una, prima di riprendere la sua litania.

«È comunque complicato cambiare città e tornare a vivere a Parigi...»

«È meno complicato che immigrare dalla Polonia nel '34, se vuoi il mio parere!» borbottò Colette scartando una carta.

Stavolta, fu Martine a darle una gomitata.

Yvonne fece gli occhiacci a Mathias.

«Non pareva che tu la pensassi così all'inizio della primavera!» lo rimbeccò.

«Perché dici così?» domandò Mathias.

«Mi hai capita benissimo!»

«Noi in ogni caso non abbiamo capito niente», dissero in coro le sue tre amiche.

«Non è la distanza fisica che rovina una coppia, ma quella che s'instaura nella vita. Per questo hai perso Valentine, non perché l'avevi tradita. Ti amava troppo per non finire col perdonarti, un giorno. Ma tu eri lontanissimo da lei. Sarebbe ora che ti decidessi a crescere un po', cerca almeno di farlo prima che tua figlia sia più matura di te! Adesso, taci! Tocca a te giocare!»

«Magari vado ad aprire un'altra bottiglia», annunciò Colette lasciando il tavolo.

*

Mathias aveva annegato il dolore in compagnia delle quattro 'sorelle Dalton'. Quella sera, salendo i gradini di casa, ebbe una vera sensazione di vertigine.

*

L'indomani, Antoine andò di nuovo a prendere Louis ed Emily a scuola, prima di ripartire subito da casa. Aveva molto da fare in studio per i lavori da Yvonne. E, poiché Mathias faceva jogging al parco per distrarsi, Sophie andò a badare ai bambini per un paio d'ore. Emily pensò che, se suo padre voleva distrarsi, doveva scegliersi qualcosa di meglio: andare a correre al parco non era una cosa molto intelligente nelle sue condizioni. Da quando aveva mangiato il gratin di zucchine, gli era venuta una faccia davvero terribile e le sue vertigini erano peggiorate. E, siccome erano già passati due giorni da allora, sicuramente stava covando qualcosa.

Dopo un consulto con Louis, fu deciso di non fare alcun commento. Con un po' di fortuna, Sophie sarebbe rimasta a cena e quando c'era lei era sempre una festa: vassoio davanti alla tele e a letto tardi.

*

Quella sera, per l'appunto, Emily confidò al suo diario d'aver notato che qualcosa non andava. Nel momento in cui aveva sentito il rumore della caduta sulle scale, aveva detto a Louis di chiamare subito aiuto, e Louis aveva aggiunto a margine che l'aiuto in questione era suo papà.

*

Antoine faceva avanti e indietro nel corridoio del centro medico. La sala d'attesa era strapiena. Ognuno aspettava il suo turno, sfogliando le riviste spiegazzate ammucchiate sul tavolo basso. Preoccupato com'era, lui non aveva alcuna voglia di leggere.

Finalmente, il medico uscì dalla sala di visita e gli andò incontro. Il dottore lo pregò di seguirlo e lo portò in disparte.

«Non c'è alcuna contusione cerebrale, soltanto un grosso bernoccolo sulla fronte, e le radiografie sono assolutamente rassicuranti. A titolo preventivo, abbiamo fatto un'ecografia. Non si vede molto, ma la notizia più bella che posso darle è che il bambino sta bene.»

# XVIII

La porta del box si socchiuse. Sophie indossava un camice azzurro e le babbucce che le avevano fatto calzare per gli esami.

«Aspettami fuori», disse la ragazza ad Antoine.

Questi tornò a sedersi davanti alla reception. Sophie aveva un faccino imbronciato quando ritornò.

«Cosa aspettavi a dirmelo?» le domandò Antoine.

«A dirti cosa?... Non è mica una malattia.»

«Il padre è quello a cui scrivo le lettere?»

La cassiera dell'ambulatorio fece un cenno a Sophie. La ricevuta era pronta, poteva andare a saldare.

«Sono stanca, Antoine, pago e mi riporti a casa!»

*

La chiave girò nella serratura. Mathias posò il portafogli nel portaoggetti dell'ingresso. Seduto nella poltrona di pelle, Antoine leggeva alla luce della lampada del tavolino basso.

«Scusa, è tardi, ma avevo un sacco di lavoro.»

«Mmmm.»

«Cosa c'è?»

«Niente, hai un sacco di lavoro tutte le sere.»
«Be', è così, ho un sacco di lavoro!»
«Parla più piano, Sophie dorme nello studio.»
«Sei uscito?»
«Cosa vai dicendo?... Si è sentita male.»
«Ah, caspita, qualcosa di grave?»
«Ha vomitato ed è svenuta.»
«Ha mangiato la tua mousse al cioccolato?»
«Una donna che vomita e sviene... Hai bisogno di altro?»
«Oh, merda!» esclamò Mathias, lasciandosi cadere nella poltrona di fronte all'amico.

*

A notte fonda, Antoine e Mathias erano faccia a faccia, seduti al tavolo di cucina. Mathias non aveva ancora cenato, Antoine tirò fuori una bottiglia di vino rosso, un cestino di pane e un vassoio di formaggi.
«Il XXI secolo è formidabile», disse Mathias. «Si divorzia per una sciocchezza, le donne fanno figli con dei surfisti di passaggio e dopo vengono a dirci che ci trovano molto più insicuri che in passato...»
«Sì, e poi ci sono anche uomini che vivono in coppia, sotto lo stesso tetto... Ora ci propinerai tutte le cazzate che hai in serbo?»
«Su, passami il burro», disse Mathias tagliando una fetta di pane.
Antoine sturò la bottiglia.
«Dobbiamo aiutarla», disse, versandosi da bere.
Mathias prese la bottiglia dalle mani di Antoine e si servì a sua volta.
«Cosa conti di fare?» domandò.

«Non c'è padre... Riconoscerò il bambino.»
«E perché tu?» s'inalberò Mathias.
«Per dovere, e poi perché l'ho detto per primo.»
«Ah sì, queste sono proprio due ottime ragioni!»
Mathias rifletté per qualche istante e vuotò d'un fiato il bicchiere di Antoine.
«In ogni modo, non potrai essere tu, lei non vorrà mai saperne, di un padre cieco», disse col sorriso sulle labbra.
I due amici si guardavano in silenzio e, poiché Antoine non capiva l'allusione dell'amico, Mathias proseguì:
«Da quanto tempo scrivi delle lettere a te stesso?»

La porta dello studio s'era appena aperta, Sophie apparve in pigiama, gli occhi rossi; guardava i due compari.
«La vostra conversazione è stomachevole», disse squadrandoli.
Raccolse le sue cose, le appallottolò sotto il braccio e uscì in strada.
«Vedi, proprio come ti dicevo, sei completamente cieco!» ripeté Mathias.
Antoine si precipitò. Sophie era già lontana sul marciapiede, lui corse e alla fine riuscì a raggiungerla. La ragazza continuava a camminare verso il viale.
«Fermati!» disse Antoine, prendendola tra le braccia.
Le loro labbra si avvicinarono, fino a sfiorarsi, e, per la prima volta, si baciarono. Il bacio durò a lungo, poi Sophie alzò la testa e guardò Antoine.
«Non voglio più vederti, Antoine, mai più, né tu né lui.»
«Non dire niente», bisbigliò Antoine.
«Fai cene per dieci ma non ti siedi mai a tavola; sei senza il becco di un quattrino e rifai il ristorante di Yvonne; ti sei messo a vivere col tuo miglior amico perché lui si senti-

va solo mentre tu non ne avevi alcuna voglia; credi davvero che ti lascerò crescere mio figlio? E sai qual è la cosa più terribile? È che per tutti questi motivi sono innamorata di te da sempre. Adesso va' a fare quel che devi fare e lasciami in pace.»

Le braccia ciondoloni, Antoine guardò Sophie allontanarsi, sola, in pigiama, lungo Old Brompton Road.

*

Di ritorno a casa, ritrovò Mathias, seduto sulla staccionata del giardino.

«Dovremmo concederci entrambi una seconda possibilità.»

«La seconda volta non funziona mai», borbottò Antoine.

Mathias cavò un sigaro di tasca, fece ruotare la fascia tra le dita e lo accese.

«È vero», disse, «ma per noi non è lo stesso, non scopiamo insieme!»

«Hai ragione, davvero un punto a nostro favore!» concordò Antoine, ilare.

«Cosa si rischia?» domandò Mathias, guardando le volute di fumo.

Antoine si alzò, prese il sigaro di Mathias. Si diresse verso casa e si voltò dalla soglia.

«Niente, a parte divertirsi!»

Ed entrò in salotto dando un'enorme tirata al sigaro.

*

I buoni propositi furono messi in pratica a partire dall'indomani. I capelli pieni di schiuma, Mathias cantava a squarciagola nella vasca da bagno l'aria della *Traviata*, anche se non ne aveva una gran voglia. Con la punta dell'alluce ruotò il rubinetto per aumentare la temperatura dell'acqua. Il filo che scese era gelido. Dall'altra parte del muro, Antoine, cuffia in testa, si sfregava la schiena con una spazzola di crine, sotto una doccia bollente. Mathias entrò nella stanza da bagno di Antoine, aprì la porta della doccia, chiuse l'acqua calda e se ne tornò nella vasca costellando il parquet di una miriade di nuvolette di schiuma.

Un'ora dopo, si ritrovarono sul pianerottolo del piano superiore, entrambi con indosso una vestaglia identica, chiusa fino al collo. Ciascuno entrò nella stanza del proprio figlio per metterlo a letto. In cima alle scale, abbandonarono le loro tenute a terra e scesero i gradini a passo sincrono, ma stavolta in mutande, calzini, camicia bianca e farfallina. Infilarono i pantaloni, piegati sullo schienale della grossa poltrona, si annodarono i lacci delle scarpe e andarono a sedersi sul divano del salotto, accanto alla babysitter che era stata chiamata per l'occasione.

Immersa nelle parole incrociate, Danièle fece scivolare la montatura degli occhiali sulla punta del naso e guardò prima l'uno e poi l'altro.

«Non oltre l'una del mattino!»

I due uomini si alzarono di scatto e si diressero verso la porta d'ingresso. Mentre si accingevano a uscire, Danièle indicò le vestaglie che erano rimaste sui gradini e domandò loro se «mettere ordine» di dieci lettere diceva loro qualcosa.

La discoteca era gremita. Mathias si ritrovò schiacciato contro il bar che Antoine stentava a raggiungere. Una creatura che pareva uscita dalla pagine di una rivista alzava la mano per attirare l'attenzione di un cameriere. Mathias e Antoine si scambiarono un'occhiata, ma a che pro? Se l'uno o l'altro avesse trovato il coraggio di parlarle, il volume della musica avrebbe reso impossibile ogni conversazione. Il barman domandò infine alla ragazza cosa voleva bere.

«Qualunque cosa, purché ci sia un ombrellino nel bicchiere», rispose lei.

«Ce ne andiamo?» urlò Antoine all'orecchio di Mathias.

«L'ultimo che arriva al guardaroba invita l'altro a cena», rispose Mathias, cercando disperatamente di sovrastare la voce di Puff Daddy.

Impiegarono quasi mezz'ora ad attraversare la sala. Una volta per strada, Antoine si domandò quanto tempo avrebbero impiegato ad andarsene gli acufeni che aveva all'orecchio. Quanto a Mathias, era quasi afono. Saltarono su un taxi diretti a un locale che aveva appena aperto nel quartiere di Mayfair.

Una lunga coda davanti alla porta. La giovinezza dorata londinese faceva a spintoni per entrare. Un buttafuori individuò Antoine e gli fece segno di farsi avanti. Fierissimo, lui si tirò dietro Mathias, aprendosi un varco tra la folla.

Quando arrivò all'ingresso, lo stesso buttafuori lo invitò a indicare quali adolescenti accompagnava. Il locale privilegiava l'ingresso dei ragazzi accompagnati dai genitori.

«Andiamocene!» disse subito Mathias ad Antoine.

Altro taxi, direzione Soho, una DJ house dava un concerto verso le undici in un «lounge tendance». Mathias si ritrovò seduto su una cassa acustica, Antoine su un quarto di strapuntino, il tempo di scambiarsi un'occhiata e riguadagnarono l'uscita. Il *black cab* filava ora verso l'East End River, uno dei quartieri più *in* del momento.

«Ho fame», disse Mathias

«Conosco un ristorante giapponese non molto lontano da qui.»

«Andiamo dove vuoi ma non molliamo il taxi. Non si sa mai...»

Mathias trovò il posto stupefacente. Tutti erano seduti intorno a un immenso bancone dove, su un nastro trasportatore, circolavano vassoi di sushi e di sashimi. Non si ordinava, bastava scegliere i piattini che passavano e ti allettavano. Dopo aver assaggiato del tonno crudo, Mathias domandò se poteva avere del pane con un pezzo di formaggio: la risposta fu la stessa che aveva ottenuto quando aveva chiesto una forchetta.

Posò il tovagliolo sul nastro trasportatore e tornò nel taxi che aspettava in doppia fila.

«Non eri affamato?» domandò Antoine, raggiungendolo a bordo.

«Non al punto di mangiare cernia cruda con le dita!»

Seguendo il consiglio del tassista, si avviarono verso un «lap dance club». Stavolta comodamente sprofondati in poltrone, Mathias e Antoine sorseggiavano il loro quarto cocktail della serata, non senza provare i primi sintomi di una certa ebbrezza.

«Non parliamo abbastanza», disse Antoine posando il bicchiere. «Ceniamo insieme tutte le sere e non ci diciamo più niente.»

«È per frasi come questa che ho lasciato mia moglie», rispose Mathias.

«È stata lei ad andarsene!»

«È la terza volta che guardi l'orologio, Antoine, non ti

devi sentire obbligato solo perché abbiamo detto di riprovarci.»

«Pensi ancora a lei?»

«Ecco, vedi come sei? Ti faccio una domanda e tu rispondi con un'altra.»

«È per farci guadagnare tempo. Ti conosco da trent'anni, Mathias, e da trent'anni l'argomento delle nostre conversazioni si riduce sempre a te: perché mai stasera dovremmo cambiare?»

«Perché sei tu che rifiuti sempre di aprirti. Forza, ti sfido, dimmi una cosa molto personale, una soltanto.»

Sotto il loro naso, una ballerina sembrava perdutamente innamorata dell'asta metallica contro cui si dimenava. Antoine si fece rotolare una manciata di mandorle tra le dita e sospirò.

«Non ho più desideri, Mathias!»

«Se ti riferisci a ciò che succede sulla pista, stai tranquillo: nemmeno io!»

«Ce ne andiamo?» supplicò Antoine.

Mathias era già in piedi e l'aspettava al guardaroba.

La conversazione riprese nel taxi che li riportava a casa.

«Credo che l'idea di rimorchiare mi abbia sempre annoiato.»

«Ti sei annoiato con Caroline Leblond?»

«No, con Caroline Leblond sei stato tu ad annoiarti.»

«C'è qualcosa che una donna potrebbe fare a letto per farti impazzire?»

«Sì, nascondere il telecomando del televisore.»

«Hai una botta di stanchezza, nient'altro.»

«Allora dev'essere una stanchezza che dura da un bel po'. Poco fa guardavo quei tipi nel locale notturno, sembravano lupi in agguato. A me non diverte più, non mi ha mai divertito. A me, se una donna mi guarda dall'altro capo del bar, occorrono sei mesi per trovare il coraggio di attraversare la sala. E poi il pensiero di svegliarmi accanto a qualcuno, ma in un letto dove non c'è alcun sentimento... non posso più.»

«T'invidio, ti rendi conto della gioia di sapere che qualcuno ti ama prima di desiderarti? Accettati come sei, il tuo problema non ha nulla da spartire con il desiderio.»

«È un fatto meccanico, Mathias: da tre mesi non dà più segno di vita, nemmeno la mattina. Per una volta, ascolta quanto ti sto dicendo, non ho più desideri!»

Gli occhi di Mathias si riempirono di lacrime.

«Cos'hai?» domandò Antoine.

«È per colpa mia?» chiese di rimando Mathias, piangendo.

«Ma sei completamente scemo... cosa ti passa per la testa? Tu non c'entri niente; ti sto dicendo che dipende da me e da nessun altro!»

«È perché ti soffoco, è così?»

«Ma insomma smettila, sei completamente matto!»

«Invece sì, ti impedisco di avere delle erezioni!»

«Vedi che ricominci? Mi chiedi di parlarti di me e, qualunque cosa io faccia o dica, la conversazione torna su di te. È un male incurabile. Forza, non perdiamo altro tempo, parlami di ciò che ti rode!» urlò Antoine.

«Vuoi?»

«Guarda che paghi tu il taxi!»

«Credi che non abbia avuto coraggio con Audrey?» domandò Mathias.

«Dammi il tuo portafogli!»

«Perché?»

«Abbiamo detto che paghi tu il taxi, no? Allora dammi il portafogli!»

Mathias obbedì. Antoine lo aprì e prese, sotto la patta, la piccola foto in cui Valentine sorrideva.

«Non ti è mancato il coraggio, ma il discernimento! Gira pagina, una volta per tutte», disse Antoine pagando il tassista con i soldi di Mathias.

Rimise a posto la foto e uscì dal taxi che era appena arrivato a destinazione.

*

Quando Antoine e Mathias arrivarono a casa, sentirono una specie di rantolo continuo. Antoine, che non per niente aveva studiato architettura per dieci anni, identificò subito il rumore: era quello di un tubo bucato da cui sfugge aria calda. La sua diagnosi era bell'e fatta: la caldaia stava per rendere l'anima. Mathias gli fece notare che il rumore non veniva dal sottosuolo ma dal salotto. Superando l'estremità del divano, un paio di calzini si muovevano in sincronia perfetta con il ronfare che li aveva preoccupati. Danièle, comodamente sdraiata, dormiva pacifica.

Uscita Danièle, i due amici aprirono una bottiglia di bordeaux, prima di andare a sedersi a loro volta sul divano.

«Come si sta bene a casa propria!» esultò Mathias, stendendo le gambe.

E, poiché Antoine guardava i piedi che lui aveva posato sul tavolino basso, aggiunse:

«Regola 124: ognuno fa quel che gli pare!»

*

La settimana che passò fu segnata da molti sforzi. Mathias faceva il possibile per concentrarsi sul lavoro e soltanto sul lavoro. Quando in libreria trovò tra la posta un dépliant che annunciava l'uscita della nuova serie dei Lagarde e Michard, non poté ignorare una stretta al cuore. Buttò il catalogo nel cestino della carta straccia, ma la sera, svuotandolo, lo ricuperò per infilarlo sotto il registratore di cassa.

*

Ogni giorno, andando in ufficio, Antoine sostava davanti al negozio di Sophie. Perché i suoi passi lo portavano da quella parte della strada, quando il suo studio era sul marciapiede di fronte? Non ne aveva idea, e sarebbe anche stato pronto a giurare che non se ne rendeva conto. E, quando scopriva Antoine fermo davanti alla sua vetrina, Sophie distoglieva lo sguardo.

*

I lavori dovevano cominciare presto. Yvonne, aiutata da Enya, metteva un po' d'ordine nel ristorante, moltiplicando gli andirivieni tra il bar e la cantina. Una mattina, Enya alzò una cassetta di Château Labegorce-Zédé, Yvonne la supplicò di posarla. Quelle bottiglie erano molto particolari.

*

Un giorno, sulla lavagna dell'aula, la maestra aveva scritto col gesso l'argomento del compito di geografia. Emily copiava sul quaderno di Louis che, invece, lo sguardo volto alla finestra, sognava terre africane.

*

Una mattina, mentre si recava in banca, a Mathias parve di riconoscere la figura di Antoine che attraversava l'incrocio. Accelerò per raggiungerlo, poi rallentò il passo. Antoine s'era appena fermato davanti a un negozio per neonati: esitava, guardava a destra e poi a sinistra, infine spinse la porta del negozio.

Nascosto dietro un lampione, Mathias lo osservava attraverso la vetrina.

Vide Antoine passare di scaffale in scaffale, sfiorando con la mano le pile di minuscoli indumenti. La commessa lo interpellò con lo sguardo, lui le fece cenno che guardava soltanto. Due babbucce da neonato avevano attirato la sua attenzione. Le prese dalla mensola e le guardò girandole e rigirandole. Poi ne infilò una nell'indice, l'altra nel medio.

In mezzo ai peluche, Antoine ripeteva sul palmo della mano la danza dei panini. Quando si accorse dello sguardo divertito della commessa, arrossì e tornò a posare le babbucce sulla mensola. Mathias si scostò dal lampione e si allontanò.

*

All'ora di colazione, McKenzie lasciò con discrezione lo studio e corse fino alla stazione di South Kensington. Saltò su un taxi e disse all'autista di portarlo in St James's Street. Pagò la corsa, controllò che nessuno l'avesse seguito ed entrò baldanzoso nella bottega di Archibald Lexington, sarto che godeva del patrocinio di Sua Maestà. Un rapido passaggio nello stanzino di prova, poi salì su un palchetto apposito e lasciò che Sir Archibald facesse i ritocchi necessari al vestito che gli aveva ordinato. Guardandosi nel grande specchio, disse a se stesso che aveva fatto proprio bene. La settimana prossima, all'inaugurazione della futura sala ristorante di Yvonne, sarebbe stato ancor più seducente del solito, ovvero irresistibile.

*

A metà pomeriggio, John Glover lasciò il suo cottage per recarsi in paese. Imboccò la via principale, spinse la porta del vetraio e presentò lo scontrino. La sua ordinazione era pronta. L'apprendista che l'aveva accolto si eclissò per un momento e tornò con un pacchetto in mano. John tolse delicatamente la carta, scoprendo una fotografia incorniciata. Nella dedica, si poteva leggere: *Per la mia cara Yvonne, con tutta la mia amicizia, Eric Cantona*. John ringraziò con un cenno della mano gli artigiani che lavoravano nel laboratorio e uscì col quadretto; quella sera l'avrebbe appeso nella grande stanza del primo piano.

*

E quella stessa sera, mentre Mathias preparava la cena, Antoine guardava la televisione in compagnia dei bambini. Emily prese il telecomando e cominciò a cambiare canale. Asciugando un bicchiere, Mathias riconobbe la voce della giornalista che parlava della comunità francese stabilitasi in Inghilterra. Alzò la testa e vide le barrette del volume decrescere alla sinistra del volto di Audrey. Antoine aveva preso il telecomando dalle mani di Emily.

*

A Parigi, negli studi di una rete televisiva, il direttore del telegiornale uscì da una riunione redazionale e si mise a conversare con una giovane giornalista. Dopo che se ne fu andato, un tecnico entrò nella stanza.

« Allora? » disse Nathan. « Ci siamo, è ufficiale, hai avuto la tua trasmissione? »

Audrey annuì con un cenno del capo.

« Ti accompagno? »

E Audrey rispose di sì nello stesso modo.

*

Nel bel mezzo della notte, mentre Sophie rileggeva le lettere, sola in fondo al retrobottega, Yvonne confidava a Enya, che s'era seduta sul bordo del suo letto, alcuni segreti della propria vita e la ricetta della sua crème caramel.

# XIX

Lo sguardo perso nel vuoto, Mathias girava il cucchiaino nella tazza del caffè. Antoine gli sedette accanto e glielo tolse di mano.

«Hai dormito male?» domandò.

Louis scese dalla sua stanza e andò a mettersi a tavola.

«Cosa sta aspettando mia figlia? Arriverà in ritardo a scuola.»

«A me mi ha detto che viene subito», rispose Louis.

«Non si dice 'a me mi'», lo redarguì Mathias in tono secco.

Alzò la testa e vide Emily che scivolava sulla ringhiera della scala.

«Scendi immediatamente di lì», urlò Mathias, alzandosi di scatto.

Il viso imbronciato, la bambina andò a rifugiarsi sul divano del salotto.

«Ne ho piene le tasche!» continuò a urlare suo padre. «Vieni immediatamente a tavola!»

Il labbro tremante, Emily obbedì e andò a sedersi al suo posto.

«Sei viziata da far schifo, bisogna ripeterti le cose cento

volte, le mie parole non ti arrivano più al cervello?» continuò Mathias.

Esterrefatto, Louis guardò suo padre, che gli consigliò di farsi il più piccolo possibile.

«E non guardarmi a quel modo!» continuò Mathias, sempre fuori di sé. «Sei punita! Quando torni stasera... compiti, cena e a letto senza televisione, chiaro?»

La bambina non rispose.

«È chiaro?» ripeté Mathias, alzando ancor più la voce.

«Sì, papà», balbettò Emily, gli occhi pieni di lacrime.

Louis prese la cartella, fulminò Mathias con gli occhi e portò la sua amichetta verso l'ingresso. Antoine non aprì bocca e prese le chiavi della macchina dal portaoggetti.

Dopo aver lasciato i bambini a scuola, Antoine parcheggiò l'Austin Healey davanti alla libreria. Nel momento in cui Mathias scendeva dall'auto, lo acchiappò per un braccio.

«Capisco che tu stia passando un brutto momento, ma stamattina hai avuto la mano un po' troppo pesante con tua figlia.»

«Quando l'ho vista a cavallo della ringhiera, ho avuto paura, una fifa matta, se vuoi saperlo.»

«Se tu soffri di vertigini, non per questo devi impedire a lei di camminare!»

«Parli proprio tu, che non appena senti un po' di freddo metti un maglione a tuo figlio!... Ho davvero alzato tanto la voce?»

«No, hai urlato come un ossesso! Promettimi una cosa, che prenderai aria, che oggi pomeriggio te ne torni al parco: ne hai bisogno!»

Antoine gli dette una pacca amichevole sulla spalla e si diresse verso il suo studio.

*

All'una, Antoine invitò McKenzie a pranzo nel ristorante di Yvonne. Per cominciare, dichiarò, avrebbero portato i disegni esecutivi che McKenzie aveva finito e avrebbero approfittato del pranzo per controllare sul posto gli ultimi particolari.

Erano seduti in sala, quando Yvonne andò a chiamare Antoine: lo volevano al telefono. Antoine si scusò col suo collaboratore e andò all'apparecchio sul bancone.

«Dimmi la verità, tu credi che Emily possa smettere di volermi bene?»

Antoine guardò la cornetta e riattaccò senza rispondere. Rimase accanto all'apparecchio: aveva visto giusto, la suoneria gracchiava già. Staccò subito.

«Mi stai scocciando, Mathias... Pardon? No, non prendiamo prenotazioni a mezzogiorno... Sì, la ringrazio.»

E, sotto l'occhio curioso di Yvonne, tornò a posare dolcemente la cornetta. Antoine andò verso il tavolo e fece subito dietrofront, il telefono suonava di nuovo. Yvonne gli porse l'apparecchio.

«Non dire niente e ascoltami!» supplicò Mathias, andando su e giù per la libreria. «Stasera, togli la punizione, io rincaserò dopo di te e improvviserò.»

Mathias riattaccò subito.

La cornetta ancora all'orecchio, Antoine faceva del suo meglio per restare calmo. E, poiché Yvonne non lo lasciava con gli occhi, improvvisò a sua volta.

«E non osare più disturbarmi mentre sono in riunione!» disse, prima di attaccare.

*

Seduta su una panchina, Danièle aveva messo via le parole incrociate per sferruzzare un pagliaccetto. Tirò il filo di lana e si spostò gli occhiali sulla punta del naso. Davanti a lei, Sophie, seduta a gambe incrociate sul prato, giocava a carte con Emily e Louis. Le faceva male la schiena, si scusò con i bambini e li lasciò un momento per fare due passi.

«Cos'ha tuo padre in questi giorni?» domandò Louis a Emily.

«Credo che sia colpa della giornalista che è venuta da noi a cena.»

«Cosa c'è con precisione fra di loro?» la interrogò il bambino buttando giù una carta.

«Tuo padre... e mia madre», rispose lei, calando le sue.

*

Mathias camminava a passo veloce in un viale del parco. Aprì il sacchetto della panetteria, vi affondò la mano e ne cavò un biscotto all'uvetta che cominciò a sgranocchiare. Di colpo, rallentò e il suo viso cambiò espressione. Si nascose dietro una quercia per spiare la scena che aveva davanti.

Emily e Louis ridevano di gusto. A quattro zampe sull'erba, Sophie solleticava l'uno, poi l'altro. Si raddrizzò per fare loro una domanda.

«Una sorpresa di sette lettere?»

«Giostra!» esclamò Louis.

Come per magia, la ragazza fece comparire due biglietti nel palmo della mano. Si alzò è invitò i bambini a seguirla verso il carosello.

Louis era in coda, sentì fischiare e si voltò. La testa di Mathias spuntava da dietro il tronco di un albero. L'uomo gli fece segno di avvicinarsi senza dare nell'occhio. Louis dette una rapida occhiata alle ragazze che lo precedevano a una certa distanza e corse verso la panchina dove già Mathias lo aspettava.

«Cosa ci fai qui?» domandò il bambino.

«E Sophie, cosa ci fa?» domandò di rimando Mathias.

«Non posso dirtelo, è un segreto!»

«Senti, quando io ho scoperto che un bambino di mia conoscenza aveva strappato una scaglia al dinosauro del museo, non ho detto niente!»

«Sì, ma non è la stessa cosa, il dinosauro era morto.»

«E perché è un segreto che Sophie sia qui?» insisté Mathias.

«All'inizio, quando ti sei separato da Valentine e andavi a vedere Emily di nascosto al giardino del Lussemburgo... anche quello era un segreto, no?»

«Ah, capisco...» mormorò Mathias.

«No, non capisci proprio niente! Da quando avete litigato con Sophie le manchiamo, e anche lei manca a me.»

Il bambino si alzò di scatto.

«Be', devo andare, o si accorgeranno che non ci sono.»

Louis si allontanò di qualche passo, ma Mathias lo richiamò subito.

«Anche la nostra conversazione è un segreto, d'accordo?»

Louis fece cenno di sì con la testa e sottolineò il giuramento con una mano posata solennemente sul cuore. Mathias sorrise e gli lanciò il sacchetto di biscotti.

«Ci sono ancora due biscotti all'uvetta, ne dai uno a mia figlia?»

Il bambino guardò Mathias con aria sconfortata.

«E cosa dico a Emily? Che il tuo biscotto all'uvetta è spuntato da un albero? Sei proprio una schiappa in bugie, caro mio!»

*

La sera, rincasando, Mathias trovò Emily e Louis seduti davanti ai cartoni animati. Antoine preparava la cena in cucina. Mathias si diresse verso di lui e incrociò le braccia.

«Non capisco proprio!» disse, indicando la televisione accesa. «Cos'avevo detto?»

Sbalordito, Antoine alzò la testa.

«Nien-te te-le-vi-sio-ne! Allora, parlo al vento! È davvero il colmo!» urlò, levando le braccia al cielo.

Dal divano, Emily e Louis osservavano la scena.

«Vorrei proprio che si rispettasse un po' la mia autorità in questa casa. Quando prendo una decisione riguardo ai bambini, vorrei che tu mi dessi manforte: è troppo facile che sia sempre lo stesso a punire mentre l'altro premia!»

Antoine, che aveva tenuto lo sguardo fisso su Mathias, smise di rimestare la ratatouille.

«È una questione di coerenza famigliare!» concluse Mathias, intingendo il dito nella casseruola e strizzando l'occhio al suo amico.

Antoine gli dette una botta sulla mano col mestolo.

Chiuso l'incidente, tutti andarono a tavola. Alla fine della cena, Mathias portò Emily a letto.

Steso accanto a lei, le raccontò la più lunga favola che conosceva. E quando, per finire, Teodoro, il coniglio dai poteri magici, vide nel cielo l'aquila che girava in tondo (il povero volatile aveva fin dalla nascita un'ala più corta dell'altra... di qualche penna), Emily infilò il pollice in bocca e si rannicchiò contro suo padre.

«Dormi, principessa?» sussurrò Mathias.

Si lasciò scivolare lentamente di lato. Inginocchiato accanto al letto, accarezzò i capelli della bambina e rimase un po' a guardarla dormire.

Emily aveva una mano posata sulla fronte, l'altra teneva ancora quella di suo padre. Ogni tanto, le sue labbra fremevano, come se stesse per dire qualcosa.

« Come le somigli », mormorò Mathias.

Posò un bacio sulla sua guancia, le disse che l'amava più di ogni altra cosa al mondo e lasciò la stanza senza fare rumore.

*

Antoine, in pigiama, sdraiato sul letto, leggeva tranquillamente. Bussarono alla porta.

« Ho dimenticato di ritirare il vestito in lavanderia », esordì Mathias, facendo capolino nella stanza.

« Ci sono passato io, è nel tuo armadio », disse Antoine riprendendo la pagina dall'inizio.

Mathias si avvicinò al letto e si stese sulla coperta. Prese il telecomando e accese il televisore.

« Morbido, il tuo materasso! »

« È identico al tuo! »

Mathias si raddrizzò e sprimacciò il cuscino per stare più comodo.

« Non ti disturbo? » domandò.

« Sì che mi disturbi! »

« Vedi? E dopo ti lamenti che non parliamo mai. »

Antoine gli confiscò il telecomando e spense il televisore.

« Sai, ho ripensato alle tue vertigini, non è un problema da poco. Hai paura di crescere, di proiettarti in avanti, e questo ti paralizza, anche nei tuoi rapporti con gli altri. Con tua moglie avevi paura di essere un marito, e anche con tua figlia ti capita di aver paura d'essere un padre. A quando risale l'ultima volta che hai fatto qualcosa per una persona che non fossi tu?»

Antoine schiacciò l'interruttore della lampada sul comodino e si voltò. Mathias rimase per qualche minuto dov'era, in silenzio nell'oscurità; finì con l'alzarsi e, un attimo prima di uscire, guardò fisso il suo amico.

«Allora, sai una cosa? Consiglio per consiglio, ne ho uno per te, Antoine: lasciar entrare qualcuno nella propria vita significa abbattere i muri che si sono costruiti per proteggersi, non aspettare che sia l'altro a sfondarli!»

«E perché mi dici questo? Forse che io non l'ho abbattuto, il muro?» urlò Antoine.

«No, sono stato io a farlo, e non mi riferivo a quello! Di che misura erano le babbucce nel negozio per neonati?»

E la porta si chiuse.

*

Antoine non chiuse occhio per tutta la notte... o quasi. Riaccese la luce, aprì il cassetto del comodino, prese un foglio di carta e si mise a scrivere. Il sonno arrivò soltanto all'alba, quando lui ebbe finito la sua lettera.

Nemmeno Mathias dormì quella notte... o quasi. Anche lui riaccese la luce e, come Antoine, riuscì a addormentarsi soltanto all'alba, non prima di aver preso alcune decisioni.

# XX

Quel venerdì, Emily e Louis arrivarono davvero in ritardo a scuola. A nulla valsero tutti gli sforzi che fecero per strappare i loro padri al sonno scuotendoli. E, mentre guardavano dei cartoni animati (cartella sulla schiena, casomai qualcuno avesse avuto la faccia tosta di rimproverarli), Mathias si radeva in bagno e Antoine, stravolto, telefonava a McKenzie per avvertirlo che sarebbe arrivato in studio di lì a mezz'ora.

*

Mathias entrò nella libreria, scrisse con il pennarello su un foglio di cartoncino CHIUSO TUTTO IL GIORNO, lo appiccicò alla porta a vetri e se ne andò subito.

Passò dallo studio e disturbò Antoine nel bel mezzo di una riunione per costringerlo a prestargli la macchina. La prima tappa gli fece costeggiare il Tamigi. Una volta parcheggiato sotto la Oxo Tower, andò a sedersi sulla panchina che fronteggiava il molo, il tempo di concentrarsi.

*

Yvonne si assicurò di non aver dimenticato niente e controllò di nuovo il biglietto. Quella sera, alla stazione Victoria, sarebbe salita sul treno delle sei. Sarebbe arrivata a Chatham cinquantacinque minuti dopo. Chiuse la valigetta nera, la lasciò sul letto e uscì dalla sua stanza.

Con una stretta al cuore, scese la scala che portava al ristorante; aveva appuntamento con Antoine. Era una buona idea andarsene quel fine settimana. Non avrebbe mai sopportato di vedere il suo ristorante sottosopra. Ma la vera ragione di quel viaggio, anche se il suo caratteraccio le impediva di ammetterlo, veniva piuttosto dal cuore. Quella notte, per la prima volta, avrebbe dormito nel Kent.

*

Antoine guardò l'orologio uscendo dalla riunione. Yvonne doveva aspettarlo da più di un quarto d'ora. Frugò nella tasca della giacca, accertò che ci fosse una busta e corse al suo appuntamento.

*

Sophie s'era messa di profilo davanti allo specchio appeso al muro nel retrobottega. Si accarezzò la pancia e sorrise.

*

Mathias guardò un'ultima volta lo scorrere del fiume. Inspirò profondamente e lasciò la panchina. Andò a passo deciso verso la Oxo Tower e attraversò l'atrio per parlare con il lift. L'uomo l'ascoltò attentamente e accettò la generosa mancia che Mathias gli offriva in cambio di un favore che lui trovava perlomeno strano. Poi chiese ai passeggeri di spostarsi un po' verso il fondo dell'ascensore. Mathias entrò nella cabina, si mise davanti alle porte e annunciò che era pronto. Il lift schiacciò il bottone.

*

Enya promise a Yvonne che sarebbe rimasta lì per tutta la durata dei lavori. Avrebbe badato che gli operai non le rovinassero il registratore di cassa. Era già difficile pensare che al suo ritorno tutto sarebbe stato diverso, ma, se anche quella vecchia macchina avesse subito dei danni, l'anima stessa del suo locale sarebbe andata perduta.

Rifiutò di vedere gli ultimi disegni che Antoine le presentava. Si fidava di lui. Andò dietro il banco, aprì un cassetto e gli porse una busta.

«Cos'è?»

«Vedrai aprendola!»

«Se è un assegno, non lo incasserò!»

«Se non lo incassi, io prendo due bidoni di pittura e appena torno rovino tutto il tuo lavoro, mi hai sentita bene?»

Antoine fece per replicare, ma Yvonne gli riprese la busta e gliela infilò nella giacca.

«Le vuoi o no?» domandò, scuotendo un mazzo di chiavi. «Voglio ringiovanire la mia sala, ma il mio orgoglio morrà con me, appartengo alla vecchia scuola. So benissimo che non vorrai mai che io paghi i tuoi onorari; in ogni caso, i miei lavori li pago io!»

Antoine prese le chiavi dalle mani di Yvonne e le annunciò che il ristorante gli apparteneva fino a domenica sera. Lei non avrebbe potuto rimettervi piede fino a lunedì mattina.

*

«Signore? Adesso deve proprio togliere il piede dalla porta, la gente si spazientisce!» supplicò il lift della Oxo Tower.

La cabina non aveva ancora lasciato il pianterreno e, sebbene l'ascensorista avesse cercato di spiegare la situazione a tutti i passeggeri, alcuni non ne potevano più di aspettare per raggiungere il loro tavolo all'ultimo piano.

«Sono quasi pronto», disse Mathias, «quasi pronto!»

Inspirò a fondo e arricciò gli alluci nelle scarpe.

La donna d'affari al suo fianco gli dette un'ombrellata nel polpaccio, Mathias piegò la gamba e la cabina poté finalmente innalzarsi nel cielo di Londra.

*

Yvonne lasciò il ristorante. Aveva appuntamento dal parrucchiere e sarebbe ripassata più tardi a prendere la valigia. Enya dovette quasi spingerla fuori: contasse pure su di lei. Yvonne la strinse nelle braccia e la baciò prima di salire sul taxi.

Antoine stava percorrendo la strada, si fermò davanti al negozio di Sophie, bussò alla porta ed entrò.

*

Le porte dell'ascensore si aprirono sull'ultimo piano. I clienti del ristorante si precipitarono fuori. Aggrappato al tubo d'acciaio, in fondo alla cabina di vetro, Mathias aprì gli occhi. Meravigliato, scopriva una città che non aveva mai visto. Il lift batté una prima volta le mani, poi una seconda, poi l'applaudì di tutto cuore.

«Ci rifacciamo un viaggetto, noi due soli?» domandò.

Mathias lo guardò e sorrise.

«Molto breve, però, perché dopo ho molta strada da fare», rispose. «Posso?» aggiunse, posando il dito sul bottone.

«Lei è mio ospite!» esclamò con orgoglio il lift.

*

«Vieni a comprare dei fiori?» domandò Sophie, guardando Antoine che le si avvicinava.

Lui trasse di tasca la busta e gliela porse.

«Cos'è?»

«Sai, quell'idiota cui mi chiedevi di scrivere... credo che alla fine ti abbia risposto, sicché ho voluto portarti la lettera di persona.»

Sophie non disse niente, si abbassò per aprire la cassettina di sughero e mise la lettera sopra le altre.

«Non la apri?»

«Sì, magari più tardi, e poi credo che non gli piacerebbe che la leggessi davanti a te.»

Antoine avanzò lentamente verso di lei, la strinse tra le braccia, la baciò sulla guancia e uscì dal negozio.

*

L'Austin Healey filava sulla M25, Mathias si piegò verso il bauletto e prese la carta stradale. Dopo una ventina di chilometri doveva imboccare la M2. Quella mattina, aveva portato a buon fine la sua prima decisione. E, tenendo quel ritmo, avrebbe forse assolto anche la seconda in meno di un'ora.

*

Antoine passò il resto della giornata in compagnia di McKenzie nel ristorante. Con Enya, avevano impilato i vecchi tavoli in fondo alla sala. L'indomani il camion della falegnameria li avrebbe portati via tutti. Insieme, adesso, tracciavano sulle pareti delle lunghe linee con lo spago e il gesso azzurro, segnando i limiti degli zoccoli di legno per i falegnami che sarebbero arrivati sabato mattina e per i pittori che sarebbero intervenuti domenica.

*

Nel tardo pomeriggio, Sophie ricevette una telefonata da Mathias. Questi sapeva benissimo che lei non voleva più parlargli, ma la supplicò di ascoltarlo.

Nel bel mezzo della conversazione, Sophie posò la cornetta, giusto il tempo di andare a chiudere la porta del negozio perché nessuno la disturbasse. Non lo interruppe nemmeno una volta. Quando Mathias riattaccò, Sophie aprì la cassettina. Allora dissigillò la lettera e lesse le parole che aveva sognato durante tutti gli anni di un'amicizia che adesso non era più tale.

*Sophie,*

*Ho sempre pensato che il prossimo amore sarebbe stato un'altra sconfitta, dunque come rischiare di perderti, dato che non avevo che te?*

*Eppure, nutrendo le mie paure, ti ho persa comunque.*

*In tutti questi anni ti scrivevo quelle lettere, sognando senza mai dirtelo di essere colui che le avrebbe lette. Non ho saputo dirtelo nemmeno quell'ultima sera...*

*Amerò quel bambino meglio di un padre perché è tuo, meglio di un amante anche se è di un altro.*

*Se tu mi volessi, scaccerei la tua solitudine, ti prenderei per mano per portarti su una strada che percorreremmo insieme.*

*Voglio invecchiare nei tuoi occhi e abitare le tue notti sino alla fine dei miei giorni.*

*Queste parole, le scrivo a te soltanto, amor mio.*

*Antoine*

*

Mathias si fermò a un distributore. Fece il pieno di benzina e riprese la M25 in direzione di Londra. Poco prima, in un paesino del Kent, aveva dato corpo alla sua seconda decisione. Riaccompagnandolo all'auto, il signor Glover confessò che aveva sperato in quella visita, ma non volle comunque dire nulla sull'identità di Popinot.

Immettendosi sull'autostrada, Mathias fece il numero del cellulare di Antoine. Gli disse che aveva trovato chi badava ai bambini quella sera e che lo invitava a cena, per un tête-à-tête.

Antoine gli domandò cosa festeggiavano; Mathias fece orecchio da mercante ma gli propose di scegliere il posto.

« Yvonne è partita, abbiamo il ristorante per noi due, ti va? »

Interrogò velocemente Enya che si disse dispostissima a preparare una cenetta. Avrebbe lasciato tutto in cucina, a loro sarebbe bastato scaldare i cibi.

«Perfetto», disse Mathias. «Io porterò il vino, otto in punto!»

*

Enya aveva apparecchiato per loro una splendida tavola. Sistemando la cantina, aveva trovato un candelabro e l'aveva messo al centro della tovaglia. I cibi erano in forno: bastava tirarli fuori. Quando Mathias arrivò, lei salutò entrambi e salì in camera sua.

Antoine stappò la bottiglia portata da Mathias e riempì due bicchieri.

«Questo posto diventerà molto bello. Domenica sera non riconoscerai più niente. Se non mi sono sbagliato, l'anima del luogo non cambierà, sarà sempre 'da Yvonne', ma più moderno.»

E, poiché Mathias non diceva niente, alzò il bicchiere.

«Allora, cosa festeggiamo?»

«Noi», rispose Mathias.

«Perché?»

«Per tutto quello che abbiamo fatto l'uno per l'altro, insomma, soprattutto tu. Vedi, in amicizia non si va davanti al sindaco, dunque non esiste un anniversario; ma è qualcosa che può comunque durare una vita intera, se ci si è scelti.»

«Ricordi la prima volta che ci siamo incontrati?» domandò Antoine brindando.

«A Caroline Leblond», disse Mathias.

Antoine voleva andare a prendere i cibi in cucina, ma Mathias glielo impedì.

«Resta seduto, ho qualcosa d'importante da dirti.»

«Ti ascolto.»

«Ti amo.»

«Stai ripassando la parte per un appuntamento galante?»

«No, ti amo davvero.»

«Ma che cazzate dici? Smettila subito, o dovrò preoccuparmi seriamente!»

«Ti lascio, Antoine.»

Antoine posò il bicchiere e guardò fisso Mathias.

«Hai qualcun altro?»

«Adesso sei tu che dici cazzate.»

«Perché fai questo?»

«Per noi due. Tu mi hai domandato da quanto tempo non facevo qualcosa per qualcuno che non fossi io stesso, ora potrò risponderti.»

Antoine si alzò.

«Non ho più molta fame, sai, vuoi che facciamo due passi?»

Mathias scostò la sedia. Lasciarono la tavola e uscirono dalla porta di servizio.

Passeggiavano sul lungofiume, ciascuno rispettando il silenzio dell'altro.

Appoggiato al parapetto di un ponte che sovrastava il Tamigi, Antoine prese l'ultimo sigaro che gli rimaneva in tasca. Lo fece ruotare fra le dita e accese un fiammifero.

«In ogni modo, io non volevo altri figli», disse Mathias sorridendo.

«Io, invece, credo di sì!» replicò Antoine tendendogli il sigaro.

«Vieni, attraversiamo, sull'altro lato la vista è più bella», disse Mathias.

«Verrai domani?»

«No, credo che sia meglio non vederci per un po', ma ti telefonerò domenica per sapere come sono andati i lavori.»

«Capisco», disse Antoine.

«Porterò Emily a fare un viaggio. Non è grave se perde una settimana di scuola. Ho bisogno di passare del tempo con lei, devo parlarle.»

«Hai dei progetti?» domandò Antoine.

«Sì, è di questo che voglio parlarle.»

«E a me non vuoi più parlarne?»

«Sì», rispose Mathias, «ma prima a lei.»

Un taxi attraversava il ponte, Mathias gli fece segno. Antoine salì. Mathias chiuse la portiera e si chinò al finestrino.

«Va' a casa, io cammino ancora un po'.»

«D'accordo», disse Antoine. «È tardi», aggiunse subito, guardando l'orologio. «Conosco una babysitter che mi rimprovererà quando rientro.»

«Non preoccuparti per Mrs Doubtfire, ho pensato a tutto io.»

Mathias aspettò che il taxi si allontanasse. Infilò le mani nelle tasche dell'impermeabile e riprese a camminare. Erano le due e venti, e incrociò le dita perché il suo terzo progetto andasse in porto.

*

Antoine entrò in casa e guardò la ciotola portaoggetti. Il salotto era in penombra, rischiarato dal baluginio dello schermo del televisore.

Due piedi sporgevano dall'estremità del divano, uno con un calzino rosa, l'altro con un calzino azzurro. Antoine si diresse verso la cucina e aprì il frigorifero. Sul ripiano, le lattine erano ordinate secondo il colore. Le spostò tutte per metterle in disordine e richiuse lo sportello.

Riempì un bicchierone d'acqua dal rubinetto e lo tracannò d'un fiato.

Soltanto quando tornò verso il salotto scoprì Sophie. Dormiva profondamente. Antoine si tolse la giacca per coprirle le spalle. Chinandosi su di lei, le accarezzò i capelli, le dette un bacio in fronte e poi scese fino alle labbra. Spense il televisore e andò all'altro capo del divano. Sollevò delicatamente le gambe di Sophie, sedette senza fare rumore e se le posò sulle ginocchia. Infine, sprofondò nei cuscini, in cerca di una posizione per dormire. Quando smise di muoversi, Sophie aprì un occhio, sorrise e lo richiuse subito.

# XXI

Antoine era uscito nelle prime ore del mattino. Voleva essere sul posto, quando fosse arrivato il camion della falegnameria. Sophie aveva preparato la valigia di Emily e infilato in un borsone alcune cose per suo padre. Mathias passò a prendere la bambina verso le nove. Andavano in Cornovaglia e avrebbero approfittato di quel momento d'intimità per discutere insieme del futuro. Emily baciò Louis e promise d'inviargli una cartolina al giorno. Sophie li accompagnò fino alla porta di casa.

«Grazie per la borsa», disse Mathias.

«Grazie a te», rispose Sophie stringendolo tra le braccia. «Starai bene?» domandò la ragazza.

«Certamente, ho con me il mio piccolo angelo custode.»

«Quando torni?»

«Tra qualche giorno, non so ancora.»

Mathias prese la bimba per mano e scese i gradini della scala esterna, poi si voltò a contemplare la facciata della casa. Il glicine correva su ambo le porte d'ingresso. Sophie lo guardava, lui le sorrise, commosso.

«Bada a lui», mormorò Mathias.

«Puoi contare su di me.»

Mathias risalì le scale, sollevò Louis e lo baciò quasi con avidità.

«E tu bada a Sophie; sei tu l'uomo di casa durante la mia assenza.»

«E mio padre?» domandò Louis, posando i piedi a terra.

Mathias gli fece una strizzata d'occhio complice e si allontanò.

*

Antoine entrò nel ristorante deserto. In fondo alla sala, un candelabro troneggiava su un tavolo coperto da una tovaglia bianca. Era tutto intatto, soltanto due bicchieri erano pieni di vino. Si avvicinò e sedette sulla sedia occupata il giorno prima da Mathias.

«Non si preoccupi, penso io a sparecchiare», disse Enya, ai piedi della scala.

«Non l'ho sentita arrivare.»

«Io sì», disse lei, avvicinandosi.

«È stata una bella primavera, le pare?»

«Con qualche temporale, come ogni primavera», disse lei guardando la sala vuota.

«Mi pare di sentire il camion per strada.»

Enya guardò dal finestrone.

«Ho paura», disse Antoine.

«Yvonne ne andrà matta.»

«Lo dice per rassicurarmi?»

«No, glielo dico perché ieri, dopo che lei se n'è andato, Yvonne è ripassata a guardare tutti i suoi disegni e, mi creda, i suoi occhi ridevano come non li avevo ancora mai visti fare.»

«Non ha fatto alcun commento?»

«Sì, ha detto: 'Vedi, papà, ce l'abbiamo fatta'. Adesso, le preparo del caffè. Su, si tolga di lì, devo sbarazzare quella tavola. Sciò!»

E già i falegnami invadevano il ristorante.

*

Domenica mattina, John aveva fatto visitare il suo paese a Yvonne. Lei era entusiasta del posto. Lungo la via principale, le facciate delle case erano tutte di colori diversi, rosa, azzurre, a volte bianche, anche viola, e tutti i balconi traboccavano di fiori. Fecero colazione al pub, istituzione locale. Il sole brillava nel cielo del Kent, e il padrone del pub li aveva messi a sedere fuori. Stranamente, tutti gli abitanti del luogo dovevano avere delle commissioni da fare quel giorno, perché continuavano a passare e ripassare davanti a quel tavolo, salutando John Glover e la sua amica francese.

Tornarono a casa tagliando per i campi; la campagna inglese è una delle più belle del mondo. Anche il pomeriggio era bello, John doveva fare dei lavoretti nella serra e Yvonne ne avrebbe approfittato per fare la siesta in giardino. Lui la fece sistemare su una sdraio, la baciò e andò a prendere gli attrezzi sotto la tettoia.

*

I falegnami avevano mantenuto le promesse. Tutti i rivestimenti di legno erano posati. Antoine e McKenzie si chinavano ciascuno a un'estremità del bancone per controllare gli allineamenti. Erano perfetti, il bordo degli zoccoli non faceva il minimo scalino. I pannelli realizzati in laboratorio dovevano essere stati levigati almeno sei volte per avere una simile lucentezza. Con mille cautele e sotto l'occhio vigile e inflessibile di Enya, il vecchio registratore di cassa aveva ritrovato il suo posto. Louis lo lucidava. In sala, gli imbianchini finivano le imposte che avevano scartavetrato e verniciato durante la notte. Antoine guardò l'orologio: ormai bastava ripiegare i teloni di protezione, spazzare accuratamente e sistemare i nuovi tavoli. Gli elettricisti stavano già fissando le applique alle pareti. Sophie entrò con un grosso vaso sotto il braccio. Le corolle delle peonie erano appena schiuse; l'indomani, quando fosse tornata Yvonne, sarebbero state al culmine dello splendore.

*

A sud di Falmouth, un padre faceva scoprire alla figlia le scogliere della Cornovaglia. Quando si avvicinò al bordo del precipizio per mostrarle in lontananza le coste di Francia, la bambina non credette ai propri occhi e corse a prenderlo tra le braccia, a dirgli che era fiera di lui. Tornando in macchina, la piccola ne approfittò per chiedergli se, adesso che non soffriva più di vertigini, lei poteva fare gli scivoloni sulla ringhiera delle scale senza essere rimproverata.

*

A pochi minuti dalle quattro, era tutto a posto. In piedi davanti alla porta, Antoine, Sophie, Louis ed Enya guardavano il lavoro compiuto.

«Non riesco a crederci», disse Sophie contemplando la sala.

«Nemmeno io», le fece eco Antoine, prendendole la mano.

Sophie si chinò verso Louis per fargli una confidenza, a lui soltanto.

«Fra due secondi tuo padre mi domanderà se piacerà a Yvonne», gli bisbigliò all'orecchio.

Il telefono squillava. Enya rispose e fece segno ad Antoine: la chiamata era per lui.

«È lei che vuole sapere se tutto è finito», disse, dirigendosi verso il banco.

E si voltò per domandare a Sophie se pensava che la nuova sala sarebbe piaciuta a Yvonne...

Prese la cornetta e l'espressione sul suo viso cambiò. All'altro capo del filo non c'era Yvonne, ma John Glover.

*

Aveva avvertito il dolore all'inizio del pomeriggio. Non aveva voluto far preoccupare John, che aveva tanto sognato quel giorno. La campagna circostante era pervasa di luce, le fronde degli alberi dondolavano lentamente alla brezza. Com'erano soavi, quei profumi dell'estate nascente! Lei si sentiva stanchissima, la tazza le scivolava dalle dita: perché lottare per trattenere il manico? Era soltanto porcellana; John era nella serra, non avrebbe sentito alcun rumore. Le piaceva il modo in cui lui tagliava le rose rampicanti.

Che strano: pensava a lui ed eccolo in fondo al viale. Come somiglia a suo padre, ha la sua dolcezza, lo stesso riserbo, un'eleganza naturale. Chi è quella bambina che lo tiene per mano? Non è Emily. Agita la stessa sciarpa che indossava lei il giorno in cui suo padre l'aveva portata sulla grande ruota. Le fa cenno di avvicinarsi.

I raggi del sole sono caldi, Yvonne li sente sulla pelle. Non bisogna aver paura, lei ha detto ciò che conta. Un ultimo sorso di caffè, magari? Il bricco è sul tavolino rotondo, vicinissimo e già lontanissimo da lei. Un uccello passa nel cielo; stasera, sorvolerà la Francia.

John andava verso di lei; a meno che, speriamo, non stia andando verso il sottobosco... meglio essere sola.

La testa le pesava moltissimo. La lasciò scivolare verso la spalla. Bisognerebbe tenere le palpebre aperte ancora per un po', impregnarsi di tutto ciò che c'è qui, vorrei vedere le magnolie, chinarmi sulle rose; la luce s'attenua, il sole è meno caldo, l'uccello non c'è più; la bambina mi fa cenno, mio padre mi sorride. Dio com'è bella la vita quando se ne va... E la tazza rotolò sull'erba.

Stava dritta sulla sdraio, la testa reclinata, qualche pezzo di porcellana ai suoi piedi.

John lasciò cadere gli attrezzi a terra e corse nel viale, gridando il suo nome...

Yvonne era appena morta, in un giardino del Kent.

# XXII

A Yvonne sarebbe piaciuto quel cielo a pecorelle sopra il cimitero di Old Brompton. John apriva il corteo. Danièle, Colette, Martine seguivano su una stessa linea. Sophie Antoine, Enya e Louis sostenevano McKenzie, inconsolabile nel suo vestito nuovo. Dietro di loro, commercianti, clienti, tutti gli abitanti di Bute Street formavano una lunga fila.

Quando la misero in terra, un clamore senza uguali si levò dal grande stadio. Quel mercoledì, la squadra del Manchester United aveva vinto la partita. E oggi chi potrebbe dire il contrario? Quella figura che camminava nel viale e sorrideva a John era quella di un grande giocatore. Non ci fu messa, Yvonne non ne voleva, poche parole soltanto per testimoniare che, quantunque morta, lei era ancora lì.

La cerimonia fu breve, secondo il desiderio di Yvonne. Tutti si ritrovarono nel suo locale: questo era il desiderio di John.

I pareri erano unanimi e, anche se Antoine piangeva, bisognava gioire, il ristorante era ancora più bello di come lei poteva immaginarlo. Certo che le sarebbe piaciuto!

Tutti sedettero ai tavoli e i bicchieri si levarono in memoria di Yvonne.

A mezzogiorno, dei clienti di passaggio entrarono in sala. Enya non sapeva cosa fare, Danièle le fece segno: bisognava servirli. Quando vollero pagare, Enya andò al registratore di cassa non sapendo se doveva o no battere quel conto.

John, che le era arrivato alle spalle, premette il tasto e il trillo del registratore di cassa echeggiò nella sala.

« Vede, è qui tra noi », le disse.

Il ristorante aveva riaperto. D'altronde, bisbigliò John tra sé e sé, Yvonne glielo aveva detto un giorno: se mai lo si fosse chiuso, lei sarebbe morta un'altra volta. Enya non doveva preoccuparsi, quella mattina lui l'aveva vista all'opera, sempre a correre tra i tavoli senza fermarsi mai: John era sicuro che avrebbe saputo cosa fare.

Nulla avrebbe potuto renderla più felice, ma Enya non aveva i mezzi per rilevare il locale. John la rassicurò, non ce n'era bisogno, avrebbero trovato un accordo, una forma di gestione. Come con Mathias alla libreria: le avrebbe spiegato. E poi, qualora avesse avuto bisogno di aiuto, lui non sarebbe stato lontano. John aveva una sola richiesta. Le porse una cornice di legno sottile e le chiese di appenderla sopra al bar: quella fotografia sarebbe dovuta rimanere lì per sempre. Prima di andarsene – aveva ancora una faccenda da sbrigare –, John le indicò il proprio cappotto appeso all'attaccapanni e glielo regalò per la seconda volta. Doveva tenerlo: portava fortuna, no?

Sophie guardava Antoine: era appena entrato Mathias.

« Sei venuto? » disse Antoine, andandogli incontro.

« Be', no, come vedi! »

«Pensavo che saresti stato al cimitero.»

«L'ho saputo soltanto stamattina, chiamando Glover. Ho fatto più in fretta possibile, ma sai, con tutte queste auto inglesi che circolano dalla parte sbagliata!»

«Ti fermi?»

«No, devo ripartire.»

«Capisco.»

«Puoi tenere Emily per qualche giorno?»

«Certamente!»

«E con la casa, cosa intendi fare?»

Antoine guardò Sophie che stava portando una pila di fazzoletti a McKenzie.

«In ogni modo, avrei avuto bisogno della tua stanza», disse Antoine, vedendola che si teneva la pancia.

Mathias si diresse verso la porta, tornò sui propri passi e abbracciò l'amico.

«Giurami una cosa: oggi non guarderai i particolari che non vanno, guarderai ciò che hai fatto nel suo insieme, che è magnifico.»

«Promesso», disse Antoine.

*

Mathias entrò nella libreria dov'era atteso da John Glover. John firmò tutti i documenti di cui avevano parlato nel Kent. Prima di partire, Mathias salì sullo sgabello. Prese un libro sulla mensola più alta e tornò dietro il registratore di cassa.

Aveva riparato il cassetto, adesso non faceva più quel rumorino quando lo si apriva.

Ringraziò ancora il vecchio librario per tutto ciò che aveva fatto per lui e gli restituì l'unica copia delle avventure di Jeeves che la libreria possedeva.

Prima di partire, Mathias aveva un'ultima domanda da porgli. Chi era mai quel Popinot?

Glover sorrise e invitò Mathias a prendere i due pacchetti che aveva lasciato per lui davanti all'ingresso. Mathias tolse la carta da regalo che li avvolgeva. Il primo conteneva una targa smaltata e il secondo un magnifico ombrello con un pomo scolpito in legno di ciliegio... Ovunque uno vada, ovunque uno viva, può sempre piovere, certe sere, disse John, salutandolo.

Non appena Mathias fu uscito dalla libreria, John infilò la mano nel tiretto del registratore di cassa e rimise la molletta esattamente com'era prima.

Il treno entrò in stazione, Mathias corse sul marciapiede, superò tutta la coda dei passeggeri e salì sul primo taxi. Aveva un appuntamento da cui dipendeva la sua vita, urlò dal finestrino alle persone che lo ingiuriavano; ma l'auto stava già scendendo per boulevard Magenta, dove il traffico quel giorno era eccezionalmente scorrevole.

Mathias accelerò il passo imboccando il vialetto pedonale, dove si mise decisamente a correre.

Dietro la grande vetrata, si poteva vedere lo studio televisivo dove già si preparava l'edizione serale del telegiornale. Un agente di sicurezza gli chiese di fornire le sue generalità e il nome della persona che desiderava vedere.

La guardia telefonò in regia.

Lei era assente per qualche giorno e il regolamento vietava di comunicare il luogo in cui si trovava.

Era almeno in Francia? aveva domandato Mathias, la voce tremula. «Non si può dire nulla... il regolamento», aveva ripetuto la guardia; comunque, non c'era scritto niente, aveva aggiunto consultando il suo registro; la ragazza sarebbe stata di ritorno la settimana successiva, non sapeva altro. Poteva almeno dirle che Mathias era passato a trovarla?

Un tecnico che stava entrando tese l'orecchio sentendo un nome che gli era familiare.

Sì, si chiamava proprio Mathias, perché? Come faceva a sapere il suo nome?... L'aveva riconosciuto, lei gliel'aveva descritto così tante volte, aveva parlato così spesso di lui... rispose il giovane. Si era sentito in dovere di ascoltarla per consolarla, quand'era tornata da Londra. E poi tanto peggio per il regolamento, aveva detto Nathan portandolo in disparte; lei era sua amica; le regole erano una buona cosa, a condizione di poterle infrangere quando la situazione lo richiedeva... Se Mathias si sbrigava, forse la trovava ancora in Champ-de-Mars: in teoria, doveva esser lì a filmare.

Le gomme del taxi stridettero quando l'auto svoltò in quai Voltaire.

Dalle vie sul lungofiume, l'infilata di ponti offriva una prospettiva unica; a destra le vetrate azzurrine del Grand Palais s'erano appena illuminate, davanti a lui la Torre Eiffel scintillava. Parigi era davvero la più bella città del mondo, soprattutto se uno se ne allontanava.

Erano le otto passate, un'ultima svolta all'altezza del pont de l'Alma e il taxi parcheggiò lungo il marciapiede.

Mathias si rassettò la giacca, controllò nello specchietto retrovisore che i suoi capelli non fossero troppo scarmigliati. Infilando la mancia in tasca, l'autista lo rassicurò: era impeccabile.

# XXIII

Lei stava finendo il servizio e conversava con dei colleghi. Quando lo vide sulla spianata, il suo volto si raggelò. Attraversò la piazza di corsa per andargli incontro.

Lui indossava un vestito elegante; Audrey guardò le mani di Mathias, che tremavano leggermente; notò che aveva dimenticato di mettere i gemelli.

«Non so mai dove li ripongo», disse lui guardandosi i polsini.

«Mi sono portata via la tazza da tè, ma non i gemelli.»

«Sai, non soffro più di vertigini.»

«Cosa vuoi, Mathias?»

Lui la guardò dritto negli occhi.

«Sono cresciuto, diamoci una seconda possibilità.»

«Le seconde possibilità in genere non funzionano.»

«Sì, lo so, ma noi andavamo a letto insieme.»

«Me ne ricordo.»

«Credi ancora che potresti amare mia figlia, se vivesse a Parigi?»

Lei lo fissò a lungo, gli prese la mano e si mise a sorridere.

«Vieni», disse, «vorrei verificare una cosa.»

E Audrey lo portò di corsa verso l'ultimo piano della Torre Eiffel.

# Epilogo

La primavera successiva, una rosa vinse il primo premio alla festa di Chelsea. Era stata battezzata Yvonne. Nel cimitero di Old Brompton, fioriva già sulla sua tomba.

*

Anni dopo, un giovane e la sua migliore amica s'incontravano, com'erano soliti fare quando gli impegni ne davano loro la possibilità.

«Scusami, il mio treno era in ritardo. Sei qui da molto?» domandò Emily sedendosi sulla panchina.

«Sono appena arrivato, sono andato a prendere mamma all'aeroporto, è tornata dalla sua missione. La porto con me per il fine settimana», rispose Louis. «Allora, Oxford? Com'è andata con gli esami?»

«Papà sarà contento, ho vinto un piccolo premio...»

Seduti a fianco a fianco su una panchina accanto alla giostra del parco, notarono un uomo in abito blu che andava a sedersi davanti a loro. Posò una grossa borsa ai piedi di una sedia e accompagnò la figlioletta fino al carosello.

«Sei mesi», disse Louis.

«Non più di tre!» gli fece eco Emily.

Lei tese la mano e Louis le dette una pacca nel palmo.
«Andata!»

...e Mathias continua a non sapere chi è Popinot.

# Grazie

a Nicole Lattès, Leonello Brandolini, Brigitte Lannaud, Emmanuelle Hardouin, Antoine Caro, Rose Lantheaume, Kerry Glencorse, Claudine Guérin, Katrin Hodapp, Mark Kessler, Anne-Marie Lenfant, Elisabeth Villeneuve, Sylvie Bardeau, Tine Gerber, Marie Dubois, Brigitte Strauss, Serge Bovet, Lydie Leroy, Aude de Margerie, Joël Renaudat, Arié Sberro e a tutte le équipe delle Edizioni Robert Laffont,

a Pauline Normand, Marie-Eve Provost,

a Dominique Farrugia, Vincent Lindon e Patrick Timsit,

a Pauline,

a Raymond e Danièle Levy, Lorraine Levy,

a Philippe Guez, senza il quale questa storia non esisterebbe,

e

a Susanna Lea e Antoine Audouard.

Finito di stampare
nel mese di ottobre 2008
per conto della TEA S.p.A.
dalla S.A.T.E. s.r.l.
di Zingonia (Bergamo)
Printed in Italy

TEADUE
Periodico settimanale del 15.10.2008
Direttore responsabile: Stefano Mauri
Registrazione del Tribunale di Milano n. 565 del 10.7.1989